# 背徳のレッスン

SIMPLY SEXUAL

Kate Pearce

ケイト・ピアース
蒼地加奈[訳]



ラベンダーブックス

SIMPLY SEXUAL

by Kate Pearce



Japanese translation published by arrangement with
Kensington Publishing Corp.
through The English Agency (Japan) Ltd.

# 背徳のレッスン

## 主な登場人物

| | |
|---|---|
| ヴァレンティン | ソコルフスキー卿 |
| セアラ | 富裕商人の娘 |
| ジョン・ハリソン | セアラの父。輸送会社経営 |
| ピーター・ハワード | ヴァレンティンの親友 |
| ストラザム侯爵 | ヴァレンティンの父 |
| イザベル | ストラザム侯爵の後妻 |
| アンソニー | ヴァレンティンの異母弟 |
| リチャード・ペティファァー | 海運会社を営む富裕貴族 |
| エヴァンジェリン | リチャードの妻 |
| キャロライン・インガム | ヴァレンティンの元愛人 |
| マダム・ヘレーネ | 〈悦びの館〉の経営者 |
| ユセフ・アリアバード | トルコ人 |

# 1

一八一五年　英国　サウサンプトン

セアラは思わず声をもらしそうになって口を手で押さえた。視線の先で、ひと組の男女がシーツにからまりながら抱きあっている。メイドのデイジーのむっちりした太ももが、繰り返し押し入ってくる男の腰をしっかり抱えこんでいた。男が繰りだす荒々しいリズムにベッドの鉄枠がぎしぎしと音をたてるなか、デイジーがあえぎながら男の名前を呼んだ。

ドアの前から立ち去るべきだとわかっていた。しかし、セアラはベッドの上で繰り広げられるその狂おしい行為から目を離すことができなかった。全身に鳥肌がたち、鼓動が大きく響く。

デイジーが甲高い声をあげ、苦しげに全身を激しくわななかせた。

「まあ」セアラは思わず小さな声をもらした。すると突然、デイジーの上に覆いかぶさっていた男が動きをとめた。男が振り向き、セアラと目が合う。セアラははじかれたように背を向け、肩にかけたショールをかきあわせながら、あわてて廊下を引き返した。階段に通じるドアに手をかけたとき、背後から足音が聞こえた。

「楽しめたかい？」

ヴァレンティン・ソコルフスキー卿《きょう》のからかうような声に、セアラは凍りついた。しぶしぶ声の主と向きあう。まだ前が開いたままのひざ丈《ブリーチ》ズボンに白いシャツをたくしこみながら、ヴァレンティンがゆっくりと近づいてくる。上着とベストとクラヴァットは腕に引っかけていた。浅黒い肌が汗ばみ、ついさっきまでの行為の激しさを物語っている。

セアラは背筋をぴんとのばして彼に向きあった。「楽しんでなんかいないわよ。ただ、前からうすうす感じていたとおり、あなたがわたしの妹にふさわしくないということがはっきりわかっただけ」

すぐ目の前まで近づいてきたヴァレンティンの深いすみれ色の瞳を、セアラはまじまじと見つめた。彼ほど美しい男性には今まで会ったことがない。その肉体はギリシア彫刻のごとく優美で、身のこなしは訓練を積んだダンサーのようだ。まったく信用ならない相手なのに、いざ前にしてみると思わず手をのばしてそのセクシーな唇に触れ、本当にこの世の人間かどうか確かめたくなる。深みのある栗《くり》色の髪は、黒いシルクのリボンで後ろに束ねられていた。当世風のスタイルではないが、彼にはよく似合っている。

ヴァレンティンは片方の眉をつり上げた。ひとつひとつのしぐさがなんとも洗練されていて、ひょっとすると鏡の前で完璧《かんぺき》になるまで練習しているのではないかと思うほどだ。はだけたシャツの胸もとからは豊かな胸毛がわずかにのぞき、首にかけた革ひもには半分に欠けたブロンズ色の硬貨がぶらさがっている。

「男には……欲求ってものがあるんだ、ミス・ハリソン。それはきみの妹さんだってわかっているさ」

ヴァレンティンがさらに体を近づけてきたので、セアラの息づかいが乱れた。彼がいつも漂わせているさわやかな柑橘《かんきつ》系の香りは、それとはまったく別の、たとえようもない強烈なにおいにかき消されていた。おそらくセックスのにおいだろう。愛の行為が特別なにおいを放つとは思いもしなかった。新たな生命を宿す行為は、神聖な夫婦のベッドで、静かにおごそかに行われるものだと思っていたのだ。さっき目のあたりにしたような、荒々しく騒々しい熱いからみあいなど想像もしていなかった。

「言っておくけど、わたしの妹はレディよ、ソコルフスキー卿。男性の欲求のことなんて知るはずがないわ」

「男というものは妻に跡継ぎと服従を求め、愛人に快楽を求める。それくらいはレディといえども知っているだろう」

妹のことを思うと、胸に怒りがこみ上げた。「あの子はもっと大切に扱われるべきよ。わたしに言わせれば、そんな結婚は悪夢以外のなにものでもないわ」

ヴァレンティンの美しい瞳が好奇心に光った。セアラの着ているナイトドレスや裸足《はだし》の足に、今ようやく気づいたらしい。彼女はじりじりとドアのほうへ身をよせた。その逃げ道を封じるように、彼が上体を傾ける。

「それで、きみはなぜこんな真夜中に、召使いたちの棟を出入りしているんだ？　身分ちがいの庶民の男に愛を捧《ささ》げるため、すべてを失う覚悟で忍んできたとか？」

セアラは顔を赤らめて、ショールを胸の前でかきあわせた。「メイドの言ったことが本当かどうか確かめに来ただけよ」

「ああ、なるほど」ヴァレンティンは廊下を振り返った。「デイジーはきみのメイドなんだな？」そこで優雅におじぎをする。「どうやらぼくに対するきみの評価は地に落ちてしまったらしい。さて、きみはこれからどうする？　妹さんと結婚しろとぼくに迫るのか？　それとも、父上のところへ行って、すべてをぶちまけるか？」

セアラはヴァレンティンをにらみつけた。父が後継者にするつもりでいた男が実はとんでもない好色家だったなどと、どうして言うことができるだろう？　それに、ヴァレンティンの莫《ばく》大《だい》な財産も無視できない。セアラの父が経営している海運会社はこの数年、業績が思わしくなかった。

唇をなめるセアラの舌の動きを、ヴァレンティンの熱いまなざしが追いかける。

「父はあなたのことをとても立派な方だと思っているわ。あなたがわたしたち姉妹のひとりと結婚すると申しでたとき、父はとても喜んでいたのよ」

ヴァレンティンは壁に肩をもたせかけ、まじめな表情でセアラをつくづくと見た。「きみの父上はぼくの命の恩人だ。もしこの国の法律が許すなら、ぼくはきみたち三人全員と結婚しただろう」

「よかったわね、そんなことが許されていなくて」セアラはぴしゃりと言い返した。ヴァレンティンの顔にふたたび、人をからかうような笑みが浮かぶ。その表情が、彼女はだんだん恐ろしくなってきた。「あなたの良心を信じてお願いするわ。妹と結婚したら、愛人をつくってあの子の名誉を傷つけるようなまねはしないで。夫婦の誓いをきちんと守ってちょうだい」

ヴァレンティンはしばらくのあいだセアラをじっと見つめていたが、やがて笑いだした。

「死ぬまできみの妹さんに忠誠を誓えと？」瞳が陰り、鋭さを帯びる。「で、その見返りは？」

「今夜のあなたの恥ずべき行いについては父に黙っていてあげるわ。もし知ったら、父はあなたを軽蔑《けいべつ》するでしょうね」

ヴァレンティンの顔から笑みが消えた。ぐっと体をよせてきた彼のブーツの爪先が、セアラの裸足の指にあたる。「きみはぼくを脅迫するつもりか？　だいたい、ぼくがちゃんと約束を守っているかどうかなんて、きみにどうしてわかるんだ？」

セアラはなんとか笑みを浮かべて平気なふりをした。「それはつまり、約束を守る気なんかないということ？　あなたはそこまで恥知らずなの？」

ヴァレンティンはセアラのあごに指をかけてぐいと上を向かせ、彼女の目をひたと見すえた。

その激しいまなざしに、セアラは息苦しさを覚えた。彼が美しい肉体の下にこんな冷酷な心を隠しているなんて……なぜ今まで気づかなかったのだろう?

「心配することはない。約束は守る」

セアラは必死に言った。「シャーロットはまだ十七歳よ。世の中のことなんてなにも知らないの。だからわたしがあの子を守ってやらなければならないのよ」

ヴァレンティンはセアラのあごから手を離し、彼女の喉から肩へと指先をすべらせた。彼の荒々しさが影をひそめ、セアラはほっとした。

「きみのご両親は、なぜきみをぼくの花嫁に推さなかったのかな? 長女はきみだろう?」

セアラは自分の肩に置かれたヴァレンティンの手にすばやく視線を落とした。「わたしはもう二十六歳だもの。もちろん、これまで結婚を考えたことはあったわ。実際、ロンドンで社交界にデビューしたし。でも、うまくいかなかったのよ」

ヴァレンティンは彼女の黒髪に指をからませた。セアラの体にふるえが走る。彼の表情がふいに情熱を帯びた。

「シャーロットはわたしたち姉妹のなかでいちばん美人だし、性格も素直よ。お金持ちの妻にふさわしいわ」

ヴァレンティンの静かな笑い声に、セアラはどきっとした。あたたかい息が首筋にかかる。

「つまり、ぼくの妻にふさわしいと?」

セアラはまっすぐ彼の目を見返した。「そうよ。でも……」ヴァレンティンがあまりにも近くにいるせいでどぎまぎしてしまい、顔がこわばる。「あなたにはエミリーのほうがお似合いかもしれないわ。エミリーはシャーロットより財産や地位に弱いから」

「きみは妹さんたちとはちがうようだな」

セアラは唇を噛《か》んだ。「言われなくてもわかっているわ。わたしは衝動的だし、はっきりものを言いすぎる。だから男の人に敬遠されるのよ」

ヴァレンティンは彼女の髪をそっと引っぱった。「すべての男がそうだというわけじゃない。ぼくは、自分の意見をきちんと持っている活発な女性のほうが好きだよ」

セアラは顔を上げて彼と目を合わせた。ふたりのあいだでなにかが火花のようにはじけた。ふいに、身をのりだしてヴァレンティンの広い胸に頬を押しつけたくなる。「わたしは誰かの妻になるより、未婚のおばが似合っていると思うわ。そのほうが少なくともありのままの自分でいられるもの」

ヴァレンティンの笑みは愛撫《あいぶ》のようにやさしかった。「だが、夫婦生活のお楽しみはどうなる？　試してもみないとは、きっと後悔するぞ」

セアラはさも軽蔑したように鼻を鳴らしてみせた。「さっき見たのがあなたの言う〝お楽しみ〟なら、なくてもまったくかまわないわ」

彼女の髪に触れるヴァレンティンの指に力がこもった。「ぼくがきみのメイドと仲よくしているところを見物しても、楽しくなかったというのか?」

セアラはぼう然と彼を見つめた。

ヴァレンティンはにっこりと微笑《ほほえ》み、人さし指で彼女の口をそっと押さえた。「ミス・ハリソン、きみは上品ぶっているだけでなく、嘘《うそ》つきだ」

セアラは頬がかっと熱くなるのを感じた。腕を組んで胸を隠したい衝動に駆られる。ぴくりとふるえた彼女の全身を品定めするように、ヴァレンティンが少しさがってじっくり見つめた。

「頬が赤くなっているね。ナイトドレスの上からでも乳首の様子はわかるよ。きみの脚のあいだに手をすべりこませたら、まちがいなく濡《ぬ》れているはずだ。ぼくを求めているんだろう」

彼の顔に思いきり平手打ちをくらわせてやりたくて、手がわなわなとふるえている。セアラは強い怒りが勇気を与えてくれるのを待ったが、結局、行動に移せなかった。なにかを待っているかのように、なにかを必要としているかのように、じりじりと時間が流れていく。ふと、ヴァレンティンの手をとって胸に押しつけたい衝動を覚えた。波のごとく押しよせてくる苦しいほどのうずきを、彼ならしずめてくれるとなぜかわかっていた。

セアラの心を読んだかのように、ヴァレンティンが手をのばし、かたくなった乳首のまわりにゆっくりと円を描いた。鋭い欲望がこみ上げ、彼女は思わず目を閉じた。

「セアラ……」

ヴァレンティンの低い声で魔法が解けた。彼女はショールを胸もとにかきよせ、後ろに飛びのいた。やっとの思いでドアを開け、走りだす。吹き抜けの階段を駆けおりていくセアラを、彼の笑い声が追いかけてきた。

セアラ・ハリソンの後ろ姿を見送るうちに、ブリーチのなかでペニスがかたくなった。半分上の空でボタンをとめながら、ヴァレンティンは彼女の反応について考えた。本人が気づいているかどうかはともかく、セアラは心の奥で男を求めている。となると、従順でおとなしい三女のシャーロットと結婚するのは考え直したほうがいいかもしれない。

セアラが階段をおりていく。ふいに、ヴァレンティンの顔から笑みが消えた。ジョン・ハリソンは、三人の娘たちのなかでも長女のセアラに対して特別な思い入れがあるようだ。ぼくの忌まわしい過去を知るジョンが、もっともかわいがっている娘との結婚を許すだろうか？　そもそも、セアラが花嫁候補にあがらなかったことも気になる。

ヴァレンティンはひとつ下の階までおり、自分の寝室へ向かってまっ暗な廊下を歩いていった。セアラの姿はどこにも見あたらなかった。

空っぽのベッドに目をやり、そこに裸のセアラが横たわっているところを想像する。枕《まくら》に長い黒髪が広がり、ヴァレンティンを迎えるように両腕を広げている姿を。欲望で下腹部がうずき、彼は顔をしかめた。セアラは結婚しても夫の言いなりにはならないだろう。自分にしつこくつきまとう過去の亡霊をしずめるためには、おとなしく子どもを産み、夫がなにをしようとほうっておいてくれる妻をめとる必要がある。

ロンドンを発《た》つ日の前の晩、ヴァレンティンは遊び仲間や愛人と浮かれ騒ぎ、男にとって望ましい、扱いやすい妻の条件なるものを書きだしていった。それにしたがえば、明らかにセアラより妹のどちらかを選んだほうがよさそうだ。セアラが相手では手こずるにちがいない。

だが、セアラが自分への好奇心を隠さなかったことで、ヴァレンティンの心は揺れていた。彼女の唇を開かせ、そのなかを味わってみたいという気持ちがこみ上げる。ファーストキスが官能的なものであることを忘れていた。もうはるか昔に、それ以上に楽しい領域に足を踏み入れてしまったからだ。なんとしても彼女の純潔を奪い、その奥に秘められている情熱を引きだしてやる必要がある。そもそも、ぼくが求めていたのはそういうことではなかったか？

ヴァレンティンは服を脱いで床に落とした。暖炉の火はとうに消え、たてつけの悪い窓やドアの隙間《すきま》から冷気が忍びこんでくる。幸い、決断するまでまだ何日かあった。ジョン・ハリソンは金曜の晩まで屋敷に戻らないことになっている。ヴァレンティンはベッドにもぐりこんだ。邪魔が入ったせいでデイジーとの情事が中途半端に終わってしまい、欲求は少しも満たされていなかった。

湿っぽくてかびくさいシーツを気にしないようにしながら、ヴァレンティンは自分のものを握り、手を上下に動かして頂点へ導こうとした。触れているのがセアラの手だと想像すると、早く達してしまいたくなった。しかし、期待をはらんで高まりゆく欲望を、一気に燃えつきさせはしなかった。目覚めた体がじりじりと熱くなっていく。

ヴァレンティンがデイジーと行為におよんでいるところを見つめるセアラの驚いた顔が思いだされた。セアラはあれを見て、同じように体をからませてみたいと思っただろうか？　そう考えた瞬間、全身にふるえが走った。彼は達し、めくるめく感覚に体を引きつらせた。目を閉じると、欲望をたぎらせたセアラの表情がありありと浮かんだ。

眠りに落ちる直前、ヴァレンティンの頭に浮かんだのは、腕にセアラを抱き、絶頂を迎える彼女の奥深くに何度も何度も自らを解き放っている自分の姿だった。

# 2

シャーロットの無邪気な笑い声がまた響き渡り、セアラは後ろを振り向いた。ヴァレンティンがなにを言ったのかわからないが、よほどおかしかったらしい。とても楽しげなふたりの様子に顔をしかめたくなるのをぐっと我慢する。シャーロットのことをもっと大切にするよう自分から頼んだのだから、彼がそのとおりにしているのを見てがっかりするなんてどうかしている。本当は喜ぶべきなのだ。セアラは思わず持っていたパラソルを地面に向かって乱暴に振りまわし、キンポウゲの花を折ってしまった。

メイドのデイジーはヴァレンティンのベッドでのテクニックにすっかりのぼせ上がっていた。これまでつきあってきた恋人たちとくらべても、明らかにずば抜けていたらしい。デイジーは彼との行為について、セアラが〝もういいかげんにして〟と言うまでしゃべりつづけた。

本当の紳士ならば、女性と愛を交わすときはもっとやさしく、礼節をわきまえて接するのではないかしら？　ヴァレンティンは自信に満ちた海賊を思わせた。日に焼けた肌も貴族らしくない。しかも、デイジーを相手にあんなふうに激しく……。ふたりのみだらな行為を思いだすたびに下腹部にかすかなうずきを覚えたが、セアラは無視した。

中世の古城跡までまだだいぶあるとわかり、セアラはため息をもらした。シャーロットとヴァレンティンをもっと親しくさせようと、母がピクニックを提案したのだ。意外にも母の思惑どおりにことが進んでいるようだった。

オリーブ色をしたキャラコ地ドレスの裾《すそ》をたくし上げ、セアラは古城につづく最後の斜面をのぼりはじめた。ふと誰かの手がひじに触れたのを感じて振り向くと、目の前にヴァレンティンの姿があった。

「ごきげんよう、ミス・ハリソン。すばらしいながめを楽しんでいるかな？」

彼の指先の熱さを感じながら、セアラはそっけない笑みを浮かべた。「ごきげんよう。本当に最高のながめね。もっとも今はあなたにさえぎられているけれど。どうかわたしにはおかまいなく、山のぼりが不得手なほかの女性をエスコートしてさし上げて」

彼女のひじをつかむヴァレンティンの手に力がこもった。「ぼくはきみと歩きたいんだ。きみのせいで、ゆうべはあれからずいぶん悩んだよ」

セアラはいぶかしげな視線を向けた。「あなたが改心してくれたのなら、よかったわ」

ヴァレンティンはかすかに眉をひそめたあと、例の危険な笑みを浮かべた。「ぼくはきみの説いたくだらない忠誠心のことを言っているわけじゃない。それよりはるかに重大なことで悩んでいたんだ」言いながら自分のブリーチに視線を落とす。「そして、ほとんど一睡もできなかった」

セアラは黙ったまま、前方に広がる草原を見つめていた。〝じゃあ、なにを悩んでいたの？〟などときくほど愚かではない。

「そうやって上品ぶるのはやめるんだ。ぼくがなにを悩んだのか聞きたくないか？」

セアラは落ち着くために頭のなかで歩数を数え、乱れる呼吸を整えようとした。斜面が急になるにつれて、ふつふつと怒りがこみ上げてきた。

「聞きたくないわ」

「ぼくはきみの胸のことを考えていた」ヴァレンティンは彼女の冷ややかな横顔をちらりと見た。「もっとはっきり言えば、きみの乳首はどんな色だろうと考えていたせいでなかなか眠れなかった。女性の乳首は唇と同じ色のこともあるし、まったくちがうこともある。きみの唇は深いローズピンクだが、乳首もそれと同じ色なのかい？」

癪《しゃく》なことに、セアラの乳首は話題にされたことを喜んでいるかのようにかたくなった。こんなとんでもない会話には絶対にのるまいと、彼女はただ黙々と歩きつづけた。この失礼な男の胸を思いきり突きとばし、急斜面を転がり落ちていくところを見られたら、どんなにせいせいするだろう。

古城跡までたどりつくと、ヴァレンティンが静かに笑った。「ずっと黙っているつもりかい、ミス・ハリソン？　きみらしくもない。さては山のぼりで息が切れたかな？」

セアラはヴァレンティンに向き直り、パラソルの先を彼の胸に突きつけた。からかうようなすみれ色の瞳と目が合うと、いっそう強くにらみつける。だが次の瞬間、ヴァレンティンにパラソルを奪いとられてしまった。

「なにをするの？」

武器をとり上げられ、セアラは叫び声をあげながら前につんのめった。その体をヴァレンティンが受けとめ、しっかりと抱きよせる。たくましい腕に包まれ、彼女は一瞬、われを忘れた。彼の鼓動を頬に感じながら、体を起こそうと必死にもがく。

「セアラ、大丈夫？」

シャーロットの心配そうな声が聞こえ、セアラは身を振りほどいた。ヴァレンティンの勝ち誇ったようなにやにや笑いは、シャーロットのほうを向くと同時に消えた。

「大丈夫だ、ミス・シャーロット。きみのお姉さんは、山のぼりで気分が悪くなったらしい」彼はそう言うと、片手を自分の胸にあてて深々と頭をさげた。「美しい乙女を助けることができて光栄です」

セアラはボンネットをまっすぐに直した。「あなたは騎士《ナイト》なんかじゃないわ」妹が背を向けると同時にののしる。

ヴァレンティンの眉が驚いたようにゆっくりとつり上がった。「ぼくは自分がナイトだなんて言っていない。それから、ぼくにけんかを売るつもりなら、レディのように扱ってもらえるとは思わないことだ」

セアラはくるりと背を向け、草が生い茂る城壁沿いの道を歩いていった。ヴァレンティンに言い負かされたのはこれで二度目だ。彼が屋敷にいるあいだはもうかかわらないようにして、シャーロットのことを大切にしてくれるのをただ祈っているほうがいいのかしら？　それとも、心を入れ替えてもらうようこれからも働きかけるべきなの？

横目でうかがうと、ヴァレンティンはまだセアラを見ていた。しかも視線は彼女の胸もとに向けられている。なんていやらしい人。彼とデイジーが体をからみあわせていた光景が頭のなかを駆けめぐる。そのとき、ヴァレンティンがウインクした。セアラは思わず外套《がいとう》の胸もとのボタンをとめようとした。

体の奥の深いところが熱くうずく。彼がそばにいると、言いようのない不安に駆られた。普段は必死に抑えこんでいる荒々しくて自由奔放な自分が、どうしようもないくらい彼を求めてしまうのだ。だがその一方で、安全で退屈な日常に逃げこみたいと思っている自分もいる。セアラはなんとか気をとり直し、エミリーに声をかけた。

母の合図でテーブルから立ちながら、セアラは隣の客人に微笑みかけた。サー・ロドニー・フォスターは話し上手で機転がきくし、わたしを聡明《そうめい》な女性だと思ってくれている。既婚者なのが本当に残念だ。母が女性客を応接間へ案内するあいだ、セアラはあくびを噛み殺した。厚い深紅のカーテンが日の光をすっかりさえぎっているせいか、調度品でごてごて飾られた室内がひどく重苦しく感じられる。

部屋にはお茶の用意ができていた。これからささやかな音楽会と、うんざりするほど長い世間話がつづくことになっている。セアラは考えをめぐらせた。男性たちにまじって食堂に残り、ワインのグラスを傾けながら世の中の重要な問題について意見を交わせたらどんなに楽しいだろう。年齢を重ねるにつれて、なぜ男性たちがしたたかに酔うまで女性たちのいる部屋によりつかないのかわかるようになってきた。

ときどきどうしようもなく束縛されている気がして、セアラはこの息がつまるような応接間から逃げだしたいと思うことがあった。目の前に母親や妹たちがそびえ立ち、愛情いっぱいのまなざしで迫ってくる悪夢にもたびたびうなされる。夢のなかで、セアラは母や妹たちの幾重ものペチコートに押しつぶされ、最後には窒息してしまうのだ。たとえどんなにすぐれた才能を持っていたとしても、結局自分は誰かと結婚するか、生涯独身で通すしかないのだ――最近ではそんなあきらめの気持ちを抱くようになっていた。

セアラはシャーロットに目を向けた。妹は昨夜も目に涙を浮かべて部屋にやってきた。ヴァレンティンに怖い目にあわされたという。実を言えばシャーロットは、母の反対さえなければ、爵位を得るためにヴァレンティンと結婚することなど考えず、教区の司祭を務める幼なじみの恋人ととっくに家庭を築いているはずだった。

シャーロットが涙に濡れた瞳で微笑んだ。いとおしさがセアラの胸にこみ上げた。なぜこの子は母にノーと言えないのだろう？　なぜ自分がしたいことをしようと思わないの？　ヴァレンティンにしても、母親に逆らえないばかりに彼と結婚するような相手は願いさげだろうに。

この一時間があまりにも退屈だったため、ヴァレンティンが応接間に入ってくるのを見て、セアラはうれしくなった。彼はシンプルなブルーの上着と白いブリーチに身を包んでいた。栗色の髪はうなじで細い黒のリボンで束ねられている。

ヴァレンティンの髪は実際どのくらいの長さなのだろう？　リボンをほどいて、あの豊かな髪に触れてみたい。ほどかれた髪が彼の広い肩に落ちかかるところを想像して指がうずく。ヴァレンティンが近づいてくると、セアラはあわててひざの上に置いた両手に視線を落とした。

「お茶でもどうだい、ミス・ハリソン？」

顔を上げると、ブリーチの前のふくらみと引きしまった腹部が目に入った。

「いいえ、けっこうよ」

ヴァレンティンはなおも彼女を見つめてくる。「そのドレスがよく似合っているよ、ミス・ハリソン。きみは髪の色も瞳の色もはっきりしているから、若い女性が社交界にデビューするときに好んで着るような淡い色のドレスはやめたほうがいい」

セアラはローズレッドのドレスを見おろした。なんだか自分が裸になったような気がする。

「実際、わたしはもう若い女性じゃないもの。でも、ほめていただけて光栄だわ。それにしても、あなたは女性のドレスにうるさいのね」

ヴァレンティンは断りもなく彼女の隣に腰をおろした。「これまで多くの女性のドレスを脱がせたり着せたりしてきたんだ。少しくらいは見る目も養われるさ」

セアラは大きな音をたてて扇子を広げた。もうこれ以上相手にしてはいけない。下手になにか言おうものなら、カードの名手のごとき鮮やかさで切り返されるに決まっている。幸い、そのときハープを調弦する音が響き、彼女は返事をせずにすんだ。

あきれたことに、若い女性たちが次々とハープシコードやハープの腕を披露しはじめても、ヴァレンティンはそのままセアラの隣に居座った。彼は脚をのばし、そのたくましい太ももをセアラの太ももに触れあわせた。席がせまくて脚を動かせず、彼女は無言のままその親密な触れあいに耐えた。

シャーロットのおもしろみはないがまじめな演奏に惜しみない拍手を送りながら、セアラは母をちらりと見た。そろそろこのくだらない夜会をお開きにしてもいいころだろう。立ち上がりかけたとき、ヴァレンティンがセアラの手をつかんだ。

「ミス・ハリソン、今度はきみが演奏してくれるんだろう？　楽しみだ」断りもなく腕をからめ、彼女をハープシコードのところへ連れていく。セアラの母が眉をひそめ、あきれたように頭を振った。

ヴァレンティンは楽譜をぱらぱらとめくり、譜面をセアラの前に置いた。「もし自信がなければ、一緒に歌ってうまくごまかしてあげよう」

母がふたたび椅子に深く身を沈め、口もとにわざとらしい笑みを浮かべた。セアラはハープシコードを弾きはじめた。ヴァレンティンの心地よいバリトンが彼女のハスキーな声とみごとに調和する。

まばらな拍手が聞こえ、セアラはわれに返った。ヴァレンティンが微笑みかけている。しかしよく見ると、彼の視線はセアラの大きく開いた胸もとに向けられていた。

「ああ、どっちだろう」ヴァレンティンがつぶやいた。「ピンクか、それとも赤か……」

セアラは立ち上がろうとしたが、彼は別の譜面を手渡した。「ぼくのためにこの曲を弾いてくれないかな。きみなら簡単に弾けるはずだ」

セアラはモーツァルトのコンチェルトを弾きはじめた。演奏が終わると割れんばかりの拍手が送られ、彼女は顔を赤らめて椅子から立ち上がった。母の冷ややかなまなざしを避けるように手早く楽譜を集める。客たちは笑いさざめきながら応接間を出ていき、セアラとヴァレンティンだけが部屋にとり残された。

彼はセアラの手から楽譜をとり、テーブルの上に置いた。「天使が演奏しているのかと思ったよ。きみの母上はいったいなにが不満なんだい？」

セアラはハープシコードに覆いをかけ、蠟燭《ろうそく》の火を吹き消した。「母はわたしがうまく弾きすぎるのが気に入らないの。少しくらい下手なほうがレディらしいんですって」

「ばかな人だ。きみほどの才能があれば、プロの演奏家にだってなれるだろうに」

部屋に残っているのが自分たちだけであることに気づき、彼女は警戒しながら微笑んだ。

「レディはプロの演奏家になんてならないでしょう。でも、母の反対で留学を中断させられたときは本当にがっかりしたわ。父にもずいぶん泣きついたけれど、どうしてもだめだったの」

ヴァレンティンはセアラの手を自分の腕にからませ、廊下へ通じる両開きのドアのほうへ導いた。「ただがっかりしただけではないだろう。何週間もつむじを曲げて、お父上をおおいに困らせたんじゃないかな？　きみはとんだわがまま娘だから」

セアラはいらだちを笑いでごまかした。「どうだったかしら。忘れたわ。もうずいぶん前のことだから」戸口に近づきながら、彼の腕をほどこうとする。だが、その前にヴァレンティンが彼女を強引にドアの陰に引きこんだ。そして壁に押さえつけ、体を重ねてきた。

悲鳴をあげようとしたが、熱い瞳に射すくめられた。鍛えられたしなやかな体が身動きできないほど強く押さえつけてくる。彼の口がセアラの唇をかすめ、舌先が許しを求めるようにさまよった。キスを受けるうちに、いつの間にか彼女もキスを返していた。ふたりの唇が離れたとき、セアラはなにか言おうと口を開きかけた。

「しいっ」ヴァレンティンの人さし指が彼女のふっくらした唇をなでる。やがてその指先が首筋からドレスの胸もとまでおりてくると、セアラは鋭く息をのんだ。

彼がシルクのドレスの下に指をさし入れ、片方の胸の先端を外に出す。セアラはぎゅっと目を閉じた。熱い肌が冷たい外気に触れる。かたくなった乳首のまわりにゆっくりと円を描かれると、体にふるえが走った。

「ああ……深いローズピンクだね。まるでクリームの上のラズベリーみたいだ」甘い声でささやかれ、セアラは〝もっと触れて〟と懇願したくなった。同じようにヴァレンティンにも触れてみたい。ふたりが背にしている廊下の向こうで、母が帰っていく客人と挨拶《あいさつ》をしている声が聞こえてくる。目を開くと、身をかがめた彼の頭が見えた。

ヴァレンティンが片方の乳房を下からつかんでコルセットの上に押しだし、乳首をそっとなめた。セアラは唇を噛みしめた。ああ、なんて心地いいのかしら。彼がもう一度、今度はもっと強くなめ、乳首全体を口に含んだ。

彼女は思わず弓なりに背中をそらし、胸を前に突きだした。両腕はかろうじておろしていたが、本当はヴァレンティンの頭を抱きしめたかった。敏感な先端を歯でこすられ、強烈な快感に泣きだしそうになる。こんなことをしてはいけないとわかっているが、あまりに気持ちいい。彼がデイジーと体をからませているところを見たときからずっと、こうされるのを待ち望んでいたのだ。

ヴァレンティンが顔を上げてセアラをじっと見つめた。ドレスを引っぱりおろし、もう片方の乳房も露《あら》わにする。「わがまま娘のうえに、どうやらとんだ破廉恥ときている。もしきみがぼくのものなら、ぼくは毎朝きみを自分のひざに座らせるだろう。そして、乳房をいじったりなめたりする。きみがお願いだからやめてと懇願するまで。きみの乳房が欲情して大きくふくらみ、とても感じやすくなるまで」

ふたたび胸をもてあそばれ、セアラはあまりの快感に体がはじけとんでしまいそうだった。もう一度顔を上げたとき、ヴァレンティンも荒い息をしていた。

彼は張りつめた乳首をじっと見つめた。「これがドレスやコルセットとこすれあったらどんな感じがするか想像してごらん。きみはこれから毎日、それこそ息をするたびに、ぼくの口で愛撫されたことを思いだすようになるだろう」ヴァレンティンはそう言うと、セアラの太もものあいだに片ひざを入れ、シルクのドレスに押しつけた。「ぼくがきみのベッドを訪れるころには、きみは早くこのつづきをしてもらいたくてたまらなくなっている。ぼくを迎え入れたくてうずうずしているはずだ」

セアラの頭から母や召使いたちのことが消えた。自分の名前すら忘れてしまいそうだ。両脚のあいだに強引に押しこまれたヴァレンティンの引きしまった太ももに、彼女は恥ずかしげもなく体をこすりつけた。すると、彼がデイジーと一緒にいるところを見たときからずっと感じていたうずきが、少しだけやわらいだような気がした。もう一度こすりつけると、今度は強烈な快感が突き上げた。

ヴァレンティンがセアラの左右の乳首をつまみ、もてあそんだ。「ミス・ハリソン、そんな目で見つめられては、まっ昼間にきみをたずねていって、食堂のテーブルに押し倒して奪ってあげたくなるよ。どうだい、楽しそうだろう？　ぼくに体のうんと奥までつらぬかれてみたいかい？」

　あられもないことを平然と言ってのけるヴァレンティンの顔を、セアラはぼう然と見つめた。これは、シャーロットとの結婚話に口出ししたことに対する罰なのだろうか？　下腹部を押しつけられた瞬間、セアラの頭から家族の顔が消えた。触れあっている部分が熱くなり、乳首が激しくうずく。できることなら彼の服を脱がせて素肌をなめまわしたかった。

　ヴァレンティンが彼女の手をとり、自分の股間《こかん》にあてた。「わかるかい？　きみのせいだ」大きく屹立《きつりつ》したものがセアラの手のなかで律動していた。ああ、ブリーチのボタンを外してしまいたい。これ以上じらされたくない。自分でもよくわからないそのなにかをとにかく与えてほしい。ヴァレンティンがてのひらを彼女のヒップにあて、腰と腰をぴたりと合わせた。彼の口がふたたびセアラの唇を奪う。だが、唐突にヴァレンティンが動きをとめた。

　セアラは彼を突き放し、ドレスを引っぱり上げた。ヴァレンティンが明日、妹に正式に求婚することになっているのをすっかり忘れていた。いったいどうしてこんな恥知らずなまねができたのだろう？　彼は妹の夫になる人だというのに。だいたい、自分は今でもこの男性が好きなのかどうかさえわからないのだ。

「父が今夜帰ってくるわ。そのとき、あなたの決心を伝えるつもりなの？」

　ヴァレンティンは彼女のドレスをもとどおりに直すのを手伝った。彼の指の関節が、敏感になったセアラの肌に触れる。「ぼくの決心？」

身も心も興奮しているわりに、自分の声がずいぶん冷静であることがセアラには意外だった。大きく深呼吸をする。悔しいことにヴァレンティンの言うとおり、敏感になった肌にドレスがこすれる感触はなんとも刺激的だ。「シャーロットとの結婚よ。父はきっと大喜びするわ」

ヴァレンティンは後ろにさがり、セアラに腕を貸してドアの陰から出た。「実は、ミス・シャーロットとのことはまだ決めかねているんだ」

そのとき、聞き慣れた声が廊下の向こうから響いて、セアラはびっくりした。「それを聞いて安心したよ、ソコルフスキー。そうでないと、きみは好意を示す相手をまちがえていることになるからな」

セアラは、階段のところに立っている父に駆け寄って抱きしめた。父は疲れているらしく、娘への挨拶もどこか上の空だった。セアラは自分の赤くなった頬を叩《たた》き、ドレスが乱れていないかどうか確かめたいのを我慢した。父はわたしとヴァレンティンがなにをしていたか感づいているだろうか？

「またお会いできて光栄です」ヴァレンティンがジョンに手をさしだした。

「やあ、ヴァレンティン。書斎でブランデーを一杯つきあってくれないか」ジョンはセアラに目をやった。「おやすみ、セアラ。それから、ひとつ忠告しておこう。しかるべき相手と結婚するまでは、なるべく若い男とふたりきりにならないことだ」

セアラは父に微笑みかけ、頬にキスをした。父は母よりもずっとわたしのことをわかってくれている。ヴァレンティンにひざを曲げておじぎすると、彼も深々と頭をさげた。セアラが最後にふたりに目を向けたとき、父が書斎のドアをぴったりと閉じた。

ジョン・ハリソンから受けとったブランデーグラスを、ヴァレンティンは手のなかでゆっくりとまわした。馬車が近づいてくる音に気づいてよかった。でなければ、ジョンの長女とただならぬ仲になっているところを見られていただろう。セアラを前に理性を失いかけたのは、否定しようのない事実だった。ヴァレンティンは自分のブリーチを見おろし、廊下でジョンに向かって歩いていったときに興奮のしるしを見られていないことを祈った。

ジョンが正面の椅子に腰をおろすのを、ヴァレンティンは待った。年老いた友人は疲れきっているようだ。豊かだった髪はかなり薄くなり、目は落ちくぼんでいた。

ヴァレンティンはジョンに向かってグラスを掲げた。「ご招待いただき、ありがとうございます」

まるでブランデーの味がおかしいかのようにジョンが顔をしかめた。「なぜ招待したかは、わかっているだろう」

ちくりと痛んだ心を、ヴァレンティンは笑みで隠した。ジョンの私邸に招かれて家族に紹介されたのは、今回が初めてだった。危険な男だと思われているからだ。「もちろんですよ。あなたのお嬢さんのひとりと結婚させるためでしょう。しかも、なるべくなら末のお嬢さんと。たしかそうでしたね？」

「ヴァレンティン、きみは本当に羽振りがいいようだな。海運業でずいぶん儲《もう》けているそうじゃないか」

「ピーターのおかげです」

ジョンはブランデーを飲み干した。「ヴァレンティン、悪いことは言わん。ピーター・ハワードとは縁を切れ。あいつと一緒では自分の評判を落とすだけだぞ」

ヴァレンティンはなんとかもう一度笑顔をつくった。またその話か。このやりとりにはいいかげんうんざりしていた。「ぼくはあなたと同じくらいピーターにも恩があります。彼がいなければ、今のぼくはありません」ピーターと一緒にとらわれていた、あの忌まわしい娼館《しょうかん》の記憶が一気によみがえってきた。

「私はセアラをきみの花嫁候補に推した覚えはない。しかし、きみはあの子にご執心のようだな」ジョンは一瞬、言いよどんだ。「セアラはすばらしい娘だ。ただ、人生に多くを求めすぎるところが気がかりでね」

「女は夢など追い求めてはいけないとおっしゃっているのですか？」ジョンが娘の可能性をあなどっていることに、ヴァレンティンはかすかないらだちを覚えた。これではセアラの息がつまるのも無理はない。じっとしていられなくなり、彼は席を立ってふたりのグラスにブランデーを注《つ》いだ。

ジョンがうなずいた。「セアラが男に生まれていれば申し分なかったんだが。いくら頭がよくて活発だろうと、女ではなんにもならん。あの子に従順さが欠けているのは、私のせいだ。子ども時代に好きにさせてしまったからな。あの子に音楽と数学の勉強をすすめたのは、ほかでもないこの私なんだ」そう言ってグラスに口をつけた。「セアラが不機嫌そうな顔をしたり、レディらしくふるまおうとしないのは私のせいだと妻は言っている」

「ぼくの目には、彼女はまごうことなきレディに見えますが」

「セアラの扱いには気をつけなければならない。できれば、あの型破りなところを鷹揚《おうよう》に受けとめてくれる、かなり年上の相手と結婚させたいんだが」

ヴァレンティンは大きく息を吸いこんだ。「つまり、ぼくのような若造は彼女にふさわしくないとおっしゃりたいのですか？　それとも、ぼくの尋常ならざる過去が彼女の純真さを損ない、だめにしてしまうと？」

ジョンはたじろぎ、ヴァレンティンから視線をそらした。「きみは立派な人間だよ、ヴァレンティン。しかし……」

「ぼくの過去を知っている以上、いちばんかわいい娘とは結婚させたくないわけですね」ヴァレンティンは席を立った。「残念ながら、ぼくが興味を引かれたのはセアラただひとりです。もし彼女と結婚できないなら、あなたへの恩は別の形でお返しすることにします」

後悔するようなことを口にしないうちに、ヴァレンティンは早々に書斎をあとにすることにした。ブランデーが胃にひどくしみる。遠い国で性の奴隷として生きていたヴァレンティンとピーターを救いだしてくれたのは、ジョン・ハリソンだった。ジョンは信義を守り、ふたりの若き英国人青年をどういう場所で見つけて救いだしたか、決して口外はしなかった。七年間も他人の欲望の奴隷だったことが知られたら、世間からまともな人間とは見なされないだろう。生還してから十二年たった今も、ヴァレンティンの心は帰国した十八歳のときと変わらず病み、傷ついていた。

十年以上も慕いつづけてきた恩人から、いちばんかわいい娘とは結婚させたくないと思われていることが、これではっきりした。ほかのふたりの娘なら嫁がせてもかまわないとジョンが考えているとしたら、彼の海運会社がどれほど深刻な事態に陥っているか想像がつく。自分のいちばん大切な娘にヴァレンティンが手を出そうとしたと思ったのか、ジョンの顔には彼に対する嫌悪感が表れていた——顔に出すまいと必死に努力していたようではあったが。

ヴァレンティンはクラヴァットの結び目をほどいた。ああ、風呂に入りたい。しかし、屋敷の召使いを呼ぶには時間が遅すぎた。階段の下にたたずみながら、ふとこのまま馬の背中にゆられて夜の闇《やみ》のなかに永久に消えてしまおうかと考える。

やがてヴァレンティンは向きを変え、誰もいない厨房《ちゅうぼう》を通り抜けて勝手口から裏庭に出た。ポケットを探って葉巻をとりだし、火をつける。ここでの滞在予定を切り上げて出ていくべきだろうか？　スイカズラのむせるような甘い香りが鼻をつき、そこにブランデーと葉巻のにおいがまざりあう。彼は強いにおいが苦手だった。自分がかつて奉仕した客の、香水をぷんぷんにおわせた体をまざまざと思いだしてしまうからだ。

遠くに聞こえる波の音が、高ぶった神経をさらにかき乱した。あわててきびすを返し、外と裏庭を隔てているれんが塀から離れる。果たしてこの先いつか、ピーターと過ごしたトルコの売春宿《ボルデーロ》についての口さがないうわさや陰湿なあてこすりから逃れられるのだろうか？

ジョン・ハリソンに救いだされたヴァレンティンとピーターは、不本意にも有名人となった。英国人の少年ふたりが長年にわたるとらわれの身から解放された事実に、国じゅうが熱狂したのだ。不愉快なことに新聞はいまだに、ヴァレンティンの事業の成功について記事にするときは決まって彼の過去にも触れる。連中にことの全容を知られていないのは幸いだった。でなければ今ごろふたりは、社会からつまはじきにされているだろう。

葉巻を吸い終えると、ヴァレンティンは今にも崩れそうな石づくりの屋敷に引き返した。おそらくジョンの考えは正しい。セアラにはもっとまともな夫がふさわしい。ローズピンクのドレスを着た彼女のほっそりした体と、高く結い上げた黒髪、そして輝く小冠《コロネット》を思い浮かべる。ぼくはただ彼女の満たされない思いや自由への憧《あこが》れを感じとり、いくらか発散させてやったにすぎない。

セアラが示した情熱的な反応に、ぼくは男としての本能を激しくかきたてられた。今も欲望が体の奥でざわめいている。ぼくがどんなに強くセアラに引かれていたか、彼女は経験がないからわかっていないのだ。

おそらくそれでいいのだろう。

屋敷の荒れようからして、ジョンが金に困っているのは明らかだ。召使いの数も足りていないし、セアラも妹たちも流行遅れのドレスをつくろって着ている。それに、どう考えてもシャーロットはぼくとの結婚を望んでいない。母親にぼくとの結婚を考えるよう言い含められたのだろうか？

ヴァレンティンは顔をしかめた。ひょっとしてジョンは破産寸前なのか？　もしそうだとすれば、娘をぼくから守りたいなどと考えるのはあまりに愚かだ。いずれ悔やんでも悔やみきれないことになるだろう。

しかたがない。銀行手形を置いていこう。そうすれば、ジョンもなんとか借金地獄から逃れられるはずだ。そして、自分にも結婚生活を送れるなどと思うのは、もうやめることにしよう。

## 3

朝食後ふたたび一階におりたとき、セアラはすぐさま父の書斎に来るよう言われた。朝食の席で母がどこか気をもんでいる様子だったこと、ヴァレンティンの姿がなかったことが気になっていた。昨夜ふたりが抱擁しているところを目にした父が、ヴァレンティンを追い払ってしまったのだろうか？

セアラは、手持ちのドレスのなかでいちばん上等なブルーのモスリンのドレスに身を包んでいた。手でドレスのしわをのばし、編んだ髪が乱れていないかどうか手でさわって確かめる。たぶん、書斎にはヴァレンティンもいるにちがいない。しかし彼の姿はなく、セアラの顔から笑みが消えた。まさか別れも告げずに出ていってしまったのかしら？　セアラのあとにつづいて母が部屋に入り、ドアを閉めた。母は父にうなずきかけたが、父はそれを無視して言った。

「かけなさい、セアラ。おまえに話がある」

いぶかしげに母の顔を見てから、セアラは腰をおろした。

「ソコルフスキー卿がおまえと結婚したいと言ってきた」

聞きまちがえたのではないかと思い、セアラは父の顔を見つめた。父はいったいなぜこんなに暗い顔をしているのだろう？　その一方、母が妙に勝ち誇ったような顔をしているのはどうして？

「もちろん、私は断った。彼にはエミリーかシャーロットのほうがふさわしいと思うのでな」

なぜ？　なぜわたしではだめなの？　セアラの鼓動は乱れた。「それで、ソコルフスキー卿はお父様の返事を受け入れたの？」そうきかずにはいられなかった。こんな唐突なプロポーズは侮辱にあたると考えるべきかしら？　それとも、妹たちをさしおいて選んでもらったことを喜べばいいの？　少なくともシャーロットはほっとするだろう。

「いや」父が言った。「受け入れなかった」

セアラは身をのりだした。「つまり、あの人はもうここを出ていくということ？」

「残念ながら、そう簡単にはいかないのだよ」父は目をこすり、めがねをかけた。「母さんが言うには、この件について私には選択の余地がないらしい。ああ、まさにそのとおりだ」

セアラは母の顔を見た。

母が言った。「つまり、うちにはどうしてもお金が必要なの。ソコルフスキー卿が出ていくのを黙って見送るわけにはいかないのよ」

本当なの、と父を問いただすまでもなかった。父の苦しげな表情に真実が表れている。セアラの両手が小刻みにふるえはじめた。ヴァレンティンがわたしを望んでいる？　うれしさと恐怖がまざりあって体じゅうを駆けめぐる。わたしは今、家族が経済的苦境をのりこえられるよう嫁いでほしいと頼まれているのだ。しかも相手は、わたしが身も心も引かれてやまない男性ときている。落ち着いた表情を装ってはいるが、体は燃えるように熱かった。母が支配するこの息のつまるような生活から、ようやく広い世界に飛びだせる。

「ソコルフスキー卿の血筋は申し分ないわ」母がさらにつづけた。「ロシア貴族とも英国貴族ともつながりがあるの。あの方のお母様は正真正銘の皇女《プリンセス》だったのよ。どう、すばらしいでしょう！　あなたは上流社会のなかでもとりわけ高い地位につくことになるの。わかっていると思うけど、いずれエミリーやシャーロットがすばらしい方と結婚できるよう力を貸してちょうだいね……」

セアラはそそくさと立ち上がった。「お父様、わたしはもちろん彼と結婚します。そうすることが長女であるわたしの務めだわ」

そう言いながらも、思わず笑みがこぼれそうになった。これからヴァレンティンと毎日ベッドをともにするのだと思っただけで早くも体がうずきだす。彼はあの短いながらも刺激的なひとときで、わたしが男性の愛撫を求めていることに気づかせてくれたのだ。

父は肩を落とし、両手で顔を覆った。「では、ソコルフスキー卿のところへ行って、おまえの考えを伝えてきなさい。彼は今、自分の部屋で朝食をとっているはずだ」

廊下に出たセアラは、まわりに誰もいないのを確認し、ドレスの裾を持ちあげてくるくるとまわった。いくらか落ち着きをとり戻すと、階段をのぼった。ヴァレンティンの部屋の前に来たところで、ふとけげんに思った。こんなやり方は正式ではない。父はなぜわたしをひとりでここに来させたのだろう？　まるで自らヴァレンティンと顔を合わせることが恥ずかしいかのようだ。娘の結婚は喜ばしいことのはずなのに。

セアラはノックしてからドアを開いた。ヴァレンティンはベッドの端に腰かけ、黒い長ブーツに足をつっこんでいるところだった。ブルーのベストはまだボタンをとめておらず、クラヴァットも結ばれていない。彼女は両手を握りしめた。

彼はセアラを見て立ち上がり、頭をさげた。「ミス・ハリソン」

「ソコルフスキー卿」

彼女は部屋に足を踏み入れた。明るい朝の日ざしが色あせた絨緞《じゅうたん》に模様を描き、ほこりをめだたせる。ヴァレンティンはいつもより老けて見えた。表情も険しく、不機嫌そうだ。それを見て、セアラの心はゆらいだ。どうやって切りだせばいいのだろう？

彼女が口を開こうとしたとき、ヴァレンティンがくるりと背を向けて鏡の前に立ち、クラヴァットを結びはじめた。複雑なひだや結び目を器用につくり、それをダイヤモンドのピンでとめる。じっと見守るセアラの視線を、鏡のなかの彼の目がとらえた。

「ミス・ハリソン。お父上が金の無心のためにきみをよこしたのなら――」

「ちがうわ！」セアラはさえぎった。「父はあなたのプロポーズを受けさせるためにわたしをよこしたのよ」

クラヴァットから手を離し、ヴァレンティンが振り向いた。「なんだって？」いつもの人をこばかにしたような笑みが浮かんでいる。「どうやら、ぼくが考えていた以上にお父上はせっぱつまっているようだな」

セアラは体をこわばらせた。父のことをそんなふうに言うのは許せない。

「そうじゃないわ。父は、あなたと結婚したいというわたしの願いを聞き入れてくれたの。わたしのほうから頼んだのよ」

「シャーロットはどうしているんだ？　未来の夫を姉に横どりされて、今ごろベッドにつっ伏して泣いているのか？」

彼女のまなざしが険しくなった。「よほど自分に自信がおありのようだけれど、シャーロットにはあなたのほかに好きな男性がいるの」

ヴァレンティンがゆっくりと近づいてきた。セアラは、思わずあとずさりしたくなるのをこらえた。あごをつかまれてぐいと持ち上げられ、目をじっと見つめられる。

「ぼくと結婚したいとお父上に泣きついたのか？」

「ええ。あなたはわたしに女であることの喜びを教えてくれたんですもの」セアラは彼のまなざしをまっすぐ受けとめた。大胆な言葉だが、父の名誉を守るために嘘をついているわけではない。

「それなら、ぼくにも泣きつかせてやろう」

ヴァレンティンが唇を近づけてきた。口のなかに舌を押し入れられ、セアラは弱々しくうめいた。舌と歯の荒々しい動きに圧倒されながら、彼の肩をつかんで体を支える。ヴァレンティンが彼女を引きよせ、ぴったりと体を密着させた。かたくなった高まりが腹部に押しつけられる。ああ、彼の腰に脚を巻きつけたい、彼の舌のリズムに合わせて体を動かしたい。激しい欲望に駆られ、彼女はどうにかなってしまいそうだった。

ヴァレンティンが唇を離し、セアラをぎゅっと抱きしめた。「ミス・ハリソン、ぼくと結婚してくれ」

セアラは彼を見つめた。この先、死ぬまでヴァレンティンのベッドで過ごせるのだ。「もちろんよ、ソコルフスキー卿」

# 4

「もう、このドレスったら！」

からまってしまったレースのウエディングドレスをなんとかしようと、セアラは背中に手をのばした。古びた家の窓から見える静かな庭園に、夜の闇が刻々と迫っている。夫となったヴァレンティン・ソコルフスキーは、彼女が今ごろとうにドレスを脱いでベッドで待っているものと思っているだろう。ほとんど泣きそうになりながら、セアラはなんとか腕を引きぬこうと真珠で縁どられたウエディングドレスを引っぱった。

「手伝おうか？」

セアラはあわててシルクの生地を胸もとにかきよせた。鏡のなかにヴァレンティンの姿が映っている。濃紺の婚礼衣装に身を包んでいるせいで、彼のすみれ色の瞳はいっそう深みを帯び、後ろでまとめた髪や端整な顔だちはいつにも増して魅力的に見えた。

結婚式は地元の教会でささやかに行われた。参列者も、セアラの家族とヴァレンティンの事業の関係者ふたりだけだった。母はずいぶんがっかりしていたが、セアラ自身はほっとした。

「メイドを帰らせたの。衣装をひとりで脱ぎたかったから」彼女は肩をすくめた。

ヴァレンティンは一瞬、眉をひそめた。「なるほど、うっかりしていたよ。きみの母上はデイジーを付き添わせたんだな」そう言うと、彼は近づいてきた。

「理由もなしに、ほかのメイドにしてなんて言えっこないでしょう」本当に長い一日だった。セアラの口調は普段よりいらだっており、心に余裕がないことを表していた。

「デイジーによけいなおせっかいをやかれると思ったのかい？」ヴァレンティンは彼女の後ろに立ち、薄紫色のシルクのドレスに目をやった。

むきだしの肩を指でなぞられ、セアラはぞくりと身をふるわせた。「よけいなことなら、母やおばたちからたっぷり聞かされたわ。あなたのベッドから悲鳴をあげて逃げだしたくなるようなことばかり」

ヴァレンティンがからまったドレスをつかみ、彼の胸もとに引きよせた。クラヴァットが背中にあたってくすぐったい。ドレスをほどきはじめたヴァレンティンの手が素肌に触れた。

「母上はなんとおっしゃったんだい？」

「じっと横になって、さっさとすませてもらえるよう祈りなさい、子どもがたくさん生まれて一日も早く夫がよりつかなくなるよう願いなさいって」

ヴァレンティンが静かに笑うと、彼の息でセアラのうなじの髪がゆれた。「きみもそう願っているのかい？」

彼女は後ろを振り向かされ、瞳をのぞきこまれた。思わず息がとまる。「いいえ、ちがうわ。わたしの願いは、あなたの肌を味わい、あなたの体をすみずみまで知ることよ」

ヴァレンティンはおやおやというように眉をつり上げ、ドレスが半分脱げかけた胸もとに視線を落とした。「それはまたずいぶん野心的だな。きみは本当に処女なのか？」

セアラが胸もとを隠そうとすると、彼に手首をつかまれた。「ちがったらどうなの？ わたしを軽蔑する？」ぴったりした白いサテンのブリーチのふくらみに目を向ける。「あなただって初めてではないでしょう」

ヴァレンティンがセアラの視線を追い、彼女のてのひらを自分の高まりにぴたりと押しつけた。「初めてじゃないからこそきいたんだよ。ぼくのは特に大きいとよく言われるからね。きみを軽蔑するだなんてとんでもない。ただ処女となると入口はきついだろうな」

彼がセックスのことを臆面《おくめん》もなく口にしても、セアラはもはや驚かなくなっていた。むしろ気持ちが楽になり、自分が解放されるような気がした。婚約してから今日までの四週間というもの、少ない機会をとらえてふたりきりで会うたびにヴァレンティンはキスをしながら、この先に待ち受けるベッドでのみだらな喜びについて長々とささやいてきたのだ。

ヴァレンティンの手が離れても、彼女は彼の下腹部にてのひらをあてたままだった。ひんやりしたサテン地をなでるたびに、ヴァレンティンの熱い脈動が伝わってくる。

「わたしの体があなたを受け入れられるようにする方法はないの？」彼のものがびくんと脈打

ち、一段と大きくなる。それを手のなかにおさめようと、セアラは指をさらに広げた。

「方法はいくらでもあるし、そのすべてを試すつもりだ。ぼくが首尾よくきみのなかに入るころには、きみは早く入ってもらいたくなり、ほとんど痛みも感じなくなっているはずだよ」身を引くと、ヴァレンティンは真剣な表情で彼女を見つめた。「ハープシコードを弾くとき、きみはなにを考える？」

急に話が変わり、セアラはとまどいを覚えた。「音楽のことを考えるわ。意識のなかを音が流れていくのを」かすかな微笑みを浮かべる。「ときどき、自分が誰だか忘れてしまうの」

ヴァレンティンはうなずくと、彼女の手をとっててのひらにキスした。「それならぼくの頼みを聞いてほしい。今夜は自分が良家のレディであることを忘れ、ぼくに奏でられる楽器になりきるんだ。そして、ふたりですばらしい音楽を生みだそう」

自信に満ちたその言葉に微笑みながら、セアラは手を引いた。「わたしを導いて。学んでみたいから」

ヴァレンティンの手を借りてウエディングドレスとペチコートを脱ぐと、彼女が身につけているのはゆるめられたコルセットと薄いモスリンの下着、ガーターベルト、そしてストッキングだけになった。彼にやさしく導かれて化粧台の前に腰をおろす。ヴァレンティンは上着とベストを脱いで後ろに立った。彼の指が凝った編みこみをじらすようにほどいていく。最後のヘアピンが引き抜かれると、セアラはため息をついて首筋をのばした。

ヴァレンティンがブラシをとり上げ、彼女の髪をとかしはじめた。「きみの髪がこれほど長いとは知らなかった。ほとんど腰まである」

ゆっくりとすべっていくブラシにもたれかかるように、セアラは背中をそらした。「あなたがロンドンから呼んだ髪結い師は、今朝この髪をかなり短く切ってしまおうとしたのよ。時代遅れだからって」

「きみが髪結い師の言いなりにならなくてよかったよ。この髪が枕に広がるところを見るのが待ちきれない」ブラシの動きがとまり、コルセットにヴァレンティンの指が触れた。「これを脱いでくれたら、もっととかしやすくなる」

彼がコルセットを外し、ふたたびブラシをかけはじめると、セアラは心地よさにうっとりして、静かにまぶたを閉じた。この四週間、結婚の準備に追いたてられ、母とやりあい、つかみどころのない新郎に接してきたせいで、疲れ果てていた。今にも眠りに落ちてしまいそうだ。そのとき、髪が肩の前に垂らされ、ブラシが胸の先端をかすめて彼女ははっとわれに返った。ブラシが鎖骨から腰までおりていくと、セアラは思わずため息をもらした。

乳首がまだ熟していないベリーのようにかたくなり、薄いモスリンの下着を突き上げる。ヴァレンティンが鏡のなかからセアラのまなざしをとらえた。ブラシの柄で右の乳首をなぞられ、セアラはぞくりと身をふるわせた。

「気持ちいいかい？」

彼女がうなずくと、ヴァレンティンは少し強くこすり、左の乳首にも同じことをした。セアラが息をはずませているのを見て、彼はブラシを置いた。

「それなら、これはもっと気に入るはずだ」

肩に置かれた両手がおりてきて、左右の乳房を包みこんだ。両方の乳首を指先でもてあそばれると、セアラは唇を湿らせた。体の奥が熱くなり、思わず身をよじらせたくなるのを必死にこらえる。

頭を後ろに倒すと、頬にヴァレンティンの下腹部があたった。盛り上がったサテン地に鼻をすりよせる。胸をまさぐっていた彼の手がとまったかと思うと、乳首を強く引っぱられた。ブリーチのふくらみに嚙みついてやりたくなり、セアラはもう一度鼻を押しつけた。

「まだだよ」ヴァレンティンが身を引いた。「きみがぼくにしゃぶりつくのはもっとあとだ」

セアラはヴァレンティンの顔をまじまじと見たが、彼は冗談を言っているわけではなさそうだった。そんなことをする女性が本当にいるのだろうか？

ヴァレンティンが彼女の正面にひざまずき、もう一度ブラシを手にした。セアラはけげんそうに眉をひそめ、その手首をつかんだ。

「セアラ、ここもとかさないと」彼は微笑んだ。「ぼくはきみの体のすみずみまで手入れしてあげたいんだ」

下着を腰までめくり上げられると、肌に冷たい空気が触れた。思わず両ひざをかたく閉じる。

「セアラ、脚を開いてくれ。決して痛くしないから。もしいやだと思ったらそう言えばいい。すぐにやめるよ」

おそるおそる力を抜くと、ヴァレンティンの手がひざを割って入りこんできた。彼のシャツが太ももに触れ、茂みにブラシがあたる。セアラは目を閉じた。ヴァレンティンのあたたかな香りに全身が包みこまれる。

ブラシがいつしか彼の指に代わり、ひそやかな場所をそっとなでた。セアラは思わずヴァレンティンの手をつかみたい衝動に駆られた。だが、自分がその手の動きをとめたいのか、それとももっと速く動かしてもらいたいのかはわからない。自分でさわっても、これほどの刺激を感じたことはなかった。

親指で花芯《かしん》のまわりにそっと円を描きながら、彼が中指をセアラのなかにすべりこませてきた。とたんに快感が波のように押しよせる。

「ぐっしょり濡れているよ。きみの不安をよそに、体はぼくを迎え入れる準備が整っている」

セアラは目を開けてその部分を見おろした。強すぎる好奇心がいつか身の破滅を招くだろうと母によく言われたものだ。ヴァレンティンは彼女のなかに指を入れたり出したりしている。指がすべりこむたびに小さな音がして、静まり返った部屋に規則正しいリズムを刻んだ。

「こんなに濡れて大丈夫なの?」

「もちろん。きみの体はぼくを求めている。濡れているおかげでぼくはきみのなかに入りやすくなり、きみもずっと気持ちよくなるんだ」
明快な答えに、セアラは気持ちが楽になった。この人ならどんな恥ずかしいことをきいても
すべて教えてくれるのではないだろうか？　そのとき、彼女のなかにもう一本指がさし入れら
れた。一瞬緊張したが、やがてその部分はヴァレンティンを歓迎して広がった。
彼はそのまま指を動かしながら、顔を上げてセアラの胸に唇を近づけた。モスリンの下着の
上から片方の乳首に舌を這《は》わせ、口に含んで強くリズミカルに吸う。
セアラはたまらず化粧台の椅子から腰を浮かせた。この先に危険なまでの快楽が待っている
ことはわかっている。ただ、それを歓迎したいのか、逃げてしまいたいのかわからなかった。
三本目の指が入ってきた。それらが生みだす甘美な刺激に、セアラは完全にわれを忘れた。
指を追いかけるように身をよじり、あたたかく受けとめてくれるてのひらに下腹部をこすりつ
ける。両手を彼の肩にすべらせ、たくましい筋肉に爪をくいこませながら、セアラはじれった
そうにうめき声をあげた。
ヴァレンティンが顔を上げてにやりと笑った。「そんなに急がないで、セアラ。朝まで時間
はたっぷりある」親指が秘所への入口を愛撫する。「実際の話、ぼくたちはこれから死ぬまで
ずっと、お互いを喜ばせる方法を学びつづけることができるんだから」
強く爪を立てられて、彼の顔がわずかにゆがんだ。
「でも早く教えてほしいの、ソコルフスキー卿。なぜこれを恐れる女性と、求めてやまない女

性がいるのかを」

ヴァレンティンは微笑み、セアラの秘所に視線を落とした。「ヴァレンティンと呼んでくれ。きみはぼくの妻なんだからね。それから、そんなに焦ってはいけない。ことが終わるころには、少しも怖くなくなっているはずだ」彼は立ち上がってセアラを引っぱり起こした。「服を脱ぐから手伝ってくれ」

セアラは彼のシャツを両手でつかんだ。だが、いくら引っぱってもシャツの裾はブリーチから出てこない。ブリーチの前をゆるめようとボタンに手をのばすと、手首をつかまれ、はちきれそうなふくらみへと導かれた。

「セアラ、これは気に入ったかい？」

ブリーチを押し上げているものに、セアラは目を奪われた。「なんとも言えないわ、ソコルフ……ヴァレンティン」唇を噛みしめる。「わたしには大きすぎるみたい」

するとヴァレンティンは彼女の手をとり、指先にキスをした。「大丈夫。ちゃんと入る」自信たっぷりにそう言われ、勇気がわいてきた。セアラはやっとのことでブリーチのボタンを外し、シャツの裾を引っぱりだした。ゆったりした身ごろが美しい体を覆い隠しているのが残念だ。ヴァレンティンはダイヤモンドのカフスを外すと、化粧台の上に無造作に置いた。

「おいで」彼はセアラの手を引いて、広々とした寝室の中央にある四柱式の天蓋《てんがい》付きベッドへと連れていった。そして彼女の前で頭をさげる。「シャツを脱がせてくれ」

闇のなかで、ヴァレンティンのブロンズ色のたくましい胸が露わになった。セアラは思わず手をのばし、右の乳首のすぐ下にある三日月形の傷に触れた。

ヴァレンティンは身をふるわせ、わずかに前かがみになって彼女のウエストに手をまわした。目を閉じているセアラにキスをし、そっと唇を噛む。彼の胸にあてたセアラのてのひらに、熱い鼓動が伝わってきた。

そのときウエストをつかむ手に力が入って抱き上げられ、背の高いベッドに座らされた。ひざのあいだにヴァレンティンの広い肩が押し入ってきて、思わずベッドに手をついて体を支える。太ももの内側に触れるかたい筋肉の感触に、喉の奥から声がもれそうになった。

ヴァレンティンの舌がへそへ向かってくると、セアラの体はぞくりとふるえた。彼が射るような視線を投げる。「下着を脱いでくれ。裸になったきみが見たい」

はやる思いで下着を脱ぎ捨て、ベッドに手をつく。ヴァレンティンはセアラの最も大切な場所に鼻をうずめ、満足げな声をあげた。

「とても濡れているね。だけど今からもっと濡らしてあげよう」

その場所を舌でなめられた瞬間、あまりの快感にベッドから転がり落ちそうになった。すでに目覚めて感じやすくなっていたその場所は、今や火のように熱くなっている。自分で触れたときとは似ても似つかない。なぜヴァレンティンは口だけでこれほどの快楽を与えることができるのだろう？　何度もなめられて、セアラはキルトの上掛けを強く握りしめた。

敏感な花芯を口に含まれたとたん、自分がレディであることを完全に忘れた。あえぎながら、彼の口の動きに合わせて腰を振る。ヴァレンティンがなめながら、彼女のなかに指をすべりこませた。

セアラは息も絶え絶えに上掛けを放し、片手をヴァレンティンの長い髪にさし入れた。指と口でもっと激しく愛撫してもらいたくて身をよじっているうちに、左足がしだいに彼の肩へと這いのぼっていく。

ヴァレンティンの指と口が奏でる湿り気を含んだ音が、セアラのあえぎ声と同じリズムを刻む。花芯を口に含んだ彼の低いうめき声に、体の奥がふるえた。

「セアラ、このままいってもいいんだよ」太ももの内側にそっと歯をたてながら、ヴァレンティンがささやいた。だが、その言葉はセアラの耳に届いていなかった。彼女は今まさに自分を解き放とうとしていた。

「さあ、いくんだ」ヴァレンティンの指がセアラの秘所を激しくこすると、彼女は耐えかねたように身をのけぞらせた。彼の声が遠のき、嵐《あらし》のような興奮が押しよせる。脈打つ波のような快感が子宮から乳房へ、乳房から爪先へと、喜びのロンドを奏でながら全身を駆けめぐった。

目を開けたとき、セアラはベッドに横たわっていた。ヴァレンティンも隣に寝そべっている。彼が乳房に顔をうずめてくると、セアラはあたたかな胸からたちのぼる自分自身の情熱の香りを深く吸いこんだ。

ヴァレンティンが彼女を見おろした。「気に入ると言っただろう？　だけど、本当のお楽しみはこれからだ」

彼がまだ服を身につけているのに気づいて、セアラはベッドの上に起き上がった。「ブリーチを脱ぐのを手伝いましょうか？」

ヴァレンティンのブーツが音をたてて床に落ちた。「ああ。でも気をつけてくれよ。ぼくはもうほとんど限界に来ているから」

セアラは慎重にブリーチを脱がせ、絨緞の上に落とした。そしてふたたびベッドに這い上がり、彼のみごとにそそりたったものをまじまじと見る。彼女がそれに触れると、指が濡れた。

「あなたも濡れているわ。濡れていると入りやすくなるの？」

ヴァレンティンがうなずく。「もう一度触れてくれ」

セアラは大きく息を吸い、彼の高まりに手をのばした。

ヴァレンティンは鋭く息をのみ、セアラの手に自分の手を重ねた。彼女の無邪気な奔放さに、欲望を激しくかきたてられる。未経験だというのに、セアラは少しも恐れていない。

「これまでに、欲望をたぎらせた男を見たことは？」

たずねながらも、ヴァレンティンはどんな返事が返ってくるか深く考えまいとした。セアラが別の男のペニスを観賞している姿など、想像しただけでどうにかなってしまいそうだ。

セアラは静かに首を振った。彼女のやわらかな髪で下腹部がくすぐられ、欲望がさらに募る。「デイジーといたときのあなただけよ」セアラはかすかに笑みを浮かべた。「それに、あのときだって見ていないわ」手にぎゅっと力を入れた。「こんなものは」

ヴァレンティンは高まりを指で愛撫する方法を教えた。前かがみになったセアラが愛撫に合わせて無意識に体をゆらしている。その豊かな胸と細いウエストを、彼は賞賛のまなざしで見つめた。

興奮が高まってくると、ヴァレンティンはセアラのもう片方の手も高まりへと導いた。彼女は息をはずませていた。彼女が刻む愛のリズムは不規則で、爪は彼の高まりにくいこんでいる。それでもかまわなかった。自分がどこまで耐えられるか試してみたかった。

ヴァレンティンはセアラの手を放し、そのまま愛撫をつづけさせた。片腕を彼女のヒップにまわし、乳房が頬にあたるくらいそばに引きよせる。そして乳首を口に含んで強く吸った。

二本の指をセアラのなかにすべりこませ、彼女の愛撫のリズムに合わせて動かすと、彼女があえぎはじめた。乳首を強く噛んでしまわないよう、ヴァレンティンは低くうめきながら乳房から口を離した。そしてその直後に絶頂に達し、熱い液をセアラの手のなかにほとばしらせた。

ヴァレンティンが体を起こしたあとも、セアラはやわらかくなった彼のものをまだ握っていた。ヴァレンティンは眉をつり上げた。

「驚いたかい？」

彼女は手を離し、濡れた指先を見つめた。「こんなふうになるなんて知らなかった」人さし指を口に近づけ、そっとなめる。たちまちヴァレンティンの下腹部が反応してびくっと動いた。「海の味がするわ」セアラのふっくらした唇に笑みが浮かんだ。「はじめはなにかまちがえたかと思った。でも、あなたは痛がるどころか、気持ちよさそうな声を出していたわ」

セアラの赤い舌が自分の精液をなめるのを見て、ヴァレンティンのものはまたしても張りつめはじめた。彼女の口に吸われたらどんな感じがするだろう？

「きみはずいぶん変わった処女だな」

こちらを見るセアラの表情がわずかに曇った。彼女はシーツに手をついて濡れた指をふいた。「わたしのことがいやになった？　自分が汚れなき乙女でいなければならないことをすっかり忘れていたわ。乙女ならまちがってもこんなことに興味を持ったりしないわよね」

「どうしてそんなふうに考える？　セックスがすばらしいものであることをわかろうとしない女性となんて、ぼくはベッドをともにしたくないよ」

ヴァレンティンはセアラの首筋に手をまわしてそばに引きよせた。「きみには結婚生活を楽しんでもらいたいんだ。ぼくとベッドをともにすることを考えただけで濡れるようになってほしい。ぼくを激しく求めてほしいんだ」

ふたたびかたくなったヴァレンティンのものがセアラの腹部にあたった。彼はセアラをベッドに倒し、あおむけにした。彼女が下から見つめ返してくる。ひざに触れると、セアラはヴァレンティンを迎えるように脚を開いた。欲望に濡れた秘所を見ようと、彼はセアラの脚をさらに大きく押し広げた。

秘所の入口が目に入ったとたん、ヴァレンティンのものはふたたび大きくそそりたった。セアラはすっかり潤っている。今すぐ顔をうずめ、ぼくの名前を叫ばせてやりたい。ヴァレンティンは彼女にのしかかり、その場所に高まりを押しつけた。とたんにセアラが身をふるわせる。彼は彼女の顔を両手ではさみ、セアラを見おろした。

「今からきみの大切な場所をなめる。きっと気に入ってもらえるはずだ。きみがぼくの名前を叫んで激しく求めてくれたら、次はペニスを入れる。これはもっと気に入ると思うよ」

セアラは口をきくことさえできないでいた。わずかに残っていた理性もヴァレンティンの言葉でかき消された。彼の長い髪がブルーのリボンでゆるく結ばれて片方の肩にかかっている。彼女が手をのばしてそのリボンをほどくと、ヴァレンティンのつややかな栗色の髪が波打つように広い肩に落ちた。

彼はセアラの喉にキスをすると、唇をだんだん下へと這わせていき、乳房のところでとめた。ヴァレンティンの髪のしなやかさと激しく胸に吸いつく口の動きに思わずため息がもれる。左右の乳首が丹念になめまわされてかたくなると、彼の口はさらに下へと向かい、へそを通りすぎて茂みまで来た。

「腰をあげて」

やさしい命令にしたがうと、ヒップの下に枕がさし入れられ、秘所がいっそうさらけだされる格好になった。そこにシルクのような舌がすべりこんできた瞬間、セアラは飛び上がりそうになった。両手で腰をつかまれ、ベッドにしっかりと押さえつけられる。

彼女は耐えきれず、身をよじって抵抗した。だが、ヴァレンティンの舌はさらに奥までもぐりこみ、そこに四本の指が加わる。秘所を唇で強くこすられ、歯でもてあそばれると、迫りくるクライマックスに全身が激しくわなないた。

セアラが悲鳴をあげてヴァレンティンの髪をつかもうとすると、彼が欲望に顔をぎらつかせてすばやく身を引いた。そして彼女の太もものあいだにひざをつき、片手でペニスをこすった。

「今から入れるよ」

彼の屹立したものが五センチほど入ってくると、セアラの体はふるえはじめた。ヴァレンティンは処女膜にはばまれていったんとまり、彼女を見つめた。そのまま目をそらさずにセアラの人さし指を自分の口に入れてなめ、その指を花芯へと導く。

セアラはほとんどベッドから落ちそうになりながらも彼を受け入れ、襲ってくる痛みに耐えた。ヴァレンティンがうめき声をあげながら容赦なく押し入ってくる。体がふたつに裂けてしまうのではないかという恐怖が、彼女の頭をよぎった。彼の下腹部を見おろしたセアラは、思わずうめきそうになった。まだ半分しか入っていない。

「これ以上は無理よ」自分の声ではないような、せっぱつまった高い声が口からもれた。

「大丈夫」ヴァレンティンはセアラに覆いかぶさったまま、熱いまなざしで彼女を見つめた。「もっと力を抜いて」頭をさげ、やさしく乳首をなめる。「さあ、そんなに怖がらないで。忘れたのかい？　きみはぼくに奏でられる快楽の楽器なんだ。もうしばらく演奏させてくれ」胸を繰り返しなめる彼の舌をセアラは見つめた。やがてヴァレンティンは舌のリズムに合わせて腰を小刻みに振りはじめた。彼の体がやわらかくしなるたびに、少しずつ奥へ入ってくる。

セアラはそのリズムに酔いしれ、ヴァレンティンの仕掛けるみだらなダンスに誘いこまれていった。いつしか、押したり引いたりを繰り返すペニスと舌の動きしか感じられなくなった。彼女はヴァレンティンに導かれて快楽の階段をのぼっていき、やがて彼の肩に爪をくいこませて悲鳴をあげながら絶頂に達した。ヴァレンティンが全身を引きつらせ、熱い液をセアラのなかにほとばしらせる。そして彼女の上に崩れ落ちるように力つきた体を重ね、耳もとに唇をよせた。

「これできみはぼくのものになった。この先ずっと、きみのなかに入ることができるのはぼくだけだ。ぼくがきみに喜びを教えることのできる唯一の男なんだよ」

開いたままのカーテンから夜明けの光がさしこんでくると、セアラは寝返りを打って、眠っている夫の背中を見つめた。デイジーといたときに目にした硬貨のペンダントは身につけていなかった。昨夜、彼の背中に手をまわしたときに触れた傷跡が、夜明けの薄明かりのなかで銀色に光っている。セアラは手をのばし、彼のうなじに触れた。皮膚をつぎあてたような跡を指でそっとなぞる。

とたんにヴァレンティンが飛び起き、彼女は悲鳴をあげる間もなくベッドに組み敷かれた。「今、なにをした？」彼が鋭い目で、あおむけになったセアラをにらみつける。

彼女は息をのみ、その恐ろしいまなざしを受けとめた。「驚かすつもりはなかったのよ」

ヴァレンティンは乱れた髪に指を走らせた。「ぼくは誰かと同じベッドで眠ることに慣れていないんだ」

セアラは眉をひそめた。「寝ているあいだに襲われるとでも思っているの？」

長い沈黙のあと、彼は笑い声をあげた。「ああ、特に他人のベッドではね。世の亭主は思いがけない時間にひょっこり帰ってくるものだ」

彼女は平気な顔を装った。「背中の傷跡にさわったの。きっとそれで起こしてしまったのね」深く息を吸い、思いきって言ってみた。「あなたはかつて暴力を受けたんでしょう。トルコで七年間も奴隷にされていたことを、少し前に父から聞いたわ」

ヴァレンティンはセアラから身を引き、傷跡のある背中を向けてベッドの端に座った。長い指でシーツをなでている。「お父上はほかになんと言った？」

「偶然、あなたともうひとりの英国人の少年を見つけて、ふたりをどうしても引きとりたいと相手に交渉したこと。あなたたちを英国に連れ帰ったこと。それだけよ」

「きみの父上はぼくたちの命を救ってくれた。そのことにはいつも感謝している」

慎重に言葉を選んだような口ぶりは、どこか本心でないように思われた。本当は死ぬまでほうっておいてもらいたかったのだろうか？

「父があなたを助けてくれたことをうれしく思うわ」

ヴァレンティンは振り向いて片方の眉をつり上げた。「これがあるから？」張りつめた自分のものを見おろす。「だが、これならほかの男にもある」

セアラはにっこりした。「わたしは父のことを考えていたのよ。父はすばらしい人だと」

「これは一本とられたな」ヴァレンティンが片手で高まりを握りながらにじりよってきた。

「ところでお互い目も覚めたことだし、もう一度きみのなかに入れてもらえないかな？」

# 5

なにがハネムーンよ！　足を踏み鳴らして寝室に入るなり、セアラは乱暴にドアを閉めた。〝仕事があるから〟というヴァレンティンの言葉は、どこか言い訳がましい。化粧台の上の金箔《きんぱく》で縁どりされた鏡に、気落ちしている自分の姿が映っていた。彼にはきっと、ベッドにいるときのわたししか見えないのだ。昼間の生活は別々にしようという意思表示なのかしら？　彼女はほうっておかれることに慣れていなかった。エセックスにある領主の館《マナーハウス》に来て二日になるが、もう我慢できない。

セアラがヴァレンティンの仕事の内容に興味を持っていることをさりげなくほのめかし、手伝う意思があることを遠まわしに伝えてみても、そのたびに軽く受け流されたり、無視されたりするだけだった。地元の領主の屋敷をたずねたいという希望すら、曖昧《あいまい》な笑みひとつで保留にされてしまった。セアラは朝から晩までほとんど誰とも話をしないまま、屋敷のまわりをぶらぶら歩いたり湖に足を浸したりして過ごしていた。

あんな人だとは思わなかった。ヴァレンティンはわたしの大胆なところ、好奇心旺盛《おうせい》なところを気に入っていたはずなのに。自分と首尾よく結婚させるためのでまかせだったというの？ひょっとしてわたしはこの先ずっと、知りあいのほかの妻たちと同じように夫からほったらかしにされ、たまに機嫌をとられるだけなのかしら？

セアラは着替えのために呼び鈴を鳴らして新しいメイドを呼び、ナイトドレスに着替えた。古めかしくて美しい寝室にも、もう心を引かれない。母のうるさい小言や、妹たちとのけんかさえなつかしかった。炉棚に置かれた中国製の時計が十一回鳴り響き、セアラははっとした。ブラシを置いてベッドへ向かう。目の奥がずきずき痛んでいた。そんなに大切な仕事があるのなら、今夜ヴァレンティンはわたしのベッドにも来ないかもしれない。

セアラは心のなかで自分の子どもじみた態度をしかった。これではヴァレンティンにわがままだと言われるのもあたり前だ。結婚は遊びではないのだ。それに自分は、なにからなにまで夫に指示してもらわなければ生きていけないタイプの女でもない。彼女の父も、会社の業務が円滑に進むよう、いつも長い時間仕事をしていた。ヴァレンティンも同じだからといって驚くことはない。

それに彼は、わたしに多くのものを与えてくれたわ……。

夫に対してもっと寛大になろうと心に決めて、セアラは上掛けをめくった。枕の上に包みがあった。金色のひもをほどいて包装紙を開くと、布張りの表紙の本が出てきた。つややかな深紅の表紙には、名前がない。にわかに興味を引かれ、彼女は最初のページをめくって読みはじめた。手書きの凝った飾り文字は初めて目にするものだった。

この本はぼくたちふたりのものだ。ここにきみのひそかな願望やみだらな夢を書きつづり、いつかそれを思いきって実行してほしい。ぼくはきみのどんな要望も満たしてあげるつもりだ。空想することを恐れないで。

ヴァレンティン

セアラは美しい筆跡で書かれたその文章を指でなぞった。ヴァレンティンはなんて察しがいいのだろう。いかに奔放な性格とはいえ、彼女は最近自分のなかに芽生えた欲求にとまどっていた。彼はそれを見ぬいていたのだ。ページをめくると、そこにも何か書いてあった。小さく声に出して読んでみる。

ぼくは書斎の机に向かっている。すでに夜はふけていて、きみがひとりベッドに横たわっている姿を想像している。ぼくの美しい花嫁は、ぼくに捨てられたと思いこんだだろうか？　でも、わかってほしい。ぼくは好き勝手に遊んで暮らす貴族とはちがう。仲間に笑われようと、生きるために仕事をすることを選んだのだ。

ブリーチのなかでペニスがかたく張りつめてきた。ぼくは椅子に座りながら体をもぞもぞ動かす。今きみのなかに入っていて、きみを絶頂に導いている最中ならどんなにいいだろう。机の上に広げられた帳簿が目に入り、現実に引き戻される。目の前で数字がぼんやりとかすみ、ふわふわと躍りだす。

物音が聞こえてドアのほうを見ると、髪をおろしたきみが蠟燭を手に立っている。ぼくが立ち上がる間もなく、きみはぼくの椅子と机のあいだにするりとすべりこんでくる。そしてぼくの脚のあいだに入ってきて、なにも言わずにローブの前を開く。その下にはなにも着ていなかった。

セアラの目はそこでとまった。いつの間にか喉に手をあて、さっきまで悩んでいたことさえ忘れていた。ヴァレンティンは書斎までセックスしにおいでと誘っているのだろうか？　それともこれは、わたしを楽しませるためのちょっとした空想にすぎないの？

本そのものが熱を帯びているかのようにベッドへ落とすと、彼女は絨緞の上を歩きまわった。理性や恥じらいが、こんな誘いには腹をたてるべきだと訴える。わたしがベッド以外の場所にも平然と裸で現れるところを勝手に想像するなんて許せない。しかも、こんなに長いあいだほったらかしにしておきながら。

歩きまわっているうちにセアラの体は熱くなり、乳房と脚のあいだがうずきはじめた。立ちどまって鏡を見つめると、そこには動揺している自分の姿が映っていた。シルクのナイトドレスの上からためらいがちに乳首をつまむ。心のなかの葛藤《かっとう》とは裏腹に、体のほうは早々とヴァレンティンを受け入れる準備をはじめていた。

赤い本は先ほどのページを開いたまま落ちていた。ヴァレンティンの挑発的な文章をもう一度だけ読み返すと、セアラは本を閉じて枕の下にそっとすべりこませた。

ヴァレンティンは椅子の背にもたれ、肩のこりをほぐした。一本の蠟燭が周囲に並ぶ本を照らしだしている。樫《かし》張りの壁には古い革と煙とブランデーのにおいがしみこんでいた。子どものころ、よく乳母から逃げてここに隠れたものだ。父の執事がこっそり角砂糖をくれて、革張りの分厚い本を見せてくれた。幼い彼にとってはありがたいことに、父がここを訪れることはめったになかった。

ここにいると気持ちが安らぐが、あと二日でロンドンに戻れるのはうれしかった。ほかの多くの貴族とちがい、ヴァレンティンは自分の手がける事業に膨大な時間を注ぎこまなければならなかった。今回も一週間ほど目を離していたあいだに、会社では彼にしか解決できないやっかいな問題がいくつも持ち上がっていた。

ヴァレンティンは大きくため息をついた。仕事だけでなく、セアラのこともある。会社が緊急事態に陥っていたため、ここ二日ほど彼女をほとんどかまってやれず、ほったらかしにしていた。セアラは平気そうにしていたが、機嫌を損ねていることはわかっている。実際、彼自身も残念でならなかった。一日じゅう机の前に座っているより、彼女とふたりでベッドのなかにいるほうが楽しいに決まっている。ヴァレンティンは時計に目をやった。セアラはもう例のプレゼントを見つけただろうか？　そして、ぼくの書いた物語に興味を抱いたのか？　それとも激しい嫌悪感を抱いただろうか？

彼は額に手をやった。秘書から届いた手紙によれば、さらにもうひとつやっかいな問題が持ち上がったらしい。何者かが会社の共同経営者であるピーター・ハワードをゆすろうとしているというのだ。しかも当のピーターはそのことを今もヴァレンティンに伏せている。

かすかな物音がして、彼は目を上げた。セアラが挑みかかるような目つきで机の前に立っていた。髪を肩に垂らし、深紅のガウンを着ている。頰はガウンと同じ色に染まっていた。ヴァレンティンの下腹部はうずいてかたくなり、今にもブリーチを突き破りそうになった。

セアラはヴァレンティンと机のあいだにするりとすべりこみ、彼のひざのあいだに入ってきた。シルクのガウンのやわらかな感触が、握りしめた拳《こぶし》に伝わってくる。セアラがガウンのサッシュをほどいて裸の体を露わにしたとき、ヴァレンティンは軽いめまいを覚えた。

彼はセアラのなまめかしい体にただ目を奪われていた。蠟燭のやわらかな光を受けた肌が、極上の陶器のようにつややかに輝いている。セアラの乳首に吸いつきたいという衝動がこみ上げ、ヴァレンティンは唇をなめた。無意識に身をのりだし、彼女のへそに舌を這わせる。欲望をたぎらせた彼女の香りに血が騒いだ。このまま秘所まで舌を這わせていき、体の奥深くにさし入れたい。驚いたことに、これまで愛人にしてきたどんな経験豊富な女性よりも、セアラは彼を激しく燃え上がらせた。

しっかりしろ。彼女は妻なんだぞ。どこかの外国の卑しいあばずれじゃない。ヴァレンティンは自制心を呼び起こし、セアラを自分のひざにまたがるようにして座らせた。そして、彼女の口に軽くキスをする。

「ちょうど気分転換したいと思っていたところだ。いったい、どうしてここへ来ることにしたんだい？」

セアラが微笑むと、ふっくらした唇が誘いかけるようにカーブを描いた。「だって退屈なんですもの。わたしはひとりでほうっておかれるのに慣れてないの。仕事の手助けがいらないなら、別のことをして気晴らしさせてあげる」彼女は少し迷ってから言った。「あなたが書いてくれたこと、おもしろそうだわ」

ヴァレンティンはセアラのこういうところが気に入っていた。彼女はどんな質問にも正直に答える。彼のように世の中を皮肉な目で見ている人間にとって、セアラのそんな面はとても新鮮だった。彼女の素直さに心が洗われ、人の世もそう捨てたものではないかもしれないと思えてくる。

「ずいぶんわがままだね。ぼくにかまってもらうことばかり期待するとは」ヴァレンティンがそう言うと、セアラは顔をしかめた。「ほら、今度は怒ってじだんだを踏む子どもみたいだ」

彼女はつんとあごを上げた。「わたしは子どもじゃないわ」

ヴァレンティンは身をのりだしてセアラのかたくなった乳首をなめた。「それはわかっている」腕のなかで彼女がびくっと身をふるわせる。「わかっているけど、ひざにのせてお尻をぺんぺん叩いてやりたくなるんだ」からかい半分の言葉にどんな反応が返ってくるか、彼は注意深くうかがった。セアラはまだなにも知らないのだ——彼女のお尻をぶつことがヴァレンティンにとって、そして彼女自身にとってどれほどの快感をもたらすか。彼は、セアラから目が離せなくなっている自分に気づいた。彼女のせいですでにスエードのブリーチの前は湿ってしみができている。

セアラが唇をゆがめた。「わたしはなにもしないでいるのがきらいなの。あなたと結婚することに決めたとき、これでやっと自分の人生がおもしろくなると期待したのよ。前よりつまらなくなるなんて思ってもみなかったわ」

ヴァレンティンは笑いそうになるのをこらえた。「ぼくとの生活がつまらない、だって?」

セアラは身をよじって反論した。「人生はこれだけじゃないでしょう」

てのひらを彼女の下腹部にあてる。「これでも?」

「しかし、ぼくたちは今ハネムーンのまっただなかだよ。こればっかりやっていればいいんじゃないのかい？」ヴァレンティンは指を一本彼女のなかにすべりこませた。「あと二日でロンドンへ向けて発たなければならない。二週間もすればきみは、今度はぼくとベッドをともにする暇もないと文句を言いだすさ」

なにか言おうとするセアラの唇を、彼は指で封じた。

「ぼくの書いた物語には、きみと言い争いをする場面なんてなかった。もっとすばらしいことをするはずだよ」ヴァレンティンはセアラのウエストに手をまわして抱え上げ、机の角に脚を大きく広げて座らせた。そして椅子を後ろに押しながらブリーチのボタンをひとつひとつ外し、締めつけられていた高まりを解放する。

彼は自分のそそり立つものを片手で握って立ち上がった。その先端で濡れた秘所をなでると、セアラが鋭く息をのんだ。

「今からきみのなかにひと突きで入るつもりだが、きみはすんなり受け入れるだろう。机の上で裸になっているところを入ってきたメイドに見られても、きみは平気なはずだ。お願いだからやめないで、最後までいかせてと泣きつくにちがいない」

敏感な花芯をペニスで刺激されてうっとりしているセアラの顔を、ヴァレンティンはながめた。今、誰かが部屋に入ってきても、彼女は気づかないかもしれない。どうやらセアラはぼくと同様、セックスに深くのめりこむタイプらしい。〝赤い日記〟の作戦は成功だ。書斎以外にも彼女とみだらにたわむれることのできる場所がないだろうか？　他人の目に触れる可能性のある場所、秘密の逢引《あいびき》にうってつけの場所を求めて頭をめぐらせる。

ヴァレンティンはうめき声をあげながらセアラのなかに入った。強い締めつけがたまらなく心地いい。彼は完全に入ってしまうまで突き進み、やがてゆっくりと身を引いた。「さあ行くよ、セアラ。今からきみを天国に連れていってあげよう」

わたしは庭を散歩している。するとあなたがやってきて、わたしをつかまえるの。うれしいわ、外で愛してくれるなんて。肌に冷たい空気が触れる。そして半分だけ服を脱がされ、誰かに見つかったらどうしようなんて思いながら抱かれるの。ああ、考えただけでぞくぞくするわ。

自分の書いた水彩画をよくながめようと後ろにさがった拍子に、セアラは広い胸にぶつかった。驚いて振り向くと、ヴァレンティンの腕のなかにいた。〝赤い日記〟に初めて書いた一節をもう読んでくれたのだろうか？　あの場面を実行しに来てくれたの？　昨日は、どんなことを書こうか何時間も考えた。書き終えてから、どこかつまらない気がした。彼のように経験豊かな男性が読んだら、子どもっぽいと笑いとばされてしまうのではないかしら？

ヴァレンティンは笑顔でセアラを見おろした。欲望のたぎった彼の瞳は、外套や上着とどこか不釣りあいな気がした。「やあ、セアラ」そう言いながら、イーゼルをさす。「絵を見せてもらってもいいかい？　それとも、完成するまで待つべきかな？」

　セアラは肩をすくめた。「わたし、絵はあまり得意じゃないの。でも、どうぞ見てちょうだい」その場を離れ、屋敷と湖を描《か》いた水彩画を見せる。ヴァレンティンは首をかしげて長いあいだ熱心に絵に見入っていた。

「きみの言うとおりだ。あまり上手じゃないね」

　セアラは微笑むのをやめてあごを突きだした。「下手だって言いたいの？」

　彼が笑いながら言う。「いや、うまいことはうまい。でもハープシコードのほうが上手だ」

　セアラはしぶしぶ絵筆をイーゼルに戻した。ヴァレンティンは見えすいたお世辞など絶対に言わない。これまで父に甘いことばかり言われてきた身には、慣れるまでしばらく時間がかかりそうだ。

「残念ながらあなたの言うとおりね。これまですばらしい先生について習ったこともあるけど、いくらがんばっても上手にはなれなかったの」セアラは彼のほうを向いた。「きっと両親は、わたしが絵に夢中になれば音楽をあきらめると期待したんでしょうね」

　ヴァレンティンは彼女の手をとり、自分の腕にかけた。「絵を描くより、ぼくのために音楽を演奏してほしい。できれば全裸で、薔薇《ばら》の花びらだけをまとってね。だが、こういうことは例の日記のなかで語るべきだな」

　笑顔で見おろされ、セアラの胸が高鳴った。脚のあいだがかすかにうずきはじめる。ヴァレンティンは、手袋をはめていない彼女の指を軽く叩いた。「しばらく庭を歩かないか？　話しておきたいことがある」そう言うと、屋敷からのびる小道を野生の水仙が咲いている湿地へ向かって歩きだした。道すがら、数人の庭師たちが木の剪定《せんてい》や植えこみの草とりなどをしていた。ヴァレンティンが庭師のひとりと立ち話をするあいだ、セアラは美しく咲き誇る花々に見とれていた。

「この小道を歩くのは初めてだわ。本当に美しいお屋敷ね」この屋敷は築二百年を超え、建物には三つの翼があり、アルファベットのEの形をしている。壁に囲まれたハーブガーデンと迷路が建物の西側を守っていた。湖と楡《にれ》の並木がある車道はあとからつくられたものらしい。

「この丘の向こうにローマ時代の寺院の遺跡があるんだ。きっときみも気に入ると思う」

セアラはヴァレンティンを興味深そうに見上げた。「このあたりのことに詳しいのね。子どものころによく来たの？」

「ぼくは十一歳までここに住んでいたんだよ。この屋敷はロシア皇女だった母のものだ。遺言によって、ぼくにゆずられたのさ」

「十一歳のときになにがあったの？　寄宿学校に送られたとか？」

彼の顔が曇った。「いや、父とロシアへ旅行に行ったんだ。そのあげくトルコ人の奴隷にされて、かなり特異な教育を受けるはめになった」

セアラは顔が赤くなるのを感じた。「まだ十一歳だったなんて……」自分の腕を強く握りしめる。「なんて言えばいいか」

ヴァレンティンがいつもの笑みを浮かべた。相手をよせつけたくないときの笑みだ。「きみが子ども部屋で遊んでいたころの出来事だよ。きみが同情する必要などまったくない」

「同情しているわけじゃないわ」

「セアラ、憐《あわれ》みなど無用だよ。ぼくはもうすべて忘れた」ヴァレンティンは庭師のひとりにうなずきかけ、なだらかな坂を歩きつづけた。「話題を変えよう。ロンドンへ行くのは楽しみかい？」

セアラはうなずきながら、彼に忌まわしい記憶をよみがえらせてしまった自分に猛烈に腹をたてていた。努めてにこやかな表情をつくって答える。「ええ。もちろん、とても楽しみにしているわ。あなたはロンドンにもお屋敷を持っているの？」

「どこかに部屋を借りようと思っていたが……」ヴァレンティンは言葉をにごした。「実は、父のストラザム侯爵がポートランド・スクエアに屋敷を持っているんだ。きみが望むなら、つづき部屋を使わせてもらえるだろう」

セアラは彼を見上げた。「でも、あなたはそうしたくないのね？」

ヴァレンティンの頬がぴくりと動いた。「父は、貴族のぼくが仕事をしているのが気に入らないんだ。ぼくの数奇な過去とも折りあいをつけられないでいる」

「あなたを守れなかったことに対する罪悪感もあるんじゃないかしら」

ヴァレンティンは笑った。「そんなふうには見えないがね。ぼくが英国に帰ったとき、父は喜びもしなかったんだ。すでに新しい家庭を築いていたし、ぼくが現れたことで腹ちがいの弟たちは爵位を継承することができなくなってしまったからね」

セアラは立ちどまり、丘の上に光り輝く白い建物をうっとりとながめているふりをした。「たしかにお父様にとってはショックだったでしょうね。お母様はあなたが帰国する前に亡くなったの?」

ヴァレンティンは後ろで両手を組み、彼女に背を向けた。「ああ。明らかに深い悲しみが原因でね。あとから聞いた話では、父がぼくをトルコ人の手に渡してしまったことを、母は死ぬまで許さなかったそうだ」一羽の黒い鳥がセアラの頭上を低く飛び、横倒しになっている石柱に舞いおりた。眼下で作業している庭師たちの物音に対抗するように、その鳥がけたたましい声で鳴く。セアラはドレスをたくし上げ、草地を踏み分けて石柱へと近づいていった。さわってみると、石はひんやりしていた。あちこち苔《こけ》むして風化している。

セアラは石柱をなでた。「あなたのご先祖はギリシアに旅をしたの?」

ヴァレンティンは彼女の指先を見ながら、ゆっくりとした足どりでやってきた。「たしか、母方の祖父が大旅行《グランド・ツアー》をギリシアでしめくくったと聞いている。みんなの話では、祖父はこの寺院をそっくり木箱につめて英国に持ち帰ったそうだ」

その小さな円形の建物をセアラはじっと見つめた。屋根はドーム型で、腰壁の上に八本の石柱が立っている。彼女は崩れ落ちた石のあいだを注意深く歩いた。「なかに入っても大丈夫?」

「もちろん。年に一度は強度を検査させている。まわりに転がっている石は、演出のためにわざとそうしてあるんだ」

建物のなかは薄暗くひんやりとしていた。セアラはかがみこんで、色あせた床のモザイク模様に見入った。女性の顔の輪郭を指でなぞる。「これは美の女神《アフロディーテ》?」美しい裸の女性が、数人の娘たちに囲まれて花畑のなかを飛び跳ねている。

「祖父の日記によればそうらしい」ヴァレンティンがブーツの音を響かせながらやってきた。

セアラは彼の手につかまって立ち上がった。「連れてきてくれてありがとう、ヴァレンティン。とても美しいところね」いたずらっぽい笑みを浮かべて振り向く。「絵に描いてみたくなったわ」

ヴァレンティンは彼女の手を握った。「下をながめてみよう。ここから屋敷の屋根が見おろせるんだ」

セアラを一本の石柱のところまで連れていくと、彼は真後ろに立った。彼女のウエストに腕をまわし、背中を自分の体にぐいと引きよせる。「父がなぜぼくたちの結婚式に出席しなかったのか、きみは不思議に思っているんじゃないかい?」

ヴァレンティンの指先が器用にひもをほどき、胴着とコルセットをゆるめた。セアラはため息をもらした。乳房のすぐ下に彼の腕がまわされているおかげで、ドレスがかろうじてずり落ちずにすんでいる。丘を見おろすと、数人の庭師たちがまだ小道や植えこみで作業をつづけていた。

「今の話を聞くまで、あなたのお父様はもう亡くなったのだとばかり思っていたわ。あなたはこれまで一度もお父様の話をしなかったから」小さく閉ざされた空間では、自分の声がやけに大きく響き、息づかいまではっきりと聞こえた。

「父のことはなるべく考えないようにしている。父は以前ぼくに、爵位をゆずる代わりに金はいっさいやらないと明言した」首筋に歯をたてられて、セアラはぞくりとした。「父はぼくが結婚したと聞いても少しも喜ばないさ。むしろ、ひとり身のまま死ぬことを願っていたはずだ。新しい家庭でできたかわいい息子がなにもかも相続できるようにね」

愛の行為のさなかに複雑な家庭の事情を持ちだすなんて、いかにもヴァレンティンらしい。ひょっとして、わたしの気をそらそうとしているのだろうか？　セアラはいちばん手前で作業している庭師に視線を定めた。ヴァレンティンはドレスの裾を彼女の腰のところで束ね、ふんわりした何層もの生地をウエストの位置まで持ち上げた。ほてった肌に冷たい空気が触れたかと思うと、まもなくうっとりするような肌ざわりのスエードのブリーチが押しつけられた。ヒップから足首まで、ベルベットで愛撫されているような感覚を覚える。

「わたしはあなたのお父様と新しい奥様をたずねるべきかしら？」

ヴァレンティンは彼女の首筋に押しあてた唇を上にすべらせながら答えた。「もしきみが耐えられるならね。実は、ロンドンに着いて少ししたら、きみの名前で晩餐会《ばんさん》を開くようすでに手配してあるんだ」耳たぶを噛まれ、セアラの乳首がにわかにかたくなった。「ぼくの友人や商売敵も招待するつもりだ。世の中の成功した実業家たちと同じように、ぼくにも敵がいるんだよ、セアラ。きみの目で相手を見て判断してもらいたい」

ヴァレンティンは腰を突きだし、屹立したものを彼女のヒップに押しつけた。石柱をつかむセアラの指先に力が入る。

「ぼくを迎える準備はできているかい？　まっ昼間にこんなところで奪われるという思いつきに、今でもまだ興奮している？」彼は左手を広げてセアラのヒップにさわった。そして長い指を彼女のなかにさし入れる。ヴァレンティンはため息をついた。「よく潤っている。これなら簡単に入りそうだ。ぼくがほしいんだね」

眼下の動きがセアラの注意を引いた。ヴァレンティンは彼女の秘所を指先で愛撫しはじめた。

「ねえ、庭師のひとりがわたしたちに気づいたみたいよ」

彼はセアラの耳たぶに軽く歯をあてた。「恥ずかしいのか？　ぼくがきみに実際どんなことをしているか、あの位置からでは見えないよ。彼はただ想像するしかない」ヴァレンティンが指を離してブリーチのボタンを外しはじめると、彼女は大きく息を吸った。かたくて濡れたものが後ろからウエストに押しつけられる。それが脚のあいだに入ってきて、セアラの花芯にあたった。胸が激しく高鳴り、太もものあいだが欲望にうずく。思いきって目を開くと、庭師はまだセアラを見ていた。そして、彼女にウインクしてみせた。

「やめてほしい?」ヴァレンティンがささやいた。「きみがやめてと言うならここまでにしておくが、きみはそれで本当に我慢できるかな?」

セアラは唇を噛んだ。「でも、もしあの人に見られたら?」

「見られたら、どうだというんだい?」ヴァレンティンはドレスの上から左右の乳首を愛撫した。「見せてやればいいじゃないか。彼が興奮するかどうか見ていてごらん。どんなにぼくと入れ替わりたいと思っているか、想像してみるんだ」

ヴァレンティンは返事を待たず、ひと突きでセアラをつらぬき、彼女を爪先立ちにさせた。セアラは腰壁をつかみ、彼の刻む力強く速いリズムを必死に受けとめた。まだ体がヴァレンティンにすっかりなじんだわけではない。特にこの体勢だと、彼のものがとても大きく感じられた。セアラは自分を見つめる若い庭師と目を合わせた。彼女の視線に気づいて、庭師は日焼けした顔をほころばせた。後ろから突かれてセアラの体が大きくはずむと、庭師は股間に手をあてた。泥だらけのブリーチの下で、彼のものが張りつめているのは明らかだ。

「ほらね、セアラ」ヴァレンティンがささやいた。「あの庭師はきみがほしいんだ。きみがそうさせたんだよ。彼はきみを抱きたくてたまらない。でも無理だ。なぜなら、きみはぼくのものだから。あいつは死ぬまできみを抱くことはできない」

ヴァレンティンの刻むリズムがさらに速くなり、セアラは全身を腰壁に押しつけられた。もうすぐ最初のオーガズムが訪れそうだ。彼女は庭師をじっと見つめたまま、ヴァレンティンが与えてくれる強烈な快感を表情で伝えた。ヴァレンティンの言うとおりだった。別の男性が興奮しているのを目のあたりにすると、自分がまぎれもなく女であることを実感する。

「今だよ、セアラ。一緒に果てよう」彼女の体はその言葉にすぐに反応し、頂点にのぼりつめた。ヴァレンティンがうめき声をあげながらセアラの奥深くに精液をほとばしらせ、やがてぐったりと覆いかぶさってきた。下にいる庭師は股間を押さえたまま地面に両ひざを突いている。

セアラが思いきってもう一度下を見たときには、ほかの庭師たちはいなくなっていた。ひょっとして、これはすべてわたしを楽しませるためにヴァレンティンが仕組んだことなの？　そうだとしても彼女は驚かなかった。彼はドレスを直すのを手伝い、セアラが涼しい風にあたれるよう身を引いてくれた。ブリーチのボタンをかけながら微笑んでいるヴァレンティンの顔から、さっきまでの情熱がきれいに消えた。まるでずっと天気の話でもしていたかのように澄ました表情をしている。

「明日はロンドンに向けて出発だ。今日は早く休むことにしよう。長旅になるし、この先まったく新しい生活がぼくたちを待っている」

# 6 ロンドン

セアラはコルセットを手で押さえ、メイドに助けてもらいながらペチコートを身につけた。そのとき、隣室に通じる戸口にヴァレンティンが現れた。彼は濃紺のウールの上着に身を包んでいた。グレーのベストには銀糸の刺繍《ししゅう》が施されている。彼女のベッドの上に広げられている薔薇色のシルクのドレスとはまったく対照的な色合いだ。

「緊張しているかい?」

「少しだけ」セアラは返事をしてメイドをさがらせ、彼のほうを向いた。「でも、すごく楽しみでもあるわ」社交界へのデビューが失敗して以来、彼女はロンドンに来ることをできるだけ避けてきた。だがヴァレンティンの妻となってロンドン入りした今回は、以前とはなにもかも大ちがいだ。

ベッドの横で足をとめた彼は、セアラのドレスをとり上げるとうれしそうに振り向いた。

「赤はぼくの好きな色なんだ。ぼくに吸われたあとのきみの乳首を思いだす」

　ヴァレンティンはドレスを抱えてきてセアラの頭にかぶせた。薔薇の花びらが降り注ぐようなかすかな音とともに、シルクが体のまわりに広がる。腰の後ろのひもをきゅっとしばられ、彼女は思わず息をつめた。白いレースのひだ飾りがあしらわれた胸もとが高くせりだす。鏡に映った自分の姿を見て、セアラはにっこり微笑んだ。

　ここ三週間というもの、住まいの下見や召使いの雇い入れ、それに仕立て屋との打ちあわせなどがつづき、彼女はくたくたに疲れていた。ようやくここロンドンで、この謎《なぞ》めいた夫と新しい生活をはじめることができると思うとうれしかった。ようやくわかってきたと思うたびに、彼はセアラの知らない別の顔を見せる。ヴァレンティンはこの寝室にしつらえられた重厚な日本のチェストを思わせた。漆が幾重にも塗り重ねられていて、深みのあるつややかな光沢を放っている。木肌は長い時間をかけてていねいに塗装が施されていた。

「きみに渡すものがある」

　ヴァレンティンは上着のポケットから小箱をとりだし、セアラに渡した。ベルベットの箱のなかには、ルビーと真珠がいくつもつながったネックレスが入っていた。息をのんで見つめていると、彼がネックレスをセアラの首にまわした。

「結婚の記念にきみに贈ろうと思ってつくらせたんだ。ほかにもまだあるんだが、それはあとで一緒に見よう」

セアラはネックレスの中央にあるルビーをなでた。彼女の親指くらいの大きさがある。「とてもきれいだわ、ヴァレンティン。なんてお礼を言ったらいいかわからない」

彼はセアラの肩にキスをした。「〝赤い日記〟に書いてくれ。ここ二週間ばかりなにも書いてくれていないから、さびしく思っていたんだ」そう言うと、ドアのほうを向いた。「応接間で待っている」

ヴァレンティンがいなくなると、セアラはすぐにベッドに駆け寄り、枕の下に手を入れた。ページをめくる手がふるえる。彼からの新しいメッセージが目に入り、思わず口もとをほころばせた。


**今夜、きみをあがめたい。宝石をまとった、ぼくの女神になっておくれ。**


セアラは新しいネックレスをなでた。ヴァレンティンはいったいどうするつもりなの？　期待に体がわななく。彼の愛し方はいつも新鮮だった。あとにお楽しみが待っていると思えば、じきにやってくる招待客たちをもてなすこともそれほど苦ではなくなった。最後にもう一度だけ鏡に目をやってから、彼女は階段をおりていった。

社交シーズン中の滞在先としてふたりが借りている美しいタウンハウスは、ハーフムーン・ストリートに面していた。地下室から屋根裏部屋まであり、召使いたちはみな有能で、邸内のすみずみにまで目を行き届かせている。ヴァレンティンは、もしセアラが気に入ったらここを買いとってもいいと言ってくれた。

招待客のひとりが着いた。セアラが階段の上から見ると、ブロンドの男性がヴァレンティンにうれしそうに話しかけていた。ふたりが下から見上げたので、彼女は白と黒のモザイク模様の玄関ホールへおりていった。

ヴァレンティンが紹介した。「セアラ、こちらがミスター・ピーター・ハワードだ。ぼくの共同経営者であり、親友でもある」

セアラがひざを曲げておじぎをすると、ピーターは深々と頭をさげた。彼はヴァレンティンとよく似た背格好で、上流階級に属する人間にはめずらしく日焼けしていた。彼女はピーターを用心深く観察した。父からは、この男性に近づくなと忠告されていた。そればかりか、なんとか縁を切ってしまうようヴァレンティンに働きかけろとさえ言われている。内心のとまどいが表情に出ていなければいいのだけれど。父はなぜ、ピーター・ハワードがわたしたちの幸せを脅かすと思うのだろう？

淡いブルーの瞳に繊細な目鼻だちをしたピーターは、まるで天使のようだった。ヴァレンティンの陰りのある男らしさにくらべると力強さはないが、ふたりが一緒にいると互いの魅力が引きたつ。身を包んでいるベージュの上着とブラウンのブリーチは、どちらも最新のしゃれたデザインのものだった。

「レディ・ソコルフスキー。お会いできて光栄です」ピーターがヴァレンティンをちらりと見た。「ヴァルがこんなに結婚を急いだりしなければ、式のときにお会いできたはずなんですがね。ぼくは前から彼の付添人になる約束をしていたので」

「ピーターの船はドーバー海峡で足どめをくったんだ」ヴァレンティンはピーターに微笑みかけた。「おまえが式に間に合いそうもないとわかったときは、ぼくもずいぶんがっかりしたよ」

セアラはふたりの男性を見つめた。気楽に軽口を叩きあっているわりに、なぜか少しだけ緊迫した空気が漂っている。ふと、ヴァレンティンの身内や親友がひとりも結婚式に出席しなかったことが思いだされた。わたしの父がピーターをきらっていることを知っていて、ピーターが式に出席できないようにヴァレンティンが仕向けたのだろうか？

「どうぞピーターと呼んでください」ピーターが彼女の手をとり、唇に近づけてキスをした。「ヴァルは気にしないはずだ」

セアラは微笑んだ。「あなたがわたしをセアラと呼んでもヴァレンティンは気にしないと思うわ。あなたは家族の一員のようなものだと聞いていますから」

ヴァレンティンが横で肩をすくめた。「それどころか、唯一の家族だったときもあった」

「わたしの父がヴァレンティンと一緒にトルコから救いだしたもうひとりの少年というのは、あなたなのね？」

「ああ。しかしヴァレンティンとちがって、ぼくはきみの父上にきらわれている」ピーターはかすかに微笑んだ。「おそらく、きみの父上の期待を何度も裏切ったからだろう。それですっかり見放されたんだな」彼は頭をさげた。「どうか父上みたいにぼくのことをきらわないでくれ。もうすっかり大人になったから」

ヴァレンティンが思いだしたように顔をしかめてピーターの腕をとった。「そうだ。ディナーのあと、少し奥の部屋に来てもらっていいか？　仕事の話があるんだ」

ピーターが口もとを引きしめた。「ヴァル、おまえは今、ハネムーン中だろう？　少しくらいあとまわしにできないのか？」

ヴァレンティンは、セアラが思わずうっとりするようなまぶしい笑みを浮かべた。「残念ながらそうはいかない」彼はセアラの指にキスをした。「ぼくの愛する妻はわかってくれるさ」

執事が別の夫妻の到着を高らかに告げた。ヴァレンティンはピーターに軽くうなずくと、セアラを連れて応接間に入った。年輩の男性と連れの女性が挨拶をしに近づいてくる。

ヴァレンティンがセアラに目配せした。「ぼくの最大のライバルを紹介しよう。同じく海運業を手がけるサー・リチャード・ペティファーと、奥方のレディ・エヴァンジェリンだ」

リチャードが高らかな笑い声をあげる。丸顔に丸い体つきをした老人で、黄色いベストには君主を思わせるような大きな金の飾りボタンが並んでいた。クラヴァットをずいぶん高い位置でしめているせいで、首がないように見える。

「いかにもヴァレンティンらしい。実にずばりと言ってくれたな」リチャードはセアラに深々とおじぎをした。「お目にかかれて光栄です。このとんだ女たらしと結婚されたことをお祝い申し上げましょう」そう言いながら杖《つえ》でヴァレンティンをつつく。

夫よりずいぶん若そうに見えるエヴァンジェリンは、セアラの手をとり、耳もとにキスをした。えんじのサテンのドレスに身を包み、同じ色の三本の羽根を高く結い上げた髪にさしている。ブラウンの瞳はいかにも親切そうだ。「本当におめでとう。あなたがいったいどうやってソコルフスキー卿をものにしたのか、ロンドンじゅうの女性が知りたがるでしょうね」エヴァンジェリンはセアラのおなかのあたりにちらりと目をやってから、すぐにまた彼女の顔を見た。「なにしろ彼はすばらしい男性ですもの」

セアラは笑顔を返しながら、思わずおなかに手をやりたくなるのを我慢した。今エヴァンジェリンが言ったようなとげを含んだ言葉を浴びせられることは、ある程度覚悟していた。なにしろ、自分は並みはずれて美しいわけでも、社会的地位が高いわけでもない。たかが商売人の娘がどうやって侯爵家の御曹司をつかまえたのか不思議に思うのは、エヴァンジェリンだけではないだろう。

ヴァレンティンがセアラの手を軽く叩いた。「すばらしいのは妻のほうさ。彼女がプロポーズを受けてくれたときは本当にうれしかった」セアラはヴァレンティンを見上げたが、彼が冗談を言っているようには見えなかった。

エヴァンジェリンがため息をついた。「本当に愛しあって結ばれたのね」彼女は夫の頬を扇でついた。「ヴァレンティンが奥様に夢中になって、仕事が手につかなくなるといいわね」

リチャードの顔がぱっと輝いたので、セアラは思わず笑いたくなった。エヴァンジェリンが身をのりだす。「社交シーズン中、なにか力になれることがあればいつでも言ってちょうだい。おそらくあなたにとっては大変だろうと思うわ。ヴァレンティンは貴族としては異色だから」

エヴァンジェリンのあたたかい言葉に驚いて、セアラは思わず彼女の手を握った。「ありがとうございます。実は少し不安だったんです。そう言っていただけて心強いわ」

執事が別の夫妻の到着を告げ、ペティファー夫妻がその場を離れた。次に控えている人物を見たとたん、セアラの手を握るヴァレンティンの手に力が入った。

「父上」

ヴァレンティンは白髪まじりの男性に向かって申し訳程度に頭をさげた。ふたりはほとんど同じ背格好だった。「紹介します。妻のセアラ・ソコルフスキーです」

ヴァレンティンの父、ストラザム侯爵はセアラに頭をさげた。「お会いできてうれしいよ。ただ、式のことは事前に知らせてほしかったな」顔を引きつらせて言う。「まさか自分の長男の結婚式を朝刊で知ることになるとは思わなかった」

セアラが不安げに見ると、ヴァレンティンはおもしろそうな表情を浮かべていた。「おや、招待状は届きませんでしたか？　たしかにお送りしたんですがね。おそらく秘書が渡さなかったんでしょう」

侯爵は口もとをこわばらせ、一歩前に踏みだした。侯爵よりずっと小柄な女性がその腕に手をかけて引きとめる。「アントン、あなたの新しい娘にわたしを紹介してくださらないの？」

「ああ、すまなかった。もちろん紹介するとも」侯爵が態度をやわらげたのを見て、セアラは安堵《あんど》した。「レディ・ソコルフスキー、わたしの妻を紹介してもいいかな？」

気づくとセアラはラベンダーの香りのする腕に抱きしめられていた。侯爵夫人がまぶしいほどの笑顔を向ける。「あなたをセアラと呼んでもいいかしら？　わたしのことはイザベルと呼んでちょうだい。お会いできてとてもうれしいわ。今度一緒にお茶をいただきましょう」そして侯爵を見上げながら言った。「ぜひストラザム・ハウスで結婚のお祝いをしたいわ」

ヴァレンティンがセアラの手を握り直した。「お心づかいには感謝しますが、それにはおよびません」

イザベルは内心傷ついたにちがいないが、それを見せまいとして言った。「わたしはただ、あなたたちの結婚をお祝いしたいだけなのよ」

「わかっていますよ。しかし、そんなことをしても父上はちっとも喜ばないでしょう」

侯爵が鼻を鳴らした。「だから言っただろう、イザベル。ヴァレンティンは家族の一員になどなりたくないのだ。自分の称号すら名乗ろうとしないんだからな」

ヴァレンティンは笑いだした。「子爵と名乗って、いったいどんないいことがあるんです？」そこで思案するようなそぶりを見せる。「だが、たしかに仕事用の便箋《びんせん》に爵位を入れたら見栄えがいいだろうな。取り引き相手が一日置いてくれるかもしれない」

「生まれながらに与えられている特権を愚弄《ぐろう》するな」侯爵の抑えた声には怒りがにじんでいた。

「おまえは私の長男だ。好もうと好むまいと、いずれ爵位を継ぐことになる」

「それを変えることができないのはなんともお気の毒ですね、父上。アンソニーはぼくなんかよりよほど侯爵の肩書にふさわしいだろうに」

侯爵は息子をじろりとにらむと、いきなりその場から立ち去った。イザベルがあとを追いかけていき、夫の耳もとに早口でなにか話しかける。

セアラはため息をついた。「あんなに失礼な態度をとらなくても」

ヴァレンティンは肩をすくめた。「ぼくと父はいつもあんなふうなんだ。いや、継母《はは》がいてくれたおかげで今夜の父はずいぶん自分を抑えていたくらいだ」彼はセアラを見つめた。「心配はいらないよ。この先、きみが父と会うことはほとんどないから」

セアラは言い返すのをやめた。ヴァレンティンと父親の確執は、彼女が考えるよりはるかに根が深いらしい。イザベルをたずねれば、もっといろいろなことがわかってくるだろう。ちょうどそのとき、別のふた組の夫妻の到着が告げられた。彼らにセアラを紹介するころには、ヴァレンティンはもとの愛想のよい社交的な紳士の顔に戻っていた。

セアラは満足げに応接間を見まわした。十組の男女が部屋のなかを行き交い、楽しげに話をしたり笑ったりしている。まだ多少の不安は残っているものの、恥をかくことも夫に恥をかかせることもなく、女主人としての役目を果たせているようだ。ディナーの開始を告げる執事の声を聞くと、セアラはすぐさまヴァレンティンの腕に手をかけ、明るく微笑みながら一緒にテーブルへ向かった。

ヴァレンティンが紅茶のカップを客たちに渡しているとき、セアラがふと振り向くと、隣にピーター・ハワードが座っていた。そのとたんカップを持つ手がふるえ、受け皿の上でかたかたと音をたてはじめる。ピーターはそれをとり上げ、わきの小さなテーブルに置いた。そしていぶかしげに眉をつり上げて彼女の顔をのぞきこんだ。

「ぼくがそばに来るだけでそんなに落ち着かなくなるなんて、いったいお父上からぼくのことをどんなふうに聞いているのかな?」

セアラは唇を噛んだ。ピーターのまなざしはいたずらっぽくて、とてもあたたかい。この人のことは信頼できる——彼女はそう直感した。ピーターがいったいなにをして父の不興を買うことになったのか、具体的に聞いておけばよかった。

セアラはおずおずと微笑んだ。ヴァレンティンとちがって、しらばくれるのは得意ではない。その場をとりつくろうより、正直に接したほうがいいだろう。

「父は、あなたがヴァレンティンを束縛していると思っているの」

セアラが率直に告げると、ピーターがとびきりすてきな笑みを返した。「ヴァルとぼくが切っても切れない深い絆《きずな》で結ばれているという意味でそう言っているのなら、お父上は正しいよ。恐怖のなか、七年間もともに過ごしたんだ。相手のことが大切にならないわけがない」

彼女はピーターを見つめた。「でも、帰国してもう十年以上になるんでしょう。父は、その点を妙に思っているんじゃないかしら」

「それについてはたしかにぼくが悪い。帰国してから何年も、まるで孤児みたいにヴァルにくっついていたから」ピーターはセアラからヴァレンティンに視線を移した。ヴァレンティンは相変わらず侯爵には目もくれず、継母に話しかけている。「ありがたいことに、ヴァルは辛抱してくれた。だから今、ぼくは彼の右腕になることでその恩に報いようとしているんだ」

ヴァレンティンが振り向いてこちらを見つめた。けげんそうに眉をつり上げている。ピーターがウインクをすると、ヴァレンティンはまた継母との会話に戻った。ほんの一瞬、セアラはふたりが強い絆で結ばれていることに激しい嫉妬《しっと》を覚えた。

「きみ自身は、ぼくとヴァルが友達であることに反対なのかな？」

ピーターに低い声で問いかけられ、セアラは自分がやけに子どもじみているような気がした。このふたりは想像を絶する苦しみを分かちあったのだ。解放されたあとも親しくするのは当然だろう。

「もちろん、そんなことはないわ」セアラはピーターの目をまっすぐ見て答えた。「あなたはヴァレンティンがわたしと結婚したことに不満なの？」

「とんでもない。あいつが生涯の伴侶《はんりょ》を見つけてくれてうれしく思っているよ」そこで一瞬ためらってからつづける。「女たらしを演じることにも、そろそろ嫌気がさしていただろうし」

「ぼくのことを話しているのか？」

セアラが顔を上げると、ヴァレンティンがふたりを見おろしていた。彼女はにっこり微笑んで手をさしのべた。「ちょうど今、あなたをとりあっていがみあうのはよそうということで話がまとまったところよ。うれしい？」

ヴァレンティンはセアラの手を引いて立ち上がらせた。ピーターも立ち上がる。「いがみあうはずがないさ」彼女からピーターに視線を移す。「きみたちふたりはどこか似ている。ぼくのまちがいを躍起になって指摘するところなんかがね」

ピーターが頭をさげた。「それは失敬。しかし、誰かがそれをしないわけにはいかないんだ、ヴァル。でないと、今ごろその頭はろくでもない考えで爆発しているにちがいない」

「たしかにそうかもしれないな。ところで、サー・リチャードとレディ・エヴァンジェリンの相手をしてきてくれないか。商売敵がどんなことを考えているのか探ってほしい」

ピーターがその場を離れると、ヴァレンティンはセアラの手を握った。「感謝するよ」

「なんのこと？」

「父上から悪い話を聞いているにもかかわらず、ピーターを受け入れてくれたことだ」

セアラは頬が赤くなるのを感じた。「わたしは大人よ。つきあう相手くらい自分で判断できるわ」

「帰国してから二、三年のあいだ、ピーターはいろいろと問題を起こした」ヴァレンティンがため息をついた。「それできみの父上の信用を大きく損なってしまったんだ。しかし、あいつは変わった。でなければ、ぼくがきみに彼を紹介するはずがない」

セアラはペティファー夫妻のところで立ち話をしているピーターに目をやった。「彼はずいぶん苦しんだのね」

「わかるのかい？」ヴァレンティンは静かに言った。

セアラは扇子を広げ、目をそらした。リチャードの言葉にうなずくピーターのブロンドの髪に、シャンデリアの光が反射している。「もちろんわかるわ」同じ苦しみの跡がヴァレンティンの顔にも見えるということは口にしなかった。

ヴァレンティンは彼女の指にキスをした。「ピーターはきっときみにとってもいい友達になる。ぼくが保証するよ」そう言うと、暖炉の近くのざわめきに意識を向けた。「どうやら父が帰るらしい。ちょっと顔を出して挨拶しておいたほうがよさそうだ」

セアラはヴァレンティンにエスコートされて部屋を横切った。さっき、わたしはどんな顔をしていたのだろう？　ヴァレンティンはわたしの表情を見るなり、さっさと会話を切り上げてしまった。実際、そうしてもらいたかったのは事実だけれど。

# 7

ヴァレンティンはブランデーのグラスをピーターに手渡し、机をはさんで友の顔をじっと見つめた。ピーターの顔は疲れきっていて、ブルーの目が暗く陰っている。ぼくがハネムーンやトラブルつづきの仕事にかまけているあいだに、また悪い習慣にふけりはじめたのだろうか？

ピーターがブランデーを飲み干して葉巻に火をつけた。「さて、新妻とベッドをともにすることより大事な用ってなんだ？」

ヴァレンティンは目の前の書類の山から秘書のメモを抜きとってピーターに手渡すと、彼が読み終えるのを待った。

「で、おまえはこれを本気にしたというのか？」ピーターはその紙を片手でくしゃくしゃに丸めた。「なんでぼくが、よりによってパーティ会場で執事にちょっかいを出して自分の評判を落とすようなまねをしなきゃならないんだ？」

「しかしその執事は、おまえがちょっかいを出したと思いこんでいるようだぞ」

ピーターがごくりとつばをのんだ。「それで、そんなものはでたらめだとぼくが言えば、おまえは信じてくれるのか？」

ヴァレンティンはピーターの顔をじっと見つめた。長年の友は青ざめ、指先を小刻みにふるわせている。「もちろん信じるが、しかし――」

ピーターが吐き捨てるように言った。「しかし、なんだというんだ？　つづけろよ、ヴァル。おまえの本音を聞こう」

ヴァレンティンはうんざりしたようにため息をついた。「おまえはかつてアヘンを吸いすぎて、自分の行動を思いだせなくなったことがある」

ピーターはおもむろに席を立った。「言っておくが、この三年、アヘンには触れてもいない。あの地獄からやっとの思いで這いだしたんだ。わざわざ自分から逆戻りすると思うか？」

「いや」ピーターが自分との約束を破ったのではないかと早合点したことを、ヴァレンティンはひそかに後悔した。保護者ぶるのはそろそろやめにして、親友として彼を信じてやらなければ。「もう一度座ってくれないか。よりによって会社が危機にさらされている今、なぜこんな卑劣な言いがかりをつける手紙が送られてきたのか一緒に考えてくれ」

ピーターは表情を曇らせて腰をおろした。「そう言われてみれば奇妙だな」

ヴァレンティンは額を指でもんだ。「あれこれ考えてみたんだが、どうも誰かがわれわれの評判を傷つけ、人生を踏みにじろうとしているらしい」

眉間《みけん》にしわをよせていたピーターの顔にかすかな笑みが浮かんだ。「誰かが、だって？　ぼくらの敵なら山ほどいるぞ」

「だが、この人物はわれわれの過去をほり返し、それを攻撃材料にしようとしているだろう？そうなると、トルコ時代のことを知っている人間にちがいない」

「しかもぼくたちを一文なしにするだけでは飽き足らず、世の中から抹殺してしまおうとしている」ピーターは葉巻の火をもみ消した。「ぼくは今後、女性と関係を持つのはマダム・ヘレーネの〈悦びの館《やかた》〉でだけにするよ。それからマダムに頼んで、ぼくの相手やほかの常連客を洗ってもらう。これで少しは安心か？」

ヴァレンティンは自分のブランデーを飲み干した。「ぼくもそうしよう」

ピーターがけげんそうな目を向けた。「なんだっておまえがマダムの店に行く必要がある？結婚したばかりじゃないか」

ベッドで待つセアラの姿が目に浮かんだ。期待に下腹部がうずく。「妻は……特別なんだ」

「いったいどうしたんだよ、ヴァル？」ピーターが穏やかにたずねた。「彼女が相手では、自分の欲求すべてを満たしてもらえないと思っているのか？」

「おまえには関係ないだろう」ヴァレンティンはぴしゃりと言った。「今はそういう話をしているんじゃない」

ピーターは立ち上がってドアへ向かった。「おまえはいつもぼくに説教するじゃないか。たまには人の話も聞けよ。奥さんはなかなか興味深い女性だ。彼女を見こんで、ありのままの姿をさらけだしてみたらどうだ？　でないと、夫婦生活が惨めで味気ないものになるぞ」

ヴァレンティンはピーターが出ていったドアをにらみつけていたが、やがて体からゆっくりと力を抜いた。妻との関係についてピーターにあれこれ口出しされるいわれはない。だいたい、いろいろと問題を抱えているのはピーターのほうじゃないか。セアラはぼくの妻なのだ。ときおり異常なくらい激しくなってしまう自分の欲求のことは、できれば彼女には知られたくなかった。妻にはいつまでも純真でいてほしい。たとえ、これまで自分が彼女にしてきたことがそれとは正反対だとしても。

ヴァレンティンは椅子の上で落ち着かなげに身じろぎした。金を払ってくれさえすれば誰にでも快楽を与え、しかもその時間をできるだけ長引かせる――かつて自分が強いられたそんなセックスを、セアラにまで経験させてはならない。彼はすでにふくらみはじめた股間に目を落とした。ぼくはやっと勃起《ぼっき》するようになったかならないかの年齢で肉欲のるつぼに投げこまれ、否応《いやおう》なしに性の洗礼を受けてしまった。自分が異常なほどの性的願望を抱くようになったのは、そのためなのだろうか？　もしそうだとしたら、セアラにはそんなものを知ってほしくない。

ヴァレンティンは蠟燭に火をともし、自分の部屋へ向かった。あたりはしんと静まり返っていた。薪《まき》の煙と香水と赤ワインの残り香が漂っている。セアラの部屋に通じるドアの下からかすかな光がもれていた。あらかじめ化粧台に置いておいた宝石箱を手にすると、ヴァレンティンは彼女の部屋に入った。今夜、彼はセアラを大切にあがめるつもりだった。夫の当然の権利として。

隣室に通じるドアが開いてヴァレンティンが姿を見せると、セアラは鏡の前を離れた。ドレスはすでに脱いでいたが、ルビーと真珠の美しいネックレスはつけたままにしていた。一方、彼はまだ着替えていなかった。白いクラヴァットのひだの奥で大粒のサファイヤがきらめいている。ヴァレンティンは晩餐会の前にセアラに渡したのと同じような宝石箱を手にしていた。

彼がセアラの前に片ひざをついた。ブランデーと葉巻のにおいが彼女の鼻をくすぐる。ヴァレンティンは微笑んだ。

「晩餐会は楽しかったかい？」

「ええ。いろいろあったけど、おもしろかったわ」セアラは思ったままを言った。「あなたのお継母《かあ》様とは気が合いそうよ。今度、たずねてみてもかまわない？」

ヴァレンティンはベルベットの宝石箱を絨緞の上に置いた。「好きにすればいいが、あまりぺらぺらしゃべらないでくれ。父にぼくの生活についてあれこれ知られるのはまっぴらだ」

深紅のローブの裾にキスをされ、セアラは微笑んだ。「たぶんあなたの話はしないと思うわ。男の人にとっては意外かもしれないけれど、女って自分の夫の話ばかりするわけじゃないのよ。ときにはそれ以外のことも話したいものなの」

ヴァレンティンは長いまつげの下から彼女を見上げた。「ほかの男のこととか？」言いながらセアラの足の甲を歯でなぞる。「きみがそんな必要を感じないよう、きみを満足させるよ」

一瞬だけ歯をたてられ、彼女は身をよじった。「わかっていないのね」

「なにを？」彼がセアラの肌の敏感なところをふたたび歯でなぞる。

「わたしはパーティのあいだじゅう、あとでどんなことをしてもらえるんだろうと思いながら、あなたのすてきな体に見とれていたのよ。それでついぼんやりしてしまって」彼女はヴァレンティンの頬に触れた。「本当のことを言うと、今でもこうしてあなたにやさしく触れられたり、興奮すると言ってもらえたりすることが信じられないの」

セアラの率直な言葉が彼の心をかきたてた。「だったら、今も濡れているのかい？」

かすれた問いかけに、彼女の乳首がかたくなる。

「証拠を見せてくれ」ヴァレンティンの眉がつり上がった。

ヴァレンティンの視線をまっすぐ受けとめながら、セアラは脚のあいだに人さし指を入れた。そして、ぐっしょり濡れた指先をさしだす。ヴァレンティンは彼女の手首をつかむと、その指を自分の口に入れ、ゆっくりとなめた。

「うれしいよ、ぼくのために濡れてくれて。ずっと見つめてくれていたというのもうれしい」手首を放すと、ヴァレンティンは宝石箱を開けた。「立ってくれるかい？　これをつけてあげたいんだ」

セアラは素直に立ち上がり、ローブのサッシュをほどいた。彼がローブを脱がせ、影になっているベッドへほうり投げる。そして彼女のへそにキスをすると、無精ひげののびたあごをやわらかな肌にこすりつけた。「これを腰に巻いて、ネックレスとつなげるんだ」

ヴァレンティンは手をのばし、セアラの腰に太い金の鎖を巻きつけた。その鎖には、真珠とルビーがちりばめられた細い鎖が四本ついている。彼はそのうち二本を彼女の首に巻いてあるネックレスにつなげた。

鏡のなかのヴァレンティンがセアラの目をとらえ、乳首を指でもてあそんだ。「この胸を思う存分なめるつもりだよ。きみがもうやめてと懇願するまで。明日になってもまだぼくの唇の感触を覚えていて、また濡れてしまうようにね」

ゆっくりと円を描く彼の指を見ているうちに、セアラの秘所はさらに潤い、いっそう激しくうずいた。体のほかの部分にもさわってほしくてたまらなくなる。彼女はヴァレンティンを、彼とのセックスを心から求めていた。

ヴァレンティンが微笑みながらウエストに巻かれた鎖を指でなぞっていく。「そうだ。今度、きみが客の相手をしているときに帰宅しよう。そしてきみがどのくらい濡れているか確かめて、愛しあい、それからまた客のところへ返すんだ」

ヒップをなでられて、セアラの口からあえぎ声がもれた。

「お客はきみが激しく愛されてきたことに気づくだろうか？　きみの乳首がコルセットにこすれてひりひりしていることや、きみの脚のあいだからまだぼくの精液がしたたっていることを想像できるかな？」

　茂みをなでられ、ひざから力が抜けそうになった。

「おそらく気づくだろう。たっぷり愛されて満ち足りた女性の顔は見ればわかるからね。それとも、きみが客と一緒にいるところに踏みこんでいって、きみをぼくのひざの上に座らせようか？　そうなったらきみは、社交界のご婦人方に気を配ってなどいられなくなるだろうな。ぼくを楽しませることに夢中になってしまうにちがいないから」

　脚のあいだに指がすべりこんでくるのを感じ、セアラはあえいだ。もうすっかり潤って、熱い液が太ももを伝い落ちてくるほどだ。ヴァレンティンは彼女の太ももを押し広げ、露わになった秘所を見た。そしてふたたび宝石箱に手をのばし、今度はネックレスをとりだした。大粒の真珠が連なったネックレスだ。彼は一方の端をウエストの鎖につなげた。反対の端は床につくほど長かった。

　ヴァレンティンは真珠のネックレスをたぐっててのひらにおさめ、その片端でセアラの濡れた花芯をくすぐった。「今からこれをきみのなかに入れるつもりだ。全部ね」

　真珠のネックレスを入れられている自分の姿を、セアラは鏡のなかからじっと見守った。体内にずっしりとつめこまれた真珠を締めつけてみる。鏡のなかの姿がよく見えるよう、ヴァレンティンが身を引いた。秘所に真珠を押しこまれたその姿は、ぞくぞくするほど刺激的だった。

　セアラは無言で彼に近づき、服を脱がせはじめた。少し驚いた表情を浮かべたものの、ヴァレンティンはおとなしく立っていた。クラヴァットがゆるめられると、彼女の乳首をゆっくりともてあそび、ヒップをやさしくなでる。ベストとシャツを脱がされると、頭をさげて乳首に強く吸いついてきた。ブリーチをさげると高まりがセアラの腰に巻かれた金の鎖にあたり、ヴァレンティンは低いうめき声をもらした。

セアラはかすかに笑みを浮かべながらひざまずき、彼のものを握った。すでに濡れて血管が浮きでている。その先端を自分の乳首にそっと押しあて、にじみでている液体を塗りつけた。

「セアラ……」ヴァレンティンは彼女のおろした髪のなかに手をさし入れ、上を向かせて目を合わせた。セアラに主導権を握られ、彼は内心、仰天していた。結局のところ、彼女のほうもずっと清純なふりをしているつもりなどなかったのだ。唇をなめたセアラを見て、下腹部がはちきれそうになる。彼女はなまめかしい微笑みを浮かべて、ヴァレンティンをベッドのほうへ押した。その熱いまなざしに心を奪われ、このあとどうなるのだろうと興奮を覚えながら、彼はおとなしくベッドに座ってヘッドボードに背中をつけた。

彼女はヴァレンティンに覆いかぶさり、またがるように彼の太ももの左右にひざをついた。ヴァレンティンが息をつめて見ていると、セアラは陰部に入れられた真珠に指を引っかけ、ゆっくりと抜きだしていった。その大胆な行為を、内心どきどきしながら頭の後ろで両手を組んで無言で見つめる。彼の腹部の上に積み上げられた真珠の鎖は、濡れてあたたかかった。彼女の手が腹部に触れると、思わず体がこわばった。

セアラが屹立したものに真珠を巻きつけはじめたとたん、ヴァレンティンの鼓動は乱れた。顔をうつむけて作業に没頭している彼女の長い髪が、ヴァレンティンの下腹部をくすぐる。

すべて巻き終わると、セアラは満足そうに彼の顔を見上げた。そして、巻きつけた真珠を今度は舌でなめはじめた。ヴァレンティンはうめき声をもらした。やさしくなめられるたびに、真珠の粒が回転してさざ波のように高まりを刺激する。

ヴァレンティンは腕をのばして彼女の乳首を指先で転がしてから、秘所に手をのばした。指を四本入れると、そこがきゅっと収縮した。ウエストをつかんで起き上がらせて、高まりから口を離させる。腕に力を入れて上半身を持ち上げ、彼女の入口を自分の先端にあてがった。

これからなにをされようとしているかを悟り、セアラは大きく目を見開いた。ヴァレンティンは彼女のなかに自分のものを二センチ沈めた。真珠を巻いた先端につらぬかれていくときのセアラの顔をじっと見守る。彼女の体がそれを受け入れて落ち着くまで、ヴァレンティンはしばらく動きをとめていた。

「ぼくを好きなだけもてあそんでおいて、入れられないですむと思っていたのか？」

「ええ……ああ、いいえ……わたし……」

さらに二センチ沈めた。セアラの踵がマットレスにめりこみ、背中がそり返って彼の顔に乳房が押しつけられる。

「大きすぎて入らないと思った？」

ヴァレンティンはさらに四センチ沈めた。ああ、今彼女のなかがどのくらい広がっているか、はかれたらいいのに。真珠がくいこんで、えもいわれぬ快感を生みだす。

「明日になったら少し痛むかもしれない。でも、今夜はぼくのすべてを受け入れてもらうつもりだ」そのまま最後までひと息に沈め、しばらく静止する。セアラのふるえがおさまると、ヴァレンティンは彼女の肩に触れた。

「ぼくのを強く握って」

セアラは一瞬、わけがわからないような表情を浮かべた。ヴァレンティンは体をかがめて彼女の濡れた花芯に触れた。「きみの体で」

セアラが体の奥の筋肉を使って強く締めつけると、ヴァレンティンはあえぎ声をもらした。真珠の粒のひとつひとつまで感じられる気がする。

うめき声で、セアラが最初のクライマックスに近づいていることがわかった。締めつけがさらに強くなり、彼女が身をよじる。ヴァレンティンは歯をくいしばった。高まりがなおも深くのみこまれ、思わずセアラの名前を叫びそうになる。

彼のものがこれ以上ないくらい張りつめ、一気に解き放たれた。同時に達したセアラも、歓喜のなか激しく痙攣《けいれん》している。力つきてヴァレンティンの胸に倒れこんだ彼女が空気を求めて荒い息をつくたびに、真珠が彼を刺激した。ヴァレンティンはセアラのなかから自分のものを引き抜くと、巻きつけられたネックレスをていねいに外していった。

セアラは彼にぴたりと寄り添い、静かに呼吸していた。その髪をなでながら、ヴァレンティンはネックレスを外し終えた。今夜、彼女には本当に驚かされた。無邪気な妻は、どうすれば夫が喜ぶかを学びはじめている。下腹部がまたかたくなりはじめ、彼はセアラの裸の体を見つめた。このぶんなら、まだ何度も愛しあえそうだ。おそらく彼女も楽しんでくれるだろう。


馬車からおりながら、セアラは思わずうめき声をあげそうになった。午前中ずっとロンドンで買い物をして過ごし、すっかり歩き疲れてしまったのだ。しかも体も痛い。昨夜ヴァレンティンに何度も求められ、激しく愛を交わしたからだ。風呂に入ったにもかかわらず、肌にはまだ彼のにおいがついていた。呼吸をするたびに、胸に吸いつくヴァレンティンの唇の感触を思いだしてしまう。肌に点々とつけられた跡が見えないかどうかばかり気にしていたせいで、貸本屋や婦人用帽子店で出会った意地悪な貴婦人たちに無視されても気にもならなかった。

セアラは今回こそロンドンの社交シーズンを存分に楽しむつもりだった。しかしどうやらまわりの女性たちは、セアラの存在を無視することにしたらしい。親切で話しやすいのはイザベルとエヴァンジェリン・ペティファーだけだった。ふたりの妹や、のんびりした田舎暮らしが恋しくてたまらない。だけど、自分には少なくともヴァレンティンがいる。セアラは歯を噛みしめた。そう、今文句を言うべき相手はヴァレンティンだ。

彼女は出迎えた執事のブライソンには目もくれず応接間へ向かった。ピンク色のリボンをほどいて、ボンネットを近くの椅子にほうり投げる。そのとき、戸口に夫が現れた。いつもの魅力的な笑みを投げかけてくる。

「ヴァレンティン、あなたはロンドンじゅうの女性と寝たの？」

「とんでもない。既婚者とだけさ」

ヴァレンティンはボンネットをとり上げ、音楽室へ通じるドアをさした。セアラはふと、彼の後ろに年配の男性が立っていることに気づいた。しまった。今のあけすけな会話を聞かれただろうか？　男性がうっすらと笑みを浮かべたところを見ると、どうやら聞いていたようだ。「心配は無用だ。彼ならべつに驚いたりしないよ」セアラの腕をとってドアのほうへエスコートしながら、ヴァレンティンがささやいた。「なにしろ、このセニョール・クレメンティはイタリア人で、女たらしとしてはぼくよりはるかに有名だからね」

セアラは頬に手をあてた。「セニョール・クレメンティ？」ロンドン一と評判のピアノ教師にして有名な作曲家でもある人物が、いったいなぜこの応接間にいるのだろう？

彼女はヴァレンティンの腕を振りほどいて前に進みでた。「お目にかかれて光栄です」

クレメンティは笑みを浮かべてセアラの手にキスをした。「私のほうこそ光栄ですよ。あなたはハープシコードを演奏されるとか」

とまどいながら振り返ると、ヴァレンティンが黙って微笑み、セアラを音楽室へとせきたてた。驚いたことにそこには、薔薇の花びらに覆われた新品のピアノが置かれていた。

「本当は、ここに越してくるまでに間に合わせるはずだったんだ」ヴァレンティンが言った。「だけど、こちらの注文どおりにするのが大変だったらしくてね」

クレメンティが鼻を鳴らした。「工房のばか者どもには、これが誰のためのピアノかまるでわかっていなかったんです。わが旧友、ヴァレンティン・ソコルフスキー卿の注文と聞いて、私が細かいところまで指図してつくらせたのですよ」

セアラはピアノの前に座り、ふるえる手を鍵盤《けんばん》にすべらせた。昔、両親にピアノを買ってほしいと訴えたが、いずれ嫁いでいく娘に高価なピアノなど贅沢《ぜいたく》すぎると言って聞き入れてもらえなかった。

「なにか弾いてみてください」クレメンティの言葉に、セアラははっとわれに返った。ヴァレンティンに譜面を手渡され、夢見心地で鍵盤に手を置く。やがて彼女は弾くことに没頭した。ただメロディーに身をゆだね、鍵盤の上を舞うように手を動かす。最後の音が消えると、セアラは顔を上げた。確かな手ごたえを感じながらも、努めて表情には出さないようにした。

クレメンティはにこりともしなかった。「これまで多くの女性を教えてきたが、あなたを彼女たちと並べることはできません」

その言葉に思わず顔がゆがみ、握りあわせた両手に爪がくいこんだ。視界のすみで、ヴァレンティンがあわてて前に進みでるのが見える。

「セニョール・クレメンティ――」

クレメンティはヴァレンティンに深々と頭をさげた。「最後まで言わせてください。あなたの奥方がすでにご存じのことをお教えするわけにはいきません」そして、セアラのほうに向き直った。「あなたを私と対等の音楽家と思ってお教えしましょう」

クレメンティの瞳を見つめながら、セアラは大きく息を吐いた。「ありがとうございます！　あなたを失望させないよう努力しますわ」

「頼んだよ。なにしろ、一回のレッスンにつき一ギニーだからね」ヴァレンティンが彼女を腕に抱きながらささやいた。セアラは目に涙を浮かべて彼の頬に触れた。

「ありがとう。これほどうれしいプレゼントをもらったのははじめてよ。夢がかなったわ」

彼女を見おろすヴァレンティンの微笑みは、心からのものだった。「きみに喜んでもらえてよかった」

こんなに大切にされると、妙にあわただしく結婚させられたことに対する不審の念も薄れた。ヴァレンティンのプレゼントには愛情と思いやりがこもっている。どうして彼の愛を疑ったりできるだろう？　セアラは夫を強く抱きしめた。

ヴァレンティンは一歩さがり、もとの儀礼的な笑顔に戻ってセアラの手を自分の腕にかけた。

「では、お茶の用意をさせよう」クレメンティと連れだって居間に戻りながら言った。「ところで、ぼくがロンドンじゅうの女性と寝たという話のつづきを教えてくれないか？」

＊　＊　＊

その日の午後遅く、セアラは紅茶のカップを手にイザベルに微笑みかけていた。ストラザム・ハウスの居間は広々としていて風格があった。装飾品はすべて摂政期に入ってから大流行している東洋のもので統一されている。グリーンのシルク張りの長椅子の脚は、ワニの脚を模してつくられていた。こぶりのティー・テーブルは竹材で仕上げられている。セアラにはあまり魅力的に思えなかったが、このとてつもなく大きな屋敷にはぴったりだった。

「会っていただけてうれしく思います、奥様」

イザベルは紅茶をすすった。「イザベルと呼んでちょうだい。なんといってもわたしたちは身内なんだから」そこで彼女の表情が曇った。「それにしても、正直なところ、驚いたわ。初めての晩餐会で侯爵とヴァレンティンがあんなふうにやりあってしまったから、まさかあなたが本当に会いに来てくれるとは思わなかったの」

セアラは紅茶に口をつけた。「ふたりはいつもあんなふうに……」

「荒々しく攻撃的に言いあうのかときいているの？　ええ、残念ながらそのとおり。きっとお互いに似すぎているんでしょうね。ふたりとも、相手のちょっとした欠点が許せないみたい」

ヴァレンティンとの約束を思いだしながら、セアラは慎重に言葉を選んだ。「過去に複雑ないきさつがある以上、多少の憎しみが残ってしまうのはしかたがないのでは？」

大きくため息をついたイザベルの肩からいくぶん力が抜けたように見えた。「かわいそうなヴァレンティン。奴隷としての生活をやっとの思いで抜けだしたら、お母さんはすでに亡くなっていて、自分と五歳しか年の離れていない小娘が新しい母親になっていたんですもの。わたしをきらうのも無理はないわ」

セアラはばつが悪そうに身じろぎした。「夫はあなたのことを心から慕っていますわ」

「それはわかっているのよ。彼はいつだって礼儀正しく接してくれるわ。でも、わたしはそれ以上のものを望んでしまったの」イザベルはカップを置いた。「母親代わりになりたかったの。でも彼はわたしをよせつけようとしなかった。抱きしめたりなぐさめたりしてあげるなんて、とうてい無理だったわ。そんなことで傷ついてしまうなんて、わたしは愚か者ね」

イザベルはつらそうに微笑んだ。「当然の成りゆきとして、侯爵はヴァレンティンを大学に行かせて立派な英国紳士のふるまいを身につけさせようとしたの。でも、彼はいやがった。わたしの目から見ても、すでに手遅れという感じだったわね。彼は父親に見捨てられたと思いこんでいたから、父親の言うことに今さらしたがう気もなかったの。だからこそ自分の人生を自分で切り開いていく必要があったのよ」彼女は組みあわせた両手に目を落とした。「わたしは、あのふたりの溝を少しでも埋めようと何年も努力してきたわ。でも、どちらも一歩もゆずろうとしないのよ」

セアラは自分の実家を思いだした。実の家族と反目するなんて、どんな気持ちだろうか？自分も母親にはずいぶん悩まされたけれど、二度と口をきかないとか、いつまでも憎みつづけるなどとても想像できない。

「わたしもなんとかお力になりたいです」

イザベルが両手を合わせた。「そう言ってくれてうれしいわ。わたしの息子のアンソニーは、ヴァレンティンのことをとても慕っているの。また家族がひとつになれたらどんなにいいか」

セアラはとまどいを隠そうとした。たしかヴァレンティンの話では、腹ちがいの弟は兄が帰ってきたせいで爵位と財産を相続できないことを恨んでいるはずだ。「奥様、アンソニーはおいくつなのですか？」

イザベルが立ち上がって鈴を鳴らした。「イザベルと呼んでちょうだいな。あの子はもうすぐ十九になるわ。年上の男性に導いてもらいたい年ごろよ」

「ヴァレンティンに頼まれましたか？」

イザベルは椅子に座った。「ええ、頼んだわ。でも、ヴァレンティンは先に侯爵に相談しろと言うの。もちろん侯爵は、わたしがあの子たちを引きあわせたいとちらっと言っただけですぐ不機嫌になってしまうし」

ドアが開き、黒髪の若者が入ってきた。すっかりくつろいでいるときのヴァレンティンを思わせる笑みを浮かべている。若者はイザベルに頭をさげた。

「母上、お客様に挨拶をしにまいりました」そしてセアラへと興味津々のまなざしを向ける。

「兄と結婚されたそうですね。おめでとうございます」

手にキスをされ、セアラは思わず口もとをほころばせた。「ありがとう。セアラと呼んでちょうだい」

アンソニーはドアに目を向けた。「ヴァルの馬車があなたを迎えに来るのが見えましたよ。もうそろそろ入ってくるんじゃないかな」

執事がヴァレンティンの到着を高らかに告げた。セアラが立ち上がると同時に、ヴァレンティンが入ってきた。彼はイザベルに向かって頭をさげてから、セアラに近づいた。長い外套の裾をつむじ風のようになびかせている。

「ごきげんよう、レディ・ストラザム。セアラ、楽しめたかい？」

セアラは顔をしかめてみせた。「ええ、とても。でも、もう少し長くいたかったわ」迎えに来るなんてひと言も言っていなかったのに。ヴァレンティンは、いろいろと秘密をもらされることを恐れたのだろうか？

アンソニーが近づいてきてヴァレンティンと熱烈に握手をした。だがヴァレンティンはそそくさと手を離し、袖口《そでぐち》の乱れを直した。腹ちがいの弟のことを、まるで発情期の子犬かなにかだと思っているようだ。

「結婚おめでとう、ヴァル。セアラはとてもやさしそうな人だね」

ヴァレンティンは彼女に微笑んだ。「ああ、そのとおりだ。ぼくは運がよかったよ」そう言うと、イザベルに向き直った。「セアラと一緒にそろそろおいとまします。連れてきた馬たちがまだ若いので、長く待たせておけないんです」

　セアラはあっという間にヴァレンティンの馬車に乗せられた。あとから彼が乗りこんでくるのを無言で待つ。馬車はがくんとゆれたかと思うと、勢いよく走りだした。ヴァレンティンは脚を投げだし、向かい側の席から彼女をじっと見つめた。

「本当にこんなに早く帰る必要があったの？」

　彼は肩をすくめた。「言っただろう。ぼくはあそこが苦手なんだ。トルコから帰国したとき、あそこで父や新しい家族と一緒に暮らせと言われた。墓場みたいに冷たくて、よそよそしい屋敷だったよ。今だってほとんどなにも変わってないがね。それで、時機を見てさっさと飛びだし、ピーターと暮らしはじめたのさ」冷ややかなまなざしがセアラを射抜いた。「父は、家族も知りあいもいなかったピーターを援助するのを拒否した。のたれ死ねばいいとでも思っていたんだろう」

　セアラはなにも言わずにヴァレンティンを見つめた。侯爵が息子の扱いを誤ったことはどうやらまちがいないようだ。だけど、なぜヴァレンティンはいつまでもそのことにこだわりつづけるのだろう？

「楽しかったかい？」彼の視線がセアラのドレスの胸もとと裾のあたりをさまよった。

「ええ。お継母さんはとてもかわいらしい方ね。それにアンソニーも好青年だし。彼はあなたに憧れているみたいだったわ」

ヴァレンティンの眉がつり上がった。「どうしてそんなにけんか腰なんだい?」

「自分の家族と仲よくしてほしくないみたいだから」

ヴァレンティンがにやりと笑った。「そんなことはない。彼らにも使い道はある。きみはロンドンに知人が少ないだろう。継母にきみの付添人《シャペロン》になってもらったらどうかな」

かなり長いあいだ彼を見つめたあとで、セアラは切り返した。「お継母様はとっくにそう申してでてくださったわ。じゃあ、あなたは反対しないのね?」

ヴァレンティンはにっこりした。「ああ、もちろん。とはいえ、これはぼくのためでもあるんだ。継母がきみのシャペロンになってくれればぼくは仕事に集中できるし、きみの交友関係を心配することもないからね」

「あら、なにが心配だというの?」セアラは背筋をぴんとのばして彼を見つめた。

「晩餐会で、きみはエヴァンジェリンと話しこんでいただろう。彼女も夫のリチャードも悪い人間じゃないが、親しくしすぎるときみの評判に傷がつく」

セアラはこみ上げる怒りを懸命に抑えた。「あの人たちが海運業に携わっているから?」さもおかしそうに笑ってみせる。「急にあなたのお父様みたいなことを言うのね」

ヴァレンティンは真顔になった。「ぼくはきみを守ろうとして言っているんだよ。エヴァンジェリンは育ちがいいわけでもないし、ぼくのこともよく思っていない」

馬車が停止し、セアラは前につんのめった。「わたしだって特に育ちがいいわけじゃないわ。

いいかげん子ども扱いはやめてちょうだい。つきあう相手くらい自分で選ばせてほしいわ」

ヴァレンティンは彼女の手首をつかんで引きよせた。「リチャードと結婚する前、エヴァンジェリンは娼婦だったんだ。だからきみを彼女に近づけたくない」

セアラは手を振りほどいた。「どうしてあなたがそんなことを知っているの？」

「本当に答えが聞きたいのかい？」ヴァレンティンが見つめ返してくる。

馬車の扉が開き、彼女は下男の手を借りてステップをおりた。ヴァレンティンを待たずに、屋敷へ直行する。なんてことかしら。彼は本当にロンドンじゅうの女性と寝ていたのだ！　足を踏み鳴らして階段を駆けのぼり、寝室に入って乱暴にドアを閉める。少なくともイザベルだけは、ヴァレンティンの男性としての魅力に心を乱されてはいないらしい。彼に対して本当の母親のような愛情を抱き、ひたすら悲しみに耐えている。

セアラはボンネットと外套を脱ぎ、髪を手で整えた。シャペロンになってくれるというイザベルの申し出をありがたく受け、最も格式の高いパーティへ連れていってもらおう。鏡に向かって顔をしかめてみせる。偉そうに命令するなんて、ヴァレンティンときたらまったくいまいましいわ。父親のことをごう慢だと非難しているけれど、自分だって同じことをしているじゃないの。

セアラは机の引きだしを開け、真新しい紙をとりだした。エヴァンジェリンに手紙を書いて、今度お茶をご一緒しましょうと誘うつもりだった。

# 8

「いったいどこへ行ってしまったのかしら？」

ポートランド・スクエアにあるデラメール・ハウスの玄関ホールは人でごった返していた。視線を泳がせながら、セアラは困り果ててため息をついた。シルクのドレスをまとい、香水をぷんぷんにおわせている多くの人々に押されているうちに、イザベルとアンソニーを見失ってしまったのだ。しかたなく向きを変え、人ごみをかき分けて広い階段の下まで引き返す。たぶんイザベルは先に行ってしまったのだろう。セアラは階段をのぼっていったが、途中で誰かにドレスの引き裾を踏まれ、後ろに倒れそうになってしまった。

やっと二階に着いてイザベルの姿を捜す。だが、おしゃべりに興じる顔や、うなずくたびにゆれる羽根、ゆらめく扇の海のなかに侯爵夫人の姿はなかった。ふと見ると、セアラのグリーンのイブニングドレスの引き裾を縁どっていた金色のレースがちぎれていた。彼女はイザベルを捜す前に、ひとまず控え室へ行ってドレスを確かめることにした。

デラメール・ハウスはとてつもなく広く、建物後方にある翼全体がダンスホールになっていた。玄関ホールの天井からさがるシャンデリアには、少なくとも五百本の蠟燭がともされている。まばゆい光が客たちが身につけた宝石に反射して、炎のように強い輝きを放っていた。それにしても、誰も彼もが少しだけ遅れて到着し、階段の前でたむろしていることが理解できない。眼下の混雑にもう一度だけ目をやってから、セアラは控え室へ向かった。幸い、そこは比較的人が少なかった。

メイドのひとりがドレスの引き裾をつくろうと申しでてくれた。セアラは礼を言い、メイドが金色のレースを手際よくもとどおりに縫いつけてくれるあいだ、部屋のすみで待っていた。扇子を広げ、ゆっくりと顔をあおぐ。人ごみから抜けだせてほっとしていた。社交界にいる上流階級の人々であろうと、その行動はサウサンプトンの市場にやってくる村人たちと変わらない。いくら今日の催しが社交シーズンのなかで最も格式の高い舞踏会とされているにしても、急いで会場へ引き返す気にはなれなかった。

メイドの作業が終わるのを待ちながら、セアラは後ろの壁に頭をもたせかけ、英気を養っていた。毎晩ヴァレンティンと官能的な時間を過ごしているせいで、当然、昼間は疲れていることが多い。自分に覆いかぶさる彼の引きしまった体とシルクのような髪の手ざわりを思いだし、人知れず笑みがこぼれた。あの時間を別のことと引き替えにしたいとは思わない。だけど、昼間の光のなかでヴァレンティンに会うことができれば、どんなに楽しいだろう。

メイドが出ていったあと、セアラは室内履きのグリーンのリボンがまたほどけてしまっていることに気づいた。中国製のついたてに半分隠れるようにして、身をかがめてリボンを結び直していた。すると、まわりにいる女性たちのうわさ話が自然と耳に入ってきた。

イザベルのことは好きだが、ほかの貴婦人たちとは仲よくなれる気がしなかった。結婚相手として最も理想的な独身男性のひとりが、しがない商売人の娘を妻にしたと知るや、ほとんどの女性がセアラに対して敵意を丸出しにし、うさんくさそうなまなざしを向けてくる。ヴァレンティンには反対されていたが、セアラはエヴァンジェリンに近づきになりたいと手紙を送り、親しくつきあうようになっていた。エヴァンジェリンにしても、セアラ以外の友人はピーター・ハワードくらいしかいなかったようだ。ありがたいことに、ピーターは仕事で忙しいヴァレンティンに代わってセアラの同伴を頼まれることが増え、心強いシャペロンになってくれていた。

三度目でようやくリボンを結び直すと、セアラは苦々しい思いで室内履きを見つめた。生まれ故郷の田舎町を離れてしまえば、すべてが変わるだろうと思っていたのに。ロンドンならもっと自由になれると思っていた。

ヴァレンティンに社交界でのつきあいはうまくいっているかとたずねられたとき、セアラはなにも問題はないと嘘をついた。もちろん、その言葉を彼が信じているとは思えない。ただヴァレンティンは仕事に忙殺されていて、それ以上きいてくることはなかった。セアラが安心できるのは彼の腕のなか、彼とともにするベッドのなかだけだった。ヴァレンティンのおかげで、彼女はみだらな自分をさらけだすことができた。これで社交界が自分を受け入れてくれさえすれば言うことはないのだけれど。目を閉じたとき、若い女性の笑い声が響いた。

「ねえエイミー、アンソニー・ソコルフスキーを見た？　彼、すごくすてきになったと思わない？」

「わたしは今でもお兄さんのほうが好きよ」エイミーと呼ばれた女性はため息をついた。「どこの馬の骨ともわからない田舎者が、みんなの憧れだったヴァレンティン・ソコルフスキーをものにしたなんて信じられないわ。どうせ父親が娘のために札びらを切ったか、でなきゃ子どもができたふりでもしたのよ」

ふたりの若い女性はそこでくすくす笑った。セアラはどうすべきかわからないまま立ち上がった。こういうときはまっこうからたち向かっていくべきなのだろうか？　それとも、好きにしゃべらせておけばいいの？　一歩踏みだそうとしたとき、彼女たちよりやや年上と思われる女性の声が加わった。

「ミス・アントリム、ひと言助言させていただいていいかしら？　あなたの今の心ない言葉をお母様がお聞きになったら、さぞかし恥ずかしく思われることでしょうね。それから、もうひとつ。人のうわさ話ばかりするのは、とてもみっともないことよ。男性はそういう女性を嫌うし、女性は心から信頼できる友達を求めるものなの」

「ごめんなさい、レディ・インガム」エイミーがつぶやいた。「ほかに誰もいないと思ったものだから、つい」

そのときドアが開き、カドリールの前奏が聞こえてきた。若い女性たちがひそひそ話しながら出ていってしまうまで、セアラは身動きもせずその場に座りこんでいた。

「レディ・ソコルフスキー、そこにいらっしゃるの？　わたしはキャロライン・インガムよ」

セアラは立ち上がり、ついたての陰から出た。そこには、このうえなく豪華なドレスに身を包み、ブラウンの髪を高く結い上げた女性が立っていた。年齢はほぼセアラと同じかと思ったが、よく見ると念入りに化粧が施された目もとに細かいしわが刻まれている。息をのむほど豊かな胸が、琥珀《こはく》色のドレスから高く盛り上がっていた。

「あなたがレディ・ソコルフスキーね」

セアラはひざを曲げて挨拶した。「そうです。助けてくださってありがとうございました」きまり悪さよりも好奇心のほうが勝ってたずねる。「でも、なぜわたしのことをご存じなのですか？」

キャロラインが顔をしかめた。「さっき階段のところであなたのドレスを踏んでしまって、ドレスが裂ける音が聞こえたの。あなたのことはヴァルから聞いていたので、誰だかすぐにわかったわ。だからおわびして、ドレスを直すお手伝いをしようと思ってここへ来たのよ」

「それはご親切に」彼女がヴァレンティンをニックネームで呼んだことに、セアラはなぜか不安を覚えた。「この屋敷のメイドがレースを縫いつけてくれました。わたしは室内履きのリボンを結ぶためにかがんでいただけです」

「そして、ひどい悪口を耳にしたというわけね」

さも気の毒そうに言うキャロラインの表情に心が乱れたが、セアラは肩をすくめて言った。

「あれくらいなんでもありません。前にも同じようなことを言われましたから。わたしだって、世間的に見て、自分が彼の妻にふさわしいとは思っていませんわ」

キャロラインはセアラをまじまじと見つめた。「こんなことを言っては失礼かもしれないけれど、あなたのご主人は世間がどう思おうと気にしたりはしないわよ」

セアラは扇子とバッグを手にとり、鏡に映った自分たちの姿を見た。なぜだかわからないが、キャロラインのように美しい女性とヴァレンティンについて話をするのは気が進まなかった。それに、この女性がヴァレンティンのことを気安く話すのがだんだん不愉快になってきた。くらくらするほど強烈な女の色香を放っている相手の横に立っていると、自分がなにも知らない小娘になったような気がする。

「彼のそういうところをわたしも見習うべきなのでしょうね。ありがとうございました、レディ・インガム」セアラはキャロラインに言った。「あなたのおっしゃったことはしっかり覚えておきますわ」

キャロラインはひざを曲げておじぎをした。セアラの本心を見抜いたかのように、はしばみ色の瞳に皮肉めいた表情を浮かべている。「どういたしまして。侯爵夫人をお見かけしたら、あなたはすぐにいらっしゃると伝えておきますね」

ヴァレンティンはダンスホールを出た。イザベルとアンソニーは見つかったが、セアラの姿が見えない。急に現れて驚かせるつもりだったのだが。会社が所有している船で火災が起こったという知らせが入ってから、ここ数日、対応にかかりきりになっていた。今夜はピーターに事務所の番を頼み、無理を重ねてどうにか時間をひねりだし、やっとここまでやってきたのだ。それなのに、当のセアラが見つからないとは。

そのとき、手袋をはめた手で腕をつかまれた。振り向くと、キャロライン・インガムが微笑みながらこちらを見上げていた。頭をさげて彼女の指先にキスをしたとき、ヴァレンティンは豊かな胸と黄金色に焼けた肌に気づいた。キャロラインはまた裸で日光浴をしたらしい。

「ヴァル、ずいぶん久しぶりね。いったいどうしていたの？」

「どうせ聞いているんだろう、キャロライン。ロンドンのゴシップは、疫病より速く広まるんだから」

彼女は不満そうに頰をふくらませ、唇を嚙んだ。「ああ、あなたがやたらと急いで結婚したとかいう話？　そういえば古いことわざがあったわね。〝急いで結婚、ゆっくり後悔〟だったかしら」

ヴァレンティンはいらいらしながら、セアラの姿を求めてキャロラインの向こう側に視線を向けた。セアラの姿はまだ見えない。

「奥様なら、控えの間にいたわよ」キャロラインが言った。「なんだったら連れてきてあげるけれど」

ヴァレンティンは彼女をにらみつけた。「彼女と話したのか？」

キャロラインは微笑み、彼の腕に手をかけた。「あら、これでも奥様を助けてあげたのよ。どこかの小娘が奥様の生まれのことでこそこそ悪口を言っていたから、わたしが入っていって、レディのふるまい方を思いださせてあげたの」

ヴァレンティンの肩の力が抜けた。「それならよかった」

キャロラインが笑い声をあげる。「いやね、ヴァル。わたしが奥様の前にわざわざ出ていって、あなたの愛人ですなんて名乗るとでも思ったの？　もう少しましな女だと思ってもらいたいわね。そんな事実を突きつけられなくても、あなたの奥様はじゅうぶんひどい目にあっているわ」彼女は扇子でヴァレンティンの頬を叩いた。「こんなところに奥様をひとりで来させるなんて最低の男ね。あなたから大切にされていないと誤解されて、彼女はみんなからさんざんな扱いを受けているわよ」

ヴァレンティンは笑みを返さなかった。「キャロライン……」舞踏会のような公の場で別れを告げても、この女がすんなり引きさがるとは思えない。「話があるんだ」

キャロラインは長いまつげの下からこびるように彼を見上げた。「もしあなたがあとで来てくれるなら、わたしは今夜、マダム・ヘレーネの〈悦びの館〉へ行くわ。前から一度、〝エジプトの間〟でのマッサージを試してみたかったの」言いながら唇をなめる。「全身に蜂蜜《はちみつ》を塗って、奴隷たちにきれいになめさせるんですって。あなたも見てみたくない？　それとも手伝ってくれるかしら？」

遠くにセアラの姿を見つけ、ヴァレンティンはすばやくキャロラインの手にキスをした。「それはまたずいぶんと甘そうだな。じきに飽きてしまうだろう。だが、近いうちに必ず連絡するよ」彼は頭をさげた。「セアラを助けてくれてありがとう。それから、今後は決して妻をひとりにさせたりはしないから心配しないでくれ」

ヴァレンティンはキャロラインが言外の意味をくんでくれることを願った。愛人と妻が知りあいになるという状況はあまり考えたくない。裕福な貴族の未亡人であるキャロラインとは、もう何年も前からときどきベッドをともにしていた。彼女は経験豊富で奔放な愛人だった。

ヴァレンティンからマダム・ヘレーネの〈悦びの館〉を紹介されたとき、キャロラインはまったく尻ごみしなかった。官能的な想像力にかけては、彼女はヴァレンティンに勝るとも劣らない。キャロラインなら最高の妻になると考えた時期もあったが、残念ながら彼女はのら猫並みの貞操観念しか持ちあわせていなかった。愛人としてなら許せる行動でも、妻となると話はちがう。こんなふうに思っていることをピーターに知られたら、おまえは偽善者だと言われるだろう。実際、そのとおりだ。

ふたたび目を向けると、ダンスホールの入口で両手を組みあわせているセアラが目に入った。じっと見守っていると、彼女は背筋をのばして人ごみのなかに入っていった。誰ひとり彼女に挨拶しないし、目もくれようとしない。オリーブグリーンと金色のドレスをほっそりとした体にまとったセアラは、頼りなげな春の女神のようだった。彼女を両腕に抱きしめ、上流社会の連中の意地悪な視線やあざけりから守ってやりたいという、強い思いがこみ上げてくる。

悔しいが、キャロラインの言うとおりだ。全部自分が悪いのだ。悪名高き女たらしの称号をなかば進んで手に入れ、それを恥とも思ってこなかった自分が。これまで重ねてきた悪行の報いが、かばってくれる家族も友人もいない妻にはね返ってくるとは。

妻の社交生活はすべてピーターや継母に任せ、ただベッドでの関係を保っているだけだったのは、夫として怠慢だった。夫婦そろって公共の場に出ていかないせいで、社交界の人々はぼくがセアラのことを少しも大切にしていないと判断したのだろう。

ヴァレンティンはふと、かつて父が与えてくれようとした家庭や学業の機会をつっぱねてしまったにもかかわらず、自分が決してつまはじきにされなかったことを思いだした。家名と爵位が世間で大きな力を持っていたからこそ、今まで好きなことをして生きてこられたのだ。自分が守られていたことに、もっと感謝すべきだった。セアラが厳しい仕打ちに黙って耐えている姿を見ていると、自分が最低の人間になったような気がした。

仕事の心配を胸の奥にしまいこみ、ヴァレンティンはセアラのあとを追った。ダンスフロアに足を踏みだした彼女のひじを後ろからそっとつかむ。

「失礼。ぼくと踊っていただけませんか」

振り向いたセアラの表情がぱっと明るくなった。

「ヴァレンティン、来ていたのね」

彼は優雅におじぎをした。「びっくりさせたかったんだ」オーケストラがワルツを華やかに奏でるなか、セアラを腕に抱く。「最近、ずっときみをほったらかしにしていたから」

セアラの美しい肌がぽっと赤く染まった。「ピーターが、あのあとまた一件火災があったと言っていたわ。会社をつぶそうとしている犯人が誰かわかったの？」

ヴァレンティンはダンスホールの端で完璧なターンを決めた。セアラはこんなぼくのためにまだ言い訳を考えてくれるのか？　彼女は勘がよすぎて損をしている。それに会社の問題をセアラに吹きこむとは、いったいピーターはなにを考えているんだ？

「きみはなにも心配しなくていい。じきに容疑者を法廷に突きだしてやるよ」

見つめ返す彼女のブルーの目が鋭くなった。「ヴァレンティン、わたしだってばかじゃないのよ。ここ最近の出来事は、あなたの事業をつぶすために誰かが周到に計画したものだわ」

彼はため息をついた。もういいかげん、自分の不安を打ち明けてもいいころかもしれない。別の視点から意見を言ってもらうのも悪くはないだろう。なんといってもセアラは妻なのだ。彼女なら信頼できる。

「そうだね。どうしたらいいか、今度の会議で発言してくれ」

ふいにセアラがバランスを崩した。ヴァレンティンはすぐさま彼女を支え、そのままダンスをつづけた。

「そんなけんか腰になることはないでしょう、ヴァレンティン」セアラが突っかかった。「わたしはただ、あなたの役にたちたいだけなの」

ヴァレンティンは彼女を引きよせ、体をぴたりとくっつけた。「ぼくは本気で言ったんだよ」

セアラが驚いた顔で見上げる。「ぜひ参加したいわ」

「だったら決まりだ。明日、書斎に来てくれ」彼は片方の眉をつり上げた。「さあ、もう話はやめてダンスを楽しもう」


ワルツが終わっても、ヴァレンティンはセアラのそばを離れなかった。セアラを伴ってイザベルのところへ戻り、丁重に挨拶もした。継母やアンソニーに愛想よく話しかける夫の端整な横顔を見上げながら、セアラはふと気になった。今日のヴァレンティンはどうしてこんなに感じよくふるまっているのだろう？　なぜいつものようにカードルームに引っこんだり、早めに帰る口実をつくったりしないのかしら？

「ヴァレンティン、今夜はなぜ来たの？」

彼はシャンパングラスの縁越しにセアラを見つめた。「妻と一緒に過ごすためさ。それ以外になにがあるというんだい?」言いながら、視線を彼女の胸もとに落とす。「ところで、そのドレスはいいね。草むらのなかできみを無理やり奪ったときのことを思いだすよ」

セアラの乳首がかたくなった。その晩初めて、心からの笑みが彼女の顔に浮かんだ。「わたしはそんなことしていないわよ」

「これからするんだ」おしゃべりに興じているまわりの客を気にもとめず、ヴァレンティンはセアラの唇に軽くキスをした。「今ここで押し倒し、きみがもうやめてと金切り声をあげるまで愛してあげたいくらいだ」彼はウインクをした。「きみは本当に金切り声をあげるからね」

彼女はヴァレンティンの口もとを見つめた。「人が多すぎるわ」

彼はセアラの手からシャンパングラスをとった。「そうだね」

彼女の手をとると、ヴァレンティンは屋敷の奥へ通じる細い廊下に出ていった。召使いたちが出入りするあたりへ行くと、裏階段に声がこだました。彼はセアラの唇を指で押さえ、壁一面に本の並んだ小部屋に連れて入った。焦げたトーストと犬のにおいがする。この屋敷の所有者の秘書か不動産管理人の部屋なのだろう。

暗がりのなかで、ヴァレンティンの唇が彼女の唇をかすめた。葉巻とシャンパンがほのかに香る息に、セアラは身をわななかせた。

「セアラ、さびしかったよ」

彼女は微笑んだ。「わたしはどこにも行っていないわよ」

「いや、行っていた。高慢ちきな女性たちや、救いようもなく退屈な連中のあいだを漂っていたじゃないか」ヴァレンティンがそう言いながら、すばやくセアラの唇を開かせる。「ぼくはきみのことをほったらかしにしたのに、きみは恨み言のひとつも言わない」

「わたしはあなたの妻なのよ、ヴァレンティン」キャロライン・インガムにやんわりといやみを言われたことを思いだし、セアラは言葉をつづけた。「それがわたしの役まわりじゃないの？　あなたがお楽しみにふけるのを、黙って耐え忍ぶけなげな妻が」

ヴァレンティンの唇が首筋から肩におりてきた。「黙って耐え忍んでくれなんて頼んだ覚えはない。だいたい、きみにそんなことができるのかい？」からかうように言いながら軽く噛みつく。セアラはぞくっと身をふるわせた。「ベッドではいつだって……どうしてほしいか自分から伝えてくるくせに」

ヴァレンティンの胸を突き放そうとするセアラの手を、彼がすばやくつかんだ。

「どうしてあなたは話をそっちにばかり持っていくの？」

ヴァレンティンは彼女の手を自分のスラックスの前へ持っていった。「なぜなら、ぼくが男で、今ここでふたりきりだから。きみがぼくをかたくし、ぼくが今からきみを濡らそうとしているからだ」

彼はひざをつくと、両手でセアラのドレスの裾を持ち上げた。「これを持って」

めまいを覚えながらも、セアラは重いドレスをそっとたくし上げた。ヴァレンティンの舌がセアラの秘所に分け入ってくる。何度かなめられただけで敏感な花芯が大きくふくらんだ。そこを歯でやさしくもてあそばれ、セアラは思わずあえぎそうになるのを必死にこらえた。

ヴァレンティンは手袋を外して床に落とし、素手でセアラの脚を開かせた。花芯に口をつけたまま、指を一本ゆっくりと出し入れする。両手にドレスを持たされているセアラはなすすべもなく、めくるめく刺激にただ耐えるしかなかった。

やっと唇を離したヴァレンティンが指をもう一本入れ、彼女を見上げた。「すっかり濡れている。もう楽に入れられそうだね。乳首はかたくなっているかい？」

セアラはただうなずくだけだった。めくるめく快感に、言葉を口に出すこともできない。

「よし。じゃあ、ドレスをおろして」

セアラが〝いや〟と言い返す間なく、ヴァレンティンは立ち上がって指をなめ、ふたたび手袋をはめた。そして彼女に覆いかぶさり、敏感になった乳房を自分の胸板に押しつける。

「きみはこれからまたぼくと踊るんだ。きみがどんなに濡れているか、どんなにその気になっているか、知っているのはぼくだけだ」そう言いながら乱暴に唇を重ね、むさぼるような、挑発的なキスをする。「いい子にしていたら、帰りの馬車のなかでもう少し遊んであげよう。いいかい？」

セアラは彼の瞳を見つめた。体の奥が一瞬、熱くなる。「わたしも遊んでいい？」彼のスラックスの前のふくらみをなでた。「足もとにうずくまって、あなたのものを口に入れてみたいの。そうされたらうれしい?」

ヴァレンティンの目が見開かれ、瞳の色が濃くなった。「たぶんね」


馬車が屋敷の前に到着するまで、ふたりは永遠に感じられるほど待たされた。従僕が扉を閉めて、ようやく薄暗い客車にふたりきりになった。馬車ががくんとゆれて走りだすと、セアラはドレスの裾を整えた。ヴァレンティンは隣に座り、革張りの背もたれに片腕をかけ、長い脚を前に投げだしている。つややかなサテンのスラックスに弱い光があたり、ふくらんだ股間を浮かび上がらせていた。彼がすぐそばにいるせいで、彼女の体は欲望でとろけそうだった。

セアラは手袋を外し、ヴァレンティンのひざから股間までスラックスの上からなでた。彼はゆっくりと息を吐き、さらに愛撫を求めるようにひざを広げた。

「後ろのひもをゆるめてあげよう。外套を着れば誰にもわからない」

セアラはヴァレンティンのひざのあいだに立ち、コルセットと胴着のひもをゆるめてもらった。彼の腕に寄りかかりながら、ペチコートのひだに埋もれるように床にうずくまる。少なくともふたりでいるときには、自分が何者で、なにを求めているのかはっきりとわかる。彼女がヴァレンティンの両ひざに手を置いて大きく広げると、大きく屹立した部分の生地がぴんと張りつめた。

ひんやりしたサテンに舌を這わせながら、欲情して大きくなった高まりの輪郭をたどっていく。ボタンをひとつひとつ外していくと、彼の手がセアラの髪をまさぐった。やがて高まりが露わになると、彼女は微笑んだ。下穿《したば》きをつけないでいてくれてよかった。

　セアラはヴァレンティンを見上げた。期待に満ちた顔が見つめ返してくる。自分がそんな表情をさせたのだと思うとうれしかった。自分がとても魅力的な女になったような気がする。

「ぼくを口に入れたければどうぞ」

　セアラは高まりに手をのばした。彼がため息をつくのを聞きながら、濡れた先端をなめ、そのまま根本に向かって舌を這わせる。そこは恍惚《こうこつ》と命の味がした。その独特のにおいを深く吸いこみ、ふたたび先端に向かってキスをしていく。

　高まりを口に入れた瞬間、ヴァレンティンがうめき声をあげ、彼女の髪を握りしめた。だが、セアラがさらに深くくわえようとすると、ふいに彼は動きをとめた。

「待ってくれ」

　彼女は口を離してヴァレンティンを見上げた。彼が情熱に上気した顔をほころばせる。そしてセアラに身をよせると、ドレスとコルセットを脱がせ、露わになった乳房のあいだに自分のものを押しこんだ。「ここでいかせてほしい」

　ヴァレンティンは彼女の乳房を両手でつかみ、かたくなった高まりを左右から締めつけた。押したり引いたりを繰り返すその動きを、セアラはただじっと見守っていた。親指を押しつけられた乳首が、欲望で痛いほどうずく。やがて彼はうなり声をあげて達した。熱い精液が彼女の胸の谷間から腹部に伝い落ち、欲望にうずく秘所へと流れる。ヴァレンティンはセアラを抱え上げて自分のひざにまたがらせた。

ドレスを押し広げられ、乳首に歯をたてられて強く吸われると、彼女は体をふるわせた。秘所が解放と充足を求めて激しくうずいている。だが、ヴァレンティンはセアラを満たそうとはしなかった。馬車が屋敷の前でとまったとき、彼女はたまらず叫びだしそうになった。

彼は半裸のセアラを外套でくるみ、向かいの席に座らせた。そして、ふるえる手を髪にやる彼女に、にっこりと笑いかけた。

「二分あげるから、先に階段を上がって部屋に戻っていてくれ」

セアラはじっとヴァレンティンを見つめ返し、やがてあくびをするふりをした。「助かったわ。もうくたくただもの」

「寝ていいとは言っていない。ぼくがあとから見つけに行く。見つけたら、たっぷり愛してあげるよ」

馬車の扉が開き、ヴァレンティンが先に飛びおりてセアラに手をさしのべた。そして彼女の耳もとでささやく。「いいかい、二分だ。用意スタート」

出迎えてくれた執事への挨拶もそこそこに、セアラはひたすら階段をめざして歩いた。二階に着いて振り向くと、ヴァレンティンはもう玄関に入ってきていた。彼女を見上げ、声に出さず口の形だけで〝一分〟と告げる。セアラは足を速め、誰もいない廊下を自分の寝室へ向かって急いだ。

寝室のドアを開け、外套を脱いで床に落とす。なぜか蠟燭は一本もともっておらず、暖炉の埋《うず》み火だけが部屋を照らしていた。自分がどこにいるのか確かめようと一瞬動きをとめたとき、廊下に足音が響いた。わたしはヴァレンティンから隠れたいのだろうか？　体のほうはすぐにでも彼がほしくてたまらなくなっているが、追いかけっこにも気持ちをそそられる。

ドアを開ける音がするとセアラは駆けだし、大きなベッドの反対側にまわった。息を整えながら、どこへ逃げようか考える。互いの部屋から入れるようになっている衣装部屋は格好の隠れ場所になりそうだ。そこなら細長くて衣装がぎっしりつまっている。

衣装部屋へ向かおうとしたとき、スカートをぐいと引っぱられた。無我夢中で脱げかけのドレスから抜けだし、なおも逃げた。ヴァレンティンの笑い声が聞こえるなか、セアラは衣装部屋にするりと逃げこみ、床に這いつくばった。ペチコートを脱いでブーツの陰に押しこむ。白いコルセットは暗闇のなかでめだつかしら？　だが、これを脱いで裸になるのは気が進まない。

ヴァレンティン独特の柑橘系の香りと葉巻のにおいが漂ってきて、思わず身がすくんだ。足首をつかまれてあおむけに引っくり返されたときには、思わず悲鳴をあげそうになった。爪先をなめる彼の唇が、そのままストッキングに包まれたひざまでのぼってくる。いくらもがいても、ヴァレンティンの手はセアラをしっかりとつかんで放さなかった。体をぐいと引きよせられたかと思うと、太ももの内側に濡れた唇を押しあてられ、やがて舌をさし入れられた。彼女がもう片方の足で蹴《け》りつけると、ヴァレンティンの手が離れた。急に彼の気配が消え、セアラはうめき声を押し殺した。

もう一度腹這いになって前に進み、衣装部屋からヴァレンティンの寝室に出た。月の光がベッドの横の赤い敷物に縞《しま》模様をつくっている。ヴァレンティンが追いかけてくる気配はなかった。だが、彼の欲望が背後の暗闇にひそんでいるのが感じられる。セアラは乳房がうずくのを覚えた。鼓動に合わせて下腹部が脈打ち、呼吸が浅くなる。早くヴァレンティンにつかまえられて、この体をつらぬかれたかった。

彼女はまた自分の寝室へ戻っていった。大きなチェストのわきを注意深くすり抜けたとたん、待ちかまえていた大きな体に身をゆだねる。勝ち誇ったようなうなり声とともに手首をつかまれ、あおむけに倒された。乳首をきつく吸われ、背中をそらす。太もものあいだにひざをねじこまれ、うずいている場所をこすられると、セアラは激しく身もだえした。腹部に彼の熱い体液がしたたり落ちる。

のぼりつめる寸前、ヴァレンティンがふたたび暗がりのなかに消え、セアラはいてもたってもいられなくなった。廊下に通じるドアに目をやる。予備の部屋のひとつに身をひそめていれば、彼はまた追いかけてくるだろう。

心臓がどきどきして、ヴァレンティンに聞こえているのではないかと思うほどだ。ドアに手をのばして取っ手をまわそうとしたが、鍵《かぎ》がかかっていた。じりじりしながら暗がりに目をこらす。ほかにどこに隠れればいいの？　そのとき、足首をくすぐられ、あわてて引っこめた。脱兎《だつと》のごとくベッドに駆け寄り、シーツのなかにもぐりこむ。そのままベッドの反対側に出て窓の下のベンチまで逃げるつもりだった。

だがヴァレンティンに腰をつかまれ、セアラは悲鳴をあげた。コルセットがはぎとられたかと思うと、ベッドの太い柱に乳房と腹部を押しつけられた。

セアラは息をはずませていた。早く頂点にのぼりつめたくて、体が燃えるように熱い。

「柱に腕を巻きつけて」耳もとでヴァレンティンがやさしく命じた。「動いたり、振り向いたりしてはだめだ」

セアラは太い柱に腕をからませ、なめらかでひんやりとした木肌に頬を押しつけた。ヴァレンティンはいったんそばを離れ、また戻ってくると、彼女の両手首をストッキングでしばった。そしてその手首を頭上で柱にしばりつける。セアラはのび上がるように腰を浮かせた。

柱の角が胸の谷間と脚のあいだにはさまり、すでにうずいている秘所を刺激する。ああ、今すぐヴァレンティンがほしい。そのとき、残りの服を脱ぎ捨てた彼が背後から濡れた高まりを押しあててきた。

ヴァレンティンの指が乳首をもてあそびはじめると、セアラは目を閉じた。「馬車のなかではたっぷり愛してくれたね。ぼくを口に入れるのは気に入ったかい？」

「ええ」

彼が乳首を引っぱる。「どんなところが？」

「すてきな味がしたわ。口いっぱいになる感じもよかった」

気持ちがいいのか痛いのかわからないくらい乳首を強くつねられ、体がわななないた。

「もし世界が文明化されていなかったら、きみをずっと裸のままにしていつでも好きなときにぼくのものをしゃぶらせるところだ」セアラはごくりとつばをのんだ。「きっとすばらしいだろうな。執務室できみを足もとにうずくまらせておき、ぼくがぱちんと指を鳴らしただけで、きみは即座に奉仕してくれるんだ。たとえその場にほかの人間がいたとしてもね」ヴァレンティンの情熱が肌を通して伝わってくる。「もしそれができたら、うちの従業員たちは四六時中股間をこちこちにさせているだろうな」

「世界が文明化されていてよかったわ」

首筋を強く噛まれ、セアラは思わず身をすくめた。「いいかい、セアラ。この世界は文明化なんてされていない。ぼくはいろいろなことを目にしてきた。きみが想像もしないような――」

荒々しく息を吸いながら、ヴァレンティンは言葉を切った。感情のこもらない声がどこか不気味だった。彼が乳房から手をおろし、さっき噛みついたところを舌先でなめる。器用な指が背筋をなぞり、ヒップでとまった。もっと奥まで探ってもらいたくて、セアラはこらえきれずにひざを開いた。ふたりの欲望がまざりあったにおいを深く吸いこむ。

ヴァレンティンの笑い声がうなじの髪をゆらした。「セアラ、どうしてほしいんだい?」

暗闇のなかで、セアラは大胆になった。自分はどんな恥ずかしいことでも恋人に求めることのできる女なのだ。身をのけぞらせ、ヒップを彼のかたくなった下腹部に押しつける。

「さわって」

彼の親指が肛門《アヌス》の手前でとまった。「どこを?」そう言いながら、秘所のまわりに円を描く。「ここかい?」親指がアヌスに突き入れられた。「ぼくはここがいいな」

セアラは体をこわばらせた。「あなた、そんなこともするのね」親指を根本まで入れられ、必死に体から力を抜こうとする。

「気持ちよく感じるまでしばらくかかるだろうけど、それだけのことはある」残りの指が前にのび、濡れた秘所にさし入れられた。「どうしてほしい?」

「指を……奥まで入れて」ヴァレンティンが言うとおりにすると、セアラは思わずあえいだ。

「ああ、そう。そこよ」

彼はそこでてのひらを広げ、セアラの動きを封じた。もう片方の手がおりてきて花芯を愛撫する。

「セアラ、どこかに行きたいかい?」

早くのぼりつめたくてたまらなくなっていたセアラは、その甘い問いかけに驚いた。秘所をこする力が強くなる。「ダンスホールで踊りたい? それとも、こうして遊んでほしいか?」

「こうされていたいわ」セアラはヴァレンティンの手に進んで身をすりよせ、絶頂へ向かおうとした。すると彼は急に動きをとめ、うなじにキスをした。

「手首をほどいてあげよう。静かに待つと約束するなら、プレゼントをあげるよ」

満たされないままヴァレンティンに去られ、セアラは暗闇のなかでおとなしく待っていた。戻ってきた彼が燭台《しょくだい》に火をともしてベッドのわきに置くと、あたりが明るく照らしだされた。

ヴァレンティンは箱を手にセアラの前に立った。蠟燭の炎にかざすと、ふたに描かれた絵が見えた。長椅子に寝そべった裸の女性が誘いかけるように笑みを浮かべている。はじめのうち、女性の乳首とへそに金のリングがついていることしか気づかなかった。しかし視線をさげていくと、女性が片手を脚のあいだに入れているのがわかった。いったいどんなことをして笑みを浮かべているのか、セアラは目をこらして突きとめようとした。

「ああいうリングをつけたら痛いかしら?」あんな敏感なところを男性にくわえられたり引っぱられたりしたら、どんな感じがするだろう?

ヴァレンティンが微笑み、暗がりのなかで白い歯が光った。「少しね。そして、きみの次の質問の答えはイエスだ。男はあれをくわえて引っぱるのが大好きだよ」箱が遠ざけられた。

「彼女が脚のあいだになにを入れているかわかるかい?」

セアラはふたの絵をじっと見つめてから彼を見た。「わからないわ」

「彼女はひとりでお楽しみ中なのさ」

「どうやって？」

「つくりもののペニスを使って」

「どうして？」

ヴァレンティンは箱のふたをとり、シルクにくるまれたものを見せた。「恋人の都合が悪いとか、相手がいないとか、女性がディルドーを使う理由はいろいろある。ちなみにイタリア語ではもっと優雅に〝ディレットー〟というけどね」

セアラが口をからからにして見守るなか、彼は箱の中身を覆っている布をとった。

「手を出して」

てのひらに翡《ひ》翠《すい》でできた重いものがのせられた。指先でその微妙な曲線をなぞるうちに、胸の鼓動が遅くなり、下腹部のうずきと呼応した。翡翠は勃起したペニスの形をそっくりそのまま再現していた。長さは二十センチ以上ありそうだ。「これをわたしに？」

ヴァレンティンは後ろのベッドに腰かけ、セアラの肩越しに手もとをのぞきこんだ。「ああ。ぼくは一週間ほどサウサンプトンへ行かなければならない。そのあいだ、さびしいだろうと思って」上掛けの上に箱を置き、細い革のベルトを見せる。「ディルドーを入れたまま歩きまわるのが好きな女性もいるんだよ。これを使えば体の奥に入れたままにしておける」

彼女は唇をなめた。「あなたが留守のあいだに、わたしがこれを使っているところを想像するのは楽しい？」

ヴァレンティンはセアラを引きよせ、むさぼるようにキスをした。「いや。きみに会えなくて不機嫌になっているだろう。でも、ひとりで楽しむとき、想像の足しにはなるはずだ」

翡翠をそっと握ってみると、危険な感じがした。「使い方を教えてもらえる？」

彼は返事の代わりに身をかがめ、セアラを抱き上げてひざにのせた。彼女の背中に自分の胸板をぴったりとつけ、脚を大きく広げさせる。化粧台の上の鏡にセアラの姿がぼんやりと映った。彼女はしどけなく体の力を抜き、秘所をあられもなくさらしていた。

ヴァレンティンは片手でセアラの胸を覆い、もう一方の手を濡れた部分にすべらせた。「すんなり入るように準備しよう」

彼女は笑いそうになるのをこらえた。「今夜、ダンスホールで最初にあなたを見たときから準備はできているわ」

ヴァレンティンはセアラの花芯をきゅっとつねった。「いや、ぼくに初めて出会った日からだろう」そう言いながら、親指以外のすべての指を押し入れる。「ぼくはあのときからずっと、きみをこんなふうにしてみたかった。きみの父上の屋敷に滞在していたとき、ぼくは毎晩のようにきみを奪うことばかり考えてかたくなっていたんだ」それにしても、よくここまでぐっしょりと濡れたものだ。四本の指が楽々と入っていく。「ディルドーを渡してくれ。さあ、よく見ているんだよ」

セアラの手をとって指をからませると、ヴァレンティンはなめらかな翡翠を秘所にあてた。

そしてやさしく花芯をこすり、太い幹をセアラの蜜でよく濡らした。

「脚をもっと開いて。よく見えるように」

ふくらんだ先端をなかに入れながら、ヴァレンティンはセアラの乳首を強くつまみ、うなじを噛んだ。「ほらね？　楽に入っただろう。きみはぐっしょり濡れていて、すぐにでもセックスできる」そのまま彼女の反応を見ながら、十五センチほど入れたところでとめた。

彼は手を離した。「本物のペニスみたいに入れたり出したりしてごらん」セアラは吐息をつくと翡翠を握り、ゆっくりと動かしはじめた。ヴァレンティンも腰を前後に動かし、痛いくらいにかたく張りつめた下腹部を彼女のむきだしのヒップにこすりつけた。セアラの手のリズムに合わせて自分のものを愛撫しながら、だんだんのぼりつめていく彼女の顔を見守る。翡翠の動きが少しずつ速くなっていった。彼は絶頂に達したセアラの手に自分の手を重ね、ディルドー全体が入ってしまうまで深く押しこんだ。すると次の瞬間、セアラの体が痙攣したかと思うと、快楽をあまさず受けとろうとするかのように彼女の腰が前に突きだされた。

自分も同じように達したいという激しい欲求をこらえ、ヴァレンティンはセアラのふるえがおさまるまで待った。そしてベッドから枕をいくつかつかみとり、それを積み重ねた上に彼女を腹這いにした。セアラのヒップが宙に突きだされる。彼は翡翠を抜くと、いきなりセアラの腰をつかみ、荒々しくつらぬいた。テクニックなど駆使する余裕はなかった。ただ一刻も早く彼女のなかで自分を解放させたいという、荒々しい欲望に突き動かされていた。

セアラが小さな叫び声をあげている。ふたりの体がぶつかりあう音が、自分のうなり声よりも大きく聞こえた。ヴァレンティンは動きをゆるめるつもりはなかった。速く、荒々しく奪いたかった。やがて彼は叫びながらセアラの上に崩れ落ちた。激しい鼓動で胸が破れそうになる。

妻を繊細なレディのように扱うのもここまでだ。セアラはぼくと同じくらい情熱的だ。しかも、子どもをつくることを目的として交わされる上品でまっとうな行為以上のものを求めている。ああ、セアラをめちゃくちゃにしたい。彼女のなかに自らを解き放ち、丸裸にして自分だけに奉仕させたい。

なんてことだ。

ヴァレンティンは目を開け、暗がりに浮かび上がる上掛けをぼう然と見た。あたりにはセックスのにおいが、セアラの香りがたちこめていた。ペニスを引き抜き、今度は彼女の体をあおむけにする。そして、その顔をじっと見つめた。笑みを浮かべて見つめ返してくるセアラの顔は、満ち足りて輝いていた。

下腹部がまたしてもうずきはじめた。なにも言わずに彼女の脚のあいだに割って入り、秘所を調べる。そこはぐっしょり濡れていた。舌先で花芯に触れると、彼女が小さく息をのんだ。

ヴァレンティンの体はまたしても熱くなった。セアラの脚を大きく押し広げ、そのあいだに入りこむ。もうゲームは終わった。彼女はぼくのものだ。われながら愚かだとは思うが、セアラの体に自分の記憶を刻みつけ、たとえ離れていてもほかの男なんて見向きもできないようにしてやりたかった。痛みを与えるほど激しく愛したかった。あとで彼女が痛みを感じるたびに、荒々しく突き入れられる高まりや、覆いかぶさってくる体を思いださせてやりたい。そして、ほかの誰でもなくこのぼくに愛されたいという激しいうずきを感じさせたかった。

セアラの前にうずくまって荒い息をつきながら、ヴァレンティンは欲望に支配され、理性を失いかけていた。トルコでの体験のあと、彼はセックスをあくまでも楽しいゲームにとどめるよう自分に命じてきた。ひとりの女性を守り、奪うために、激しく心をかき乱されるようなことはあってはならない。もう二度と自分自身の奴隷にはなるまいと心に誓ったのだ。セアラを征服したいという気持ちは、ヴァレンティンが長年心の奥深くにしまいこんできた危険な感情に酷似していた。彼女の濡れた花芯を見つめ、舌で触れて繊細なふるえを感じる。セアラが手をのばし、彼の顔をその場所に引きよせた。

ヴァレンティンはうなり声をあげて、さしだされたものにしゃぶりついた。下腹部が張りつめ、ふたたび彼女がほしくてたまらなくなる。セアラと体を重ねるのはひと晩に二回までと、自分を制限してきたことが急にばからしく思えた。今はただ快楽に溺《おぼ》れよう。精根つき果てるまで愛しあうのだ。明日の朝の心配はそのあとですればいい。

# 9

「どうしても一緒に行っちゃいけない？」

セアラがそう言うと、ヴァレンティンは懐中時計に目をやってから背を向けた。

「これは遊びじゃないんだ。誰かがサウサンプトンの所長を告発した。向こうでの会議が愉快なものになるとはとうてい思えない」

口もとを引きしめた厳しい表情を見る限り、彼の考えを変えるのは難しそうだ。それでもセアラはもう一度だけくいさがった。

「わたしだけ実家に泊まってもいいのよ。あなたに会えなくてもかまわないわ」

ヴァレンティンは口もとをほころばせた。「それでは一緒に行く意味がないだろう。それに、きみが近くにいると思うと気が散って、仕事が手につかなくなる」

「わたしはただ家族に会いたいだけなのかもしれないじゃない。あなたじゃなくて」

彼は部屋の向こう側から歩いてくると、長い指でセアラのあごを持ち上げた。「ベッドでぼくを恋しがってくれないのかい？」

ヴァレンティンにじっと見おろされ、セアラの顔が熱くなった。彼といると、なぜいつもこんなふうになってしまうのだろう？　唇を親指でなでられながら、彼女は不思議に思った。

「ぼくはきっとさびしくなるだろう。もっときみの気を引くよう努力しないといけないな」

炉棚の置き時計が十時を打つと同時に誰かが書斎のドアをノックし、セアラはびくっとした。ヴァレンティンが身を引いたとき、ピーターが部屋に入ってきてセアラに会釈した。彼女は笑みを返しながら、ヴァレンティンの留守のあいだピーターがずっと自分に付き添ってくれることをうれしく思った。

セアラは机のわきに置かれた椅子に腰をおろし、ヴァレンティンのほうを向いた。旅行用の服に身を包んだ彼は、いつもながら一分の隙もない。栗色の髪は後ろで束ねられ、黒い外套と黄褐色のブリーチがたくましい体によく似合っている。彼女はクッションに深く身を沈めた。脚のあいだがかすかにうずき、乳首がコルセットにこすれてかたくなる。昨夜の愛の行為は、新たな境地へと達していた。セアラに対する彼の欲望はとどまるところを知らないようだ。

ヴァレンティンがちらりと彼女を見た。「もうひとつクッションがほしいかい？」

「大丈夫よ。ありがとう」

ピーターが気づかわしげにセアラを見た。「具合でも悪いのかい？」

セアラは頬を赤らめ、ヴァレンティンはにやりと笑った。「ぼくの奥さんは、ゆうべよく眠れなかったようなんだ。そうだろう？」

「ええ、そうなの。ヴァレンティンのいびきがうるさくて、ずっと起きていたのよ」

「ヴァル、ぼくの記憶ではおまえがいびきをかいていたことなんてなかったぞ。いったい、いつからいびきをかくようになったんだ?」彼女にクッションを手渡すために立ち上がりながらピーターがたずねた。

「きっと年のせいよ」セアラがにこやかに答えた。「洗濯ばさみで鼻をつまんでやろうかと思ったわ」

ヴァレンティンが笑いだしたとき、秘書のジェレミー・カーターが入ってきた。ヴァレンティンが笑い声をあげることなどめったにないせいか、眉をひそめている。カーターは机の前までやってくると、分厚い帳簿の束をどんと置いた。

「ごきげんよう、ソコルフスキー卿。やけにおかしそうにお笑いですな。私のことですか?それとも、ほかになにかおもしろいことでも?」

ヴァレンティンは立ち上がって秘書の手を握った。「なに、たわいもないことだよ」言いながらセアラのほうを見る。「きみはまだぼくの妻に会っていなかったね。そろそろ彼女にも会社のごたごたを教えてもいいころだと思って連れてきたんだ」

セアラは秘書に微笑みかけた。カーターは分厚いめがねをかけ、頭はつるつるにはげていた。その体から防虫剤と乾いたインクのにおいが漂ってくる。少し猫背のところは、昔、父の会社で働いていた秘書を思いださせた。幼かったころ、セアラはその男性からよくキャンディをもらったものだった。

「お会いできてうれしいですわ、ミスター・カーター。あなたはとても有能で信頼できると夫から聞いています」

カーターは微笑みととれなくもない程度に薄い唇を曲げながら、セアラのさしだした手に向かって頭をさげた。「ありがとうございます、奥様。この会社そのものが沈没してしまうことのないよう、金庫番として日々全力で仕事にとりくんでいるしだいです」

ヴァレンティンが机に向かい、帳簿を引きよせた。

「最後の火事でどのぐらいの被害を受けた？」

カーターが咳払《せきばら》いした。「船がまだ港につながれているときだったおかげですみやかに消火でき、積み荷への被害はほとんどございませんでした」いちばん大きな帳簿を開き、細かい字で記された一行をさした。「もし今回の火災が航海中に起きていたら、被害ははるかに大きかったでしょう。なんといっても羊毛は燃えやすいですから」

「ピーター、船と倉庫内の見張りを増やすというおまえのアイディアは今のところうまくいっているようだな」ヴァレンティンは机の端に腰かけている友人にうなずきかけた。「敵もそう簡単には手出しできなくなったということだろう」

セアラは椅子から身をのりだし、細かい字で書きこまれたページを目で追った。数学が得意な彼女には、会社が破綻《はたん》寸前まで追いつめられていることが一瞬のうちに理解できた。そればかりか、帳簿の数字がまちがっていることにも気づいた。いくつか暗算したあと、セアラは椅子に深く身を沈めて三人の話に耳を傾けた。

仕事中のピーターとヴァレンティンを観察するのは興味深かった。礼儀正しい態度や冷静に問題に対処しようとする姿は、どこか父を思わせる。人員を増やすべきか、それとも別の航路をとるべきかという議論が一段落するまで、セアラは黙って待っていた。

やがて、ヴァレンティンが眉間に指をあてた。疲れているときの彼の癖だ。

「ひとつ提案してもいい？」彼女はたずねた。

三人の男性がそろって振り向く。

「もちろん」ヴァレンティンが歓迎するように両手を大きく広げた。

「競合相手からいやがらせを受けたときに父が使った方法なんだけど、他社と合い積みをするの。検討してみたことはある？」

ピーターが眉をひそめた。「どうしてわざわざそんなことをするんだ？　うちの積み荷と一緒によそのものまでだめにしたら、それこそ目もあてられないじゃないか。ただでさえ評判が落ちているというのに」

「いや、セアラの言うとおりだ」ヴァレンティンが立ち上がり、ブルーのふかふかの絨緞の上を行ったり来たりしはじめた。「船倉のあいた場所をよその船会社に提供すれば、どの会社が攻撃されてどの会社が攻撃されずにすんでいるかわかるな」

「いつも被害をまぬがれる積み荷がどこの会社のものか、いずれ特定できるわ」セアラは言い添えた。

ヴァレンティンが賛同するように彼女を見る。「情報を外にもらさないようにすれば、敵の手口と正体がわかるかもしれない」

「敵が競合相手のなかにいるとすればの話だけどな」ピーターが指摘した。

セアラは眉をひそめた。「ほかに誰がいるというの？」

ヴァレンティンが帳簿を閉じた。「わからない。誰にせよ、敵はこの会社だけでなく、われわれ個人の社会的名誉まで傷つけようとしている」そう言うと、彼女に微笑みかけた。「ぼくもピーターも模範的な人生を送ってきたわけではないのでね」

「トルコ時代のことを言っているの？」セアラはヴァレンティンを見つめた。「でも、ふたりともまだ子どもだったのよ」

「それでも敵をつくった可能性はある。ピーターを脅迫する動きまであるんだ。ぼくの実家がからんでいるということも考えられる」

落ち着き払ってそう言うヴァレンティンの顔を、セアラはまじまじと見つめた。「実の家族が攻撃してくるなんてあり得ないでしょう？」

「なぜ？」ヴァレンティンが挑むような表情になった。「ぼくが帰国したことで父の人生は狂ったんだ。ちまたでは、ぼくが破産したら父が喜ぶといううわさもある。息子が援助を求めて這いつくばって帰ってくるのを期待しているんだ」語気がしだいに荒くなった。「もちろん、そんなことをするくらいなら路上で物乞《ものご》いでもしたほうがました。しかし父は、息子を言いなりにするには会社をつぶしてしまうのがいちばんだと考えているかもしれない」

なんと返せばいいのか、セアラにはわからなかった。彼女としてはなんとか義父をかばいたかったが、下手に口を出せばヴァレンティンが不機嫌になるだろう。

カーターが咳払いした。「よろしければ、他社と合い積みできるかどうか調べてみましょう」彼は立ち上がり、分厚い帳簿を回収しはじめた。

セアラがその腕に手をかけた。「ミスター・カーター、この帳簿類をひと晩貸してくださらない？」彼女はすがるような笑みを浮かべてみせた。「このあいだヴァレンティンは、あなたがこの会社をどれだけみごとに切り盛りしているか見せてあげると約束してくれたの。わたしが家計を上手にやりくりできるように」甘えるように目をしばたたく。「わたしは浪費してばかりいるみたいで、ヴァレンティンがすごく怒るのよ」

セアラが目を上げると、ヴァレンティンとピーターが驚いたような顔でこちらを見ていた。

カーターは彼女の手をやさしく叩いた。

「もちろんかまいませんとも、奥様。会計の奥深さを真剣に学ぼうとされるのは、すばらしいことです」

ピーターが書斎のドアを開いた。「ミスター・カーター、帳簿類は明日返すよ。ちょうどレディ・ソコルフスキーを十時に迎えに来ることになっているから、そのとき返してもらう。じゃあヴァル、気をつけて行ってきてくれ」

ヴァレンティンに頭をさげ、セアラにウインクをすると、ピーターはカーターと連れだって部屋を出ていった。

ヴァレンティンはドアを閉めると、振り向いて戸口に背中をあずけた。

「いったいなんのつもりだい？　きみの家計簿はいつだって完璧じゃないか」

セアラは帳簿を見つめながら立ち上がった。「合計が合っていないわ」

「なんだって？」

机の前に立ったまま黙っていると、彼が歩み寄ってきた。

「ミスター・カーターがあなたに別のページを見せているあいだに、それ以前の数字を確認してみたの。わたしの計算では、誰かが帳簿をさかのぼって合計を改竄《かいざん》しているわ」

ヴァレンティンはページを埋めつくしている数字を凝視した。日ごろ彼は、一週間分の収支を確認するのにも何時間も費やしている。いったいどうやって彼女は六カ月分の記録のなかから大量のまちがいを見つけだしたのだろう？

セアラがじれったそうに手を出した。ヴァレンティンは引きだしから羽根ペンとメモ用紙を出して彼女に渡した。

セアラは帳簿のページのいちばん上のあたりをさした。「小さな額がところどころ変えられているのがわかる？　ただ単純に0を6に書き換えたものもあるけれど、積もり積もればかなりの額になるわ」

彼は目を細め、インクで書き足された数字をよく見た。たしかにセアラの言うとおりだ。あとで手を加えられた筆跡は、カーターの几帳面《きちょうめん》な筆跡とはまるでちがう。

「ミスター・カーターが書いたのでないとしたら、なぜ彼はこのことに気づかないんだ？」

セアラがメモ用紙に数字を走り書きすると、ペン先からインクがはねて吸いとり紙にしみをつくった。「めがねの厚さから考えて、ミスター・カーターは相当目が悪いはずよ。年度末にすべての帳簿をしめるときまでまちがいに気づかない可能性もあるわ」彼女はヴァレンティンを見上げた。「当然、そのときにはもう不明金を見つけるのは手遅れでしょうね。彼以外にこの帳簿に近づくことのできる人はいる？」

「帳簿はここロンドンの事務所に保管されているから、理屈のうえでは誰でもさわることができる」ヴァレンティンは顔にかかる髪をかき上げた。「弱ったな。誰にも相談せず帳簿を一方的にとり上げるわけにはいかないし。悪いが明日、ピーターに対策を考えるよう、きみから話しておいてくれないか？」

セアラは羽根ペンを置いた。「この帳簿をひととおり調べるのにしばらく時間が必要だわ。夜のあいだだけでもこの部屋に保管してもらえないかしら」

ヴァレンティンはインク壺《つぼ》にふたをした。「きみにそんな面倒なことをしてほしいとは思わない。帳簿の不正を見つけだすことのできる人間ならロンドンにいくらでもいる」

「わたしが見つけたいのよ、ヴァレンティン」セアラはすがるような目で彼を見た。「信用してくれないの？　わたしは小さいころから父の帳簿を見てきたわ。レディらしくないからやめなさいと言われるまでずっとね。わたしにとってはおもしろくてたまらないことなの」

そう言えばジョン・ハリソンは、そっけない口ぶりではあったにせよ、セアラが数字に強いことを話していた。ぼくは愚かにも、セアラの才能が実際どの程度のものか、確かめてみようともしなかった。ただ彼女の裸を想像することにばかり気をとられていたのだ。

「わかった。やってごらん」

セアラは飛び上がってヴァレンティンに抱きついてきた。ベッド以外でこれほど喜ぶ彼女を見たのは初めてだ。自分の理想とする妻の枠にあてはめようとしたばかりに、セアラのすばらしい才能をもう少しで否定してしまうところだった。自分自身は見た目で判断されるのが大きらいなのに、妻のことは連れて歩く美しい飾りぐらいにしか考えていなかったとは。

「ありがとう。決してがっかりさせたりしないわ。あなたがサウサンプトンから戻るころには、もっと確かな事実をつかんでみせるから」

セアラの頬にキスをしたとき、女性らしいにおいがしてヴァレンティンの股間が張りつめた。しぶしぶ彼女を自分の体から引き離す。

「もう行かなくては」

セアラが不満そうに口をとがらせた。淡い薔薇色の唇が、抗《あらが》いがたいほど魅力的に誘いかける。「さびしくなるわ」

彼女のもとから離れたくない——ふつふつとこみ上げる奇妙な感情を、ヴァレンティンは笑みでごまかした。正直、あまりいい気分ではなかった。過去にかかわった女性たちに別れを告げるときも、決まってこの感情に苦しめられたからだ。「ばかな。きみはイザベルやピーターとパーティに明け暮れて、ぼくのことなど思いだしもしないさ。それに帳簿も見なければならないし」

セアラは爪先立ちになって彼にキスをした。ヴァレンティンの閉じた唇に彼女の舌先が軽く触れる。「絶対にさびしくなるはずよ。自分が生きているということを、あなたほど感じさせてくれる人はいないもの」

セアラの瞳を見つめているうちに、彼女の奥深くまで入りたいという欲求がこみ上げてきた。

「ぼくの代わりに翡翠を使うんだよ」

「そうするわ。あなたがベッドのわきに立ってじっと見ているところを想像するの」ヴァレンティンの唇のすぐそばでセアラが自分の唇をなめた。「そして、ひとりさびしく想像したことを〝赤い日記〟に書いてあなたの帰りを待っているわ」

ヴァレンティンはあとずさりしながらドアに手をのばし、鍵をかけた。セアラが目を輝かせながら、彼がブリーチのボタンを外していくのを見守る。

「机の角に腰かけて脚を開くんだ、セアラ。馬車はあと二、三分待たせておけばいい」


セアラはピーターの天使のような横顔をじっと見た。午前十一時に、彼の御する馬車はハイドパークの門をゆっくりと通過した。ピーターの過去について父から警告されていたにもかかわらず、彼にならなんでも話せるような気がしていた。そして、ピーターはセアラを対等の人間として扱ってくれる。

黒い馬に乗った軍人とすれちがったとき、ピーターは帽子を上げて挨拶した。その落ち着いた手綱さばきにセアラは感心した。ヴァレンティンは乱暴な御し方をするので怖かったのだ。


深く息を吸いこみながら、セアラはききたかったことを口にした。

「ピーター、昨日ヴァレンティンは、あなたを脅迫する動きまであると言っていたわね」

ピーターは微笑み、大きなため息をついた。「きみはあのとき、ヴァルの実家をかばおうと必死になっていた。あの部分は聞きもらしてくれたらと思っていたんだがね」

「あなたみたいにいい人を脅迫する人がいるなんて信じられないわ」

ピーターは馬車をとめ、手綱を馬丁にあずけた。セアラはピーターが手を貸してくれるのを待って馬車からおり、彼の腕に手をかけた。ふたりは林のほうへ向かって歩きはじめた。足もとで落ち葉がかさこそと音をたてる。

「きみも知っているとおり、ヴァルとぼくはトルコで何年も奴隷として働かされていた。そのときに、地獄のような日々を生き抜くためとはいえ悪い習慣が身についてしまってね」

つらそうなピーターの横顔に、セアラは思わず目を閉じたくなった。「どういうこと？」

「アヘン中毒になったんだ。英国に戻ってからも、依存症が完全に抜けるまで数年かかった」

ピーターは口もとをゆがめた。「最高純度のアヘンを手に入れるために、ずいぶんばかなことをやったよ。盗み、詐欺。助けようとしてくれた人たちを片っ端からだました。あのころのことをねたにぼくを脅迫するのは簡単だ。今だって、当時の自分がなにをしたか全部は思いだせないくらいなんだから」

「わたしの父があなたを嫌うのはそのせい？」

「ああ。ぼくに気をつけろと言われただろう？」ピーターはおかしそうに言った。

セアラは横目で彼を見た。「父はあなたのことを信用できない人間だと言っていたわ。ヴァレンティンに悪い影響をおよぼしている、とも」

「そのとおりさ。ぼくはきみのお父上から金をだましとり、ありとあらゆる嘘をついた。もしヴァルがいなかったら、今のぼくはいないだろう。誰もがぼくに愛想をつかしたとき、ヴァルだけがそばにいてくれた。アヘンを断ち、自分の人生を大切にするよう諭してくれたんだよ」

セアラは小道にとまっている自分たちの馬車を振り返った。馬車の赤い外套が、秋の色に染まる公園に鮮やかに映えている。凍《い》てつくような寒さのため、吐く息が白い。父は心配していたが、セアラはピーターを信じていた。彼は、地獄の劫火《ごうか》をくぐり抜けて生還してきたのだ。ヴァレンティンも同じように悲惨な体験をのりこえてきたのだろうか。

「ヴァレンティンもあなたと同じようなことになったの？」

「ヴァルはぼくよりずっと強い人間だ。そんな彼でもまだ過去の傷は癒《い》えていない。本人が思っている以上に傷ついているはずだ」

セアラは爪先立ちになり、ピーターの冷たい唇にキスをした。「あなたが生きのびてくれてよかった。生きようと思ってくれてよかったわ」

彼は手袋をはめた手でセアラの頬を包み、淡いブルーの目で彼女を見つめた。

「ありがとう」ピーターの声はかすれていた。

セアラはあたりを見まわして今の会話を誰かに聞かれなかったか確かめ、ふたたび歩きだした。帳簿のまちがいを見つけたことを話し終えると、彼女は軽い世間話をしてピーターの緊張をほぐした。馬車のほうへ戻りはじめたとき、セアラはもうひとつ気になっていたことを思いきってたずねた。

「ヴァレンティンの誕生日に特別なプレゼントをしたいの。相談にのってもらえるかしら？」

「もちろん」セアラを見おろしたピーターの表情が、帽子の縁に隠れて見えなくなった。

彼女は頬を染めて言った。「耳にピアスの穴をあけてもらいたいの。誰かあけてくれる人を知らない？」

「耳に？」彼は立ちどまってセアラを見つめた。「貴婦人付きのメイドなら誰でもできるさ。そのくらいぼくだってやってあげられる」

ピーターは彼女に手を貸して馬車に乗せた。セアラは馬丁が遠くに離れるまで待った。座席で身じろぎしながら、手袋をはめた両手をひざの上でかたく握りあわせる。「耳だけじゃなく、ほかの場所にも穴をあけたいと言ったら？」

いっこうに返事がないので、セアラは思いきって顔を上げた。ピーターは目を細めて彼女をじっと見つめていた。その瞳に、セアラは初めて彼の男性としての好奇心を見た気がした。

「なぜぼくがそんなことを知っていると思ったんだい？」

ピーターはべつに怒っている様子はなく、ただ興味を引かれたようだった。

「あなたは快楽を追求するのが好きなんだとヴァレンティンが言っていたから。それに、彼にきくわけにはいかないし――」

ピーターがセアラの手をとり、手袋からのぞいている手首にキスをしたので、彼女は最後まで言うことができなかった。

「大丈夫。もうなにも言わなくていい。協力してくれそうな女性をひとり知っているよ。ぼくとヴァルの共通の知りあいで、派手に遊びまわっていたころからのつきあいなんだ」彼がウィンクした。「彼女なら、どこでもきみの望むところに穴をあけてくれるだろう」

# 10

ヴァレンティンが階段をのぼったとき、時計が午前一時を告げた。暗闇に閉ざされたつづき部屋は、長いあいだ閉めきられていたせいで湿気がこもっている。ようやく帰ってくることができた。サウサンプトンから一週間以内に戻るという当初の予定は大幅に狂ってしまった。向こうに着くなり、荷積みの責任者であるレイノルズが帳簿をごまかし、現金も含めてかなりの額を持ち逃げしたことが判明したからだ。

事務所の業務が通常どおりに行えるようになるまで、ヴァレンティンはサウサンプトンに一カ月以上とどまらなければならなかった。そしてほとんどの時間を得意先や銀行の訪問に費やし、今後の資金繰りになんら問題がないことを説明してまわった。人脈に恵まれたヴァレンティンでも、これはかなり神経のすり減る仕事だった。

ロンドンでセアラとピーターが楽しく過ごしていると考えると、平静ではいられなかった。さんざん手をつくして捜しているのにレイノルズがつかまらないことも引っかかった。おそらくレイノルズはすでに船で出国したか、別の事業主にかくまわれたのだろう。

ヴァレンティンは蠟燭に火をともし、暖炉に火を入れた。一連の出来事を思い返すと、口のなかに苦いものがこみ上げた。彼とピーターは会社をつくるため、ふたりで身を粉にして働いてきた。自分たちで船をこいだこともあったし、面倒に巻きこまれないよう裏から手をまわしたこともあった。ほかにどうしようもないときには、やむを得ず人を殺《あや》めさえした。

人生を捧げてとりくんできた事業が、海の上の貴重な飲み水のように指のあいだからこぼれ落ちていく。そう思うと、ヴァレンティンは冷静ではいられなかった。他人のみだらな気まぐれに振りまわされた奴隷時代と同じように、絶望的な思いに駆られていた。

ケープ付きの重い外套を脱ぐと、わずかに気持ちがやわらいだ。この前帰ってきたときは、性にまつわる自分の過去をもう少しでセアラに打ち明けてしまいそうになった。だが、自分とピーターが次から次へとやってくる客の相手をし、最後はいつもぼろ布のようになってベッドに倒れこんだなどという話を信じてもらえるかどうかわからず、結局言わなかった。ふたりの若さ、スタミナ、白い肌は格好の客寄せになった。娼館の経営者マダム・テゾーリはそこに目をつけ、ふたりをとことんまで搾取したのだ。

ヴァレンティンの口もとに苦々しげな笑みが浮かんだ。マダム・テゾーリがほかの娼館の経営者にくらべて特に金に汚かったというわけではない。彼女は自分の商才に誇りを持っていた。ふたりが勃起するようになる年ごろまで待ってから、法外な金額を払ってでもほしがる客たちの相手をさせたのだ。初めてセックスをしたころは、女性客の相手をするのを楽しいと思ったこともあった。しかし、相手が男性客となると話は別だった。

ヴァレンティンは暗い鏡のなかに映る自分の険しい顔をちらりと見た。しつこい男性客をわざと挑発して怒らせ、自分の顔を傷つけるように仕向けたこともある。客の心をそそる美しい顔をめちゃくちゃにして興味を失わせ、拷問のような生活から自由になるために。この美貌《びぼう》は神の恵みではなく呪《のろ》いだ――彼はそう思いこむようになっていた。実際、たび重なる侮辱にひとりの客がとうとう怒りを爆発させ、ヴァレンティンのあごの骨を砕いたこともある。もしもピーターがとめに入らなかったら、さらにすさまじい暴力を振るわれていただろう。

ヴァレンティンは皮肉な笑みを浮かべた。あのときピーターはほうっておいてくれるべきだったのだ。ぼくがこれまでに何人の女性と寝たのかセアラが知ったら、彼女はおびえて逃げだすだろうか？　それとも、今までと変わらずベッドに迎え入れてくれるのか？

セアラの寝室から小さな物音が聞こえ、ヴァレンティンは振り向いた。室内ドアを開け、衣装部屋を通り抜けて彼女の部屋へ向かう。ドアの向こうから光がもれていた。セアラが吐息をもらした。快楽を覚えたときによくもらす、満足の吐息だ。彼女はほかの男と一緒なのか？

わき上がる欲望と嫉妬に突き動かされ、ヴァレンティンは静かにドアを押し開けた。ベッドにセアラが横たわっていた。まっ赤なガウンが、透きとおるように白い肌と黒髪を際だたせている。ベッドのわきに置かれた蠟燭のやわらかな光が、シルクの上掛けを照らしていた。

〝赤い日記〟が開いたまま枕もとに置かれ、彼女が書いたばかりらしい箇所を読み返している。

セアラの左手が脚のあいだでゆっくり動いているのに気づき、彼は喉がからからになった。

ふたたびセアラが甘い声でうめいた。ヴァレンティンは股間を押さえ、自分のものを強く握った。サウサンプトンではずっとひとりで寝ていた。大人になってからこれほど長く禁欲したことはない。ほかの女性はほしくなかった。毎晩のようにセアラを思い浮かべ、自分の手と生々しい想像で欲求を解き放った。しかし、それで満たされたわけではなかった。

ヴァレンティンはまだ片手で自分のものをゆっくりと愛撫しながらドアにもたれていた。セアラが右ひざをたてた。左脚はベッドの横に大きく投げだされている。翡翠がちらりと見えた。彼女によって濡れたそれは、白い太もものあいだでゆっくりと動いている。そのとき、セアラが背中を弓なりにそらして両ひざを高く上げ、ペンの羽先を秘所に走らせた。彼女の喉の奥から笑い声があがる。その様子を見守るうちに、彼の下腹部は激しく脈打ちはじめた。

ヴァレンティンは黙ったままベッドに近づいた。左右の柱をつかみ、セアラを見おろす。だが、セアラは彼を無視して、ひとりで楽しみつづけている。ヴァレンティンは彼女のにおいを深く吸いこみ、翡翠の動きとともに聞こえる濡れた音に耳を澄ませた。

くたくたに疲れていることも忘れ、彼は無我夢中で上着を脱いだ。つづいてベスト、クラヴァット、シャツを脱ぐ。ブリーチとブーツだけはそのままにして、張りつめたものが厚い生地を突き上げる感触を味わった。そしてベッドに這い上がると、セアラのほうへにじり寄った。

彼女は情熱にうるんだ瞳で妖艶《ようえん》に微笑んだ。唇は誘いかけるようにわずかに開いている。翡翠を奥深くまで入れたまま、セアラは秘所にペンの羽根を走らせた。

ヴァレンティンは身をかがめて彼女の秘所を指でなぞった。あたたかいひだが翡翠のまわりで小刻みにふるえている。その入口を指でなぞりながら、あふれる蜜とかたくなった花芯を心ゆくまでめでた。解き放たれる瞬間を待ちわびている高まりが、激しい鼓動に合わせてうずいている。すぐにでもブリーチのボタンを外し、セアラを奪って、奪って、奪いつくしたかった。だがそうする代わりに、ヴァレンティンは身を引いてベッドに座り直し、ふるえる指で自分の高まりを愛撫しつづけた。ブリーチはすでに濡れ、屹立したものをきつく締めつけている。

まだだ。

セアラが懇願するまで待つんだ。

彼は指を一本のばし、セアラの花芯に触れた。彼女の手から羽根ペンが落ちた。ヴァレンティンは顔を近づけてセアラのにおいを深く吸いこみ、舌の先で花芯をなめた。彼女が身をふるわせ、翡翠の動きを速める。

ヴァレンティンはさらに頭をさげて翡翠の周囲を舌で探った。やわらかな肌とかたくてなめらかな石の感触のちがいをゆっくりと楽しむ。彼はじゅうぶん注意しながら、翡翠の左右に指を一本ずつさし入れ、入口をもう少し広げた。セアラが息をのむ。その気になれば、もっと広げられることはわかっていた。奴隷時代、よくピーターとふたりでひとりの女性に同時にペニスを入れたものだ。あの刺激、あのきつさは、男にとっても格別のものだった。

ヴァレンティンは過去の記憶を頭から振り払い、目の前のセアラに意識を集中させた。奥深くに指をさし入れ、敏感な花芯を舌で容赦なく攻めたてる。そしてもう片方の手を彼女の腰の下に入れて持ち上げながら、中指でヒップを探り、アヌスをつらぬいた。

ヴァレンティンはセアラの濃い蜜で指をよく濡らして敏感な花芯をつまんだ。花芯を二本の指でさいなみつづける彼の股間は、今にもブリーチを突き破りそうなくらい張りつめていた。

まだだ。

うずきと期待の境がわからなくなるまで、ヴァレンティンは辛抱して待った。翡翠と彼の指の両方をセアラも感じているにちがいない。

サウサンプトンに滞在中、ヴァレンティンは東洋人の経営する店をたずね、精巧な差し込み具とリングを見つけた。セアラのアヌスが彼のものを受け入れやすくするための道具だ。あれが今ここにあれば……。ふと、そんな考えが頭をよぎる。しかし、おそらくなくてよかったのだろう。一カ月にわたる禁欲生活のあとでは、ことをゆっくりと進めたい。あそこに無理やり入れられることがどれほど苦痛か、自分自身が身をもって知っている。ヴァレンティンは彼女のアヌスからしぶしぶ指を抜き、秘所だけに集中した。

セアラの呼吸がだんだん浅くなり、頂点に近づいていることがわかった。ヴァレンティンはできるだけ身を引き、その最も親密なひとときに彼女が浮かべる表情を見ようとした。だが、ガウンの身頃《みごろ》を払いのけて乳房を露わにした瞬間、彼は完全に理性を失いそうになった。

セアラの薔薇色の乳首が金色にきらめいていた。敏感な肌をつらぬいている金のリングを、ヴァレンティンはじっと見つめた。指をのばすと、セアラがぴくっと身をふるわせた。彼は懸命に心を落ち着け、そっとリングに触れた。まだしばらくのあいだは痛むだろう。

あたたかいリングを舌でなぞると、ヴァレンティンは彼女の下腹部から手を離した。

「まだ痛むかい？」

セアラが唇を噛んだ。「少しだけ」

ヴァレンティンが乳首をやさしくなめると、彼女は身をふるわせた。

傷がすっかり癒えたら、たっぷり時間をかけてこの乳首をもてあそんでやろう。ああ、ひょっとしたら、ぼくはもう彼女を永遠にベッドにしばりつけてしまうかもしれない。ヴァレンティンはセアラのあごを持ち上げて唇にキスをし、彼女自身の蜜の味を教えてやった。下腹部が激しくうずく。欲望に体の芯までゆさぶられ、彼は今こそセアラのなかに入りたいと思った。

キスをつづけながらブリーチの前を開いた。高まりが露わになると、ヴァレンティンの口から荒い息がもれた。セアラがブリーチを引っぱりおろし、彼の下半身を露わにする。

「ああ、ヴァレンティン！　さびしかったわ」

彼女に爪をたてられ、ヴァレンティンはうめき声をあげた。唇を離してセアラの脚のあいだに割って入り、さらに押し広げる。彼女はこれでようやくぼくのものを受け入れ、快楽の叫びをあげることができるだろう。

セアラが身をふるわせるなか、ヴァレンティンはペニスをしっかりと握った。彼のものは今まで見たことがないほど張りつめていた。その先端を翡翠の下側にあてがう。そして次の瞬間、セアラのなかにさし入れた。

彼女の体がヴァレンティンのものを受け入れるまでしばらく待ってから、彼はゆっくりと奥へ入っていった。めくるめく快感が押しよせる。セアラのあたたかく引きしまった体に、かたい石の感触。ヴァレンティンは自ら仕掛けた官能的な罠《わな》に完全にとらわれてしまった。

「ヴァレンティン」セアラは彼の肩に爪をくいこませた。「わたし、もう……」

彼女のなかに深く押し入ったまま、ヴァレンティンは破壊的なまでの締めつけに耐えた。セアラの悲鳴をキスで受けとめ、クライマックスの最後の波に耐えかねた彼女が嚙みついてきても唇を離さなかった。

ようやくセアラのふるえがおさまると、彼は自分のものと翡翠を抜いた。そして、美しくもみだらに濡れた秘所を見つめた。もうこれ以上自分を抑えるのはたくさんだ。自分たちはそんな段階はとうに越えている。ヴァレンティンは翡翠をかまえ、そこに二本の指を添えて彼女のアヌスにさし入れようとした。

「ここに入れてもいいかい？」

「あなたの留守中に自分でも試してみたわ」

ゆっくりと翡翠を入れていきながら、ヴァレンティンは眉をつり上げた。「さぞ退屈だったたんだね。ぼくが帰るまで待っているよう言ったのに」

翡翠を奥まで押しこむと、セアラの息が荒くなった。「練習しておいたほうがいいと思って」

「きみときたら、まったくせっかちなんだから。でも、そうしてくれてうれしいよ」

セアラが唇をなめると、ヴァレンティンは彼女の太ももを抱え上げて自分の肩にのせ、ふたたびなかに押し入った。セアラはもう完全にぼくのものだ。

彼はうめき声をあげながら、ぬくもりのなかに身を沈めた。絶頂に達したセアラの痙攣を通して、翡翠の感触が伝わってくる。

「帰ったよ、セアラ。もう翡翠はいらない。使うときはぼくが入れてあげる。それに、もう自分の指も使わなくていいんだよ。ぼくが好きなだけ満たしてあげるから」

そのまま動きつづけるヴァレンティンを、セアラがあえぎながらぎゅっと抱きしめる。こんなにもあたたかく迎え入れてもらえるとは。大人になって初めて、ヴァレンティンは自分の過去を許してもらったような気がした。叫び声とともにセアラのなかに自分を解き放ちながら、彼は自分が本当に家に帰ってきたのを感じていた。

# 11

「わたしは帳簿を書き換えるようなことは決してしておりません」

ヴァレンティンの豪華な書斎には日がさんさんと降り注いでいたが、その場の空気は暗く、ぴりぴりしていた。カーターはめがねを外し、レンズの汚れをハンカチでふいた。まるで、ヴァレンティンに見せられた帳簿のまちがいを消してしまいたいかのように。

「それはわかっている、ミスター・カーター」ヴァレンティンは開いたページを羽根ペンの先でこつこつ叩いた。「ぼくが知りたいのは、誰がやったかだ」

ヴァレンティンが椅子の背にもたれると、カーターは帳簿のほうに首をのばした。「さあ、それは……。このようにほんの少し書き加えられているだけでは、誰の字かわかりません」

「きみ以外にこの帳簿類に近づける人間は？」

カーターの眉間にしわが寄った。「ご存じのとおり、これらは本社事務所に保管されています。ここへは毎日、数えきれないくらい多くの人々が出入りします。しかし従業員のなかでということであれば、わたしのふたりの助手が最も容易に行うことができるでしょう」

「そのふたりとは？」

「アレクサンダー・ロングとクリストファー・ダンカンです。ふたりとも有能な会計士として推薦されて来ました」頭をさげたカーターの顔からいくぶん緊張がとれた。「実を言いますと、そのうちのひとりはだんな様のお父上である侯爵が推薦してくださったんです」

ヴァレンティンはゆっくりと息を吐いた。「どちらの男を？」

「ダンカンです。彼はスコットランド人でして。おそらくロンドンへ移る前にスコットランドでお父上の不動産管理の仕事をしながら経験を積み、こちらで新たに職を求めたのでしょう」

そばで聞いていたピーターが咳払いをした。「このふたりについて情報を集めてみるよ、ヴァル。もうひとりの男は誰の推薦だい？」

「たしかサー・リチャード・ペティファーか、ミスター・ジョン・ハリソンでした」カーターは手を小刻みにふるわせながら、めがねをかけ直した。「ふたりとも仕事ぶりは申し分ありません。どちらも道徳心が強く、正直で、信頼できます」

「誰もあなたを責めてはいないわ、ミスター・カーター」部屋のすみに座っていたセアラが声をかけた。

ヴァレンティンは彼女をにらみつけてやりたかった。彼自身はカーターを責めていた。カーターは年をとりすぎて、与えられた仕事をきちんとこなせなくなっているのだ。そんなヴァレンティンの心を読んだかのように、カーターがあたふたと立ち上がった。

「どうかお許しください。以後、じゅうぶん気をつけますので」

セアラが眉をつり上げてヴァレンティンを見た。この場でカーターを解雇してしまいたいのを、ヴァレンティンはどうにか思いとどまった。

「いいんだ、ミスター・カーター。なんとか解決するさ。それより、今の話は誰にももらさないようにしてほしい。きみのふたりの助手がかぎつけて逃げてしまうと困るのでね」

「もちろんです」カーターはハンカチをポケットに入れ、明らかにほっとした表情になった。「貝のごとく口を閉じています。どうかご心配なく」

カーターが出ていくと、ヴァレンティンはピーターとセアラを交互に見た。

彼女が微笑みかけた。「首にしないであげるなんて、やさしいのね」

「なにを言ってるんだ？　本来なら解雇されて当然だぞ。職務怠慢以外のなにものでもない」

ヴァレンティンは帳簿を閉じると椅子の背にもたれ、ブーツをはいた足を机の端にのせた。「きみはどうせ、彼の気持ちを傷つけないよう、なにか別の仕事を与えてやればいいのにと思っているんだろう？」皮肉たっぷりに言う。

セアラは思わず笑みを浮かべた。「そうしてあげたら親切ね」

「親切ね、やさしいのね」ヴァレンティンは低い声で妻に言った。「今日はそれ以外にどんな言葉でぼくをこきおろしてくれるんだい？」

ピーターが笑った。「まったく驚いたな。セアラがおまえをここまで紳士的にふるまわせることができるとは」

セアラが立ち上がり、グリーンのドレスのひだを整えた。

ヴァレンティンは眉をひそめた。「どこへ行くんだ？」

「午後からペティファァー家のお茶に招待されているの」セアラはあごを上げて挑むように微笑んだ。「あなたのその従業員のことについて、なにかききだせるかもしれないわ」

「彼らとはつきあわないように言ったはずだぞ」ヴァレンティンは身を起こし、机から足をおろした。「だいたい、きみにスパイのまねをさせるつもりはない」

セアラは彼の頬にキスをした。「ディナーのときに会いましょう。覚えてる？　今夜はロシア大使主催の舞踏会へ連れていってくれる約束よ」

「きみは少しも言うことを聞かないのに、なぜぼくばかり約束を守らなくちゃならないんだ？」

顔をしかめるヴァレンティンを尻目に、セアラは書斎から出ていき、ドアを閉めた。

「おまえが女性に手をやくとはな、ヴァル」ピーターが机の端に腰かけて言った。

「手をやいてなどいない」ヴァレンティンは葉巻に火をつけ、ピーターにも一本渡した。「セアラがペティファァー家でよけいなことを言わないよう願おう。彼女はなにもわかっていない」

ピーターが煙を吐いた。「おまえはこのごたごたにセアラの父親がからんでいるかもしれないと思っているのか？」

ヴァレンティンは親友のブルーの目を見つめた。「当然だろう。ただ、ぼくの父がからんでいる可能性のほうがよほど高いと思うがね」

「待てよ、ヴァル。そんなはずがないだろう」ピーターは手をのばしてヴァレンティンのあごに触れた。ヴァレンティンがすかさず身を引き、ピーターはすぐに手を引っこめた。「すまない。つい癖で」彼は軽く咳払いをした。「自分の父親をいつまでも人でなし呼ばわりしていないで、そろそろ真正面から向きあうべきじゃないか？」

「いや、そうは思わない。おまえが心配してくれるのはありがたいが。父のことはよく知っているし、向こうがなにを望んでいるかもわかっている。おまえは自分がどんな扱いを受けたか、もう忘れたのか？」

「忘れてはいないさ。しかし、英国に戻ったからには過去の痕跡《こんせき》をすべて消したほうがいいという、きみの親父《おやじ》さんの考えは理解できるよ」ピーターはため息をついた。「ぼくがまわりでうろついている限り、誰も過去を忘れることはできない。それに、はっきり言ってぼくはお荷物だった。親父さんはおまえのためを思ったのさ」

　ヴァレンティンは立ち上がって窓辺に近づいた。ちょうどセアラを乗せた馬車が玄関から出ていくところだった。

「おまえはぼくよりよほど心が広いんだな。父はまるでなにごともなかったかのようにふるまおうとした。息子が自分のそばから一度も離れたことがなく、非の打ちどころのない紳士に育ち、爵位を喜んで引き継ごうとしているふりをさせたがった」

「しかし、おまえだって過去を忘れたいと思ったはずだ、ヴァル。自分では気づかないかもしれないが、おまえは親父さんによく似ているよ。ぼくたちが耐え忍んだ月日のことを、おまえはこれまで一度でもまともに語ろうとしたことがあったか？」ピーターは葉巻を灰皿の上でもみ消した。「おまえはいまだに、あの娼館での体験が今の人生になんの影響も与えていないかのように虚勢を張っている」

欲望をたぎらせたいくつもの体の記憶がよみがえり、ヴァレンティンはてのひらを窓ガラスに強く押しつけた。悪意に満ちたささやき声や不安感に体がふるえ、思わず目を閉じる。彼は悪態をつきながらピーターに向き直った。

「ぼくは女でも、詩人でもない。自分の感情をあれこれ詮索《せんさく》されるのはまっぴらだ！」

「そう怒鳴るなよ、ヴァル。ぼくはただ力になろうとしているだけだ」

ヴァレンティンは友人をにらみつけた。今となってはピーターに触れられてもうれしくもなんともないが、それでもふたりが肉体を超えたところで強く結びついているのはまちがいない。こんなばかげた話に耳を貸すのもそのためだ。ヴァレンティンは現実の問題になんとか集中しようとした。

「力になる気があるなら、ロングとダンカンのことを探ってくれないか？」

ピーターは考えこむような目をして机からおりた。「どちらの男についても偏りなく平等に調べてみるよ。なにか情報をつかんだら、すぐに知らせに来る。それでいいか？」

「ああ。それじゃ、ぼくは今から約束があるから」ヴァレンティンは葉巻の火をもみ消した。

「マダム・ヘレーネの店で、キャロライン・インガムと今後のことを話しあってくる。有り体に言えば、別れ話だ」

「それは場所が悪くないか、ヴァル」ピーターが眉をひそめた。「彼女にベッドに引きずりこまれるぞ」

「わかっている」ヴァレンティンは微笑んだ。キャロラインとの駆け引きは望むところだった。

「その手にはのらない。ただ残念ながら、そこでしか会う約束をとりつけられなかったんだ」

紅茶のカップを手渡してくれたエヴァンジェリン・ペティファーに、セアラはにっこり微笑んだ。自宅で客を迎えるだけにしては、エヴァンジェリンはやけに飾りたてている。だが、彼女はそもそも普段から派手好みなのだ。似合うかどうかはおかまいなく、はやりのものなら手あたりしだいに試してみる。今日着ているグリーンとゴールドの縞模様のエジプト風ドレスも、いい選択とは言いがたかった。

窓ガラスに雨が叩きつけ、ただでさえ小さい居間がよけいにせま苦しく感じられた。限られた空間に家具がごちゃごちゃとつめこまれている。なにげなく体を動かしたり、うっかり手を上げたりしただけでなにか落としてしまいそうで、セアラはひやひやした。

部屋のなかに五つある時計がいっせいに鳴りだし、エヴァンジェリンは飛び上がった。セアラはカップをテーブルに置いた。

「なんだか落ち着かないわね、エヴァンジェリン」

エヴァンジェリンのカップが受け皿の上でかたかたふるえた。「そう?」彼女はぎこちなく笑った。「きっと、もうすぐあの人が帰ってくるからだわ。お客様をひとり連れてくることになっているの」

「都合が悪いなら言ってくれればよかったのに。わたしはいつでも出直せるわ」

「あら、セアラ、あなたはいつだって大歓迎よ」エヴァンジェリンは唇を噛み、ドアのほうをうかがった。「ただ、わたしは外国人のお客様に慣れていないの。どんな食事を出せばいいのかもさっぱりわからないし」

「到着したときにたずねてみたらいいんじゃない?」セアラはやさしく言った。

「相手が英語を話すかどうかもわからないのよ!」エヴァンジェリンは泣きだしそうな顔になった。「どんなときでもレディらしくふるまうのって本当に大変だわ。背のびしようなんて思うんじゃなかった」

「もしよかったら、その人が来るまでいてあげてもいいわよ」セアラは押しつけがましく聞こえないように気をつけながら言った。「わたしはフランス語とドイツ語と、少しならスペイン語も話せるわ。どれかひとつくらい通じるでしょう」

エヴァンジェリンはレースのハンカチで目もとを押さえた。「あなたって本当にやさしいのね。でも、主人から今日のお客様のことは決して人に言うなと釘《くぎ》を刺されているの。いやだ、どうしよう！」セアラを見つめるエヴァンジェリンの目が大きく見開かれた。「このことは内緒にしておいてね」

セアラは思わず吹きだしそうになった。「もちろんよ」紅茶に砂糖を入れる。ふと、今がチャンスだと思った。エヴァンジェリンはリチャードの仕事に普段からかかわっている。

「ヴァレンティンはこういうときのために、何カ国語も話せる従業員をひとり抱えているの。あなたとサー・リチャードも知っているのではないかしら。ミスター・アレクサンダー・ロングよ」

「そんな名前は聞いたことがないわね」エヴァンジェリンは眉をひそめた。「それに前にも言ったと思うけど、主人はわたしがヴァレンティンの従業員とかかわるのをいやがるの」

「たしかミスター・ロングは、以前サー・リチャードのところで働いていたはずよ。彼ならよけいなことを言ったりしないと思うわ」

エヴァンジェリンはため息をついた。「どうしても困ったときは主人にミスター・ロングのことを相談してみるわ。彼がヴァレンティンの従業員と口をきいたりするとは思えないけど。でも、ありがとう、セアラ。あなたは本当にいい人ね」玄関のドアをノックする音が聞こえ、エヴァンジェリンは身をすくめた。「到着したみたい。丁重にお迎えしなきゃ」

セアラも一緒に立ち上がった。「きっと大丈夫よ」

驚いたことにエヴァンジェリンはセアラを抱きしめた。「やさしいのね。馬車まで見送るわ」

ふたりが階段をおりていくと、玄関はたくさんの荷物や召使いであふれていた。エヴァンジェリンは足をとめて、荷物の置き場所を指示しはじめた。そのあいだにセアラは半開きになったリチャードの書斎のドアに近づいた。

リチャードだとすぐにわかる太い笑い声が部屋のなかから響いてきた。相手の声を聞こうと耳をそばだててみたが、どこの国のアクセントかはわからない。そのときドアが開かれ、セアラは大急ぎで廊下に引き返した。

「これはこれは、レディ・ソコルフスキー」リチャードが近づいてきて彼女の手をとった。「今いらしたのかな？　それとも、これからお帰りかね？」

セアラが返事をする前に、エヴァンジェリンがそばに現れた。

「ちょうどセアラの帰りの馬車が玄関に着いたところよ」彼女は書斎をさしてささやいた。「お客様はあそこにいらっしゃるの？」

リチャードが妻に向かって顔をしかめたのをセアラは見逃さなかった。

「ああ、もうお越しだよ」彼はそう言いながらセアラのほうにあごをしゃくった。「おまえはレディ・ソコルフスキーをお見送りしてから、彼に挨拶しなさい」

セアラはエヴァンジェリンと一緒に玄関を出て、表の階段をおりた。セアラが馬車に乗りこむと、エヴァンジェリンの顔が急に明るくなった。「ああ、まったくどうして今まで思いつかなかったのかしら。どんな食事を出せばいいかわかったわ、セアラ。お客様はトルコ《ターキー》の方なの。だから七面鳥《ターキー》なら問題ないわよね？」

エヴァンジェリンに手を振ると、セアラは馬車の座席に身をあずけ、これまでわかったことについて考えた。リチャードにトルコから客が来るという。しかもそのことを秘密にしたいというのは、ただの偶然だろうか？　どう考えてもそうではないだろう。セアラは座り心地のいい座席に深く身を沈め、微笑んだ。ああ、早くヴァレンティンに教えたいわ。

マダム・ヘレーネに雇われている下僕のひとりに帽子と手袋を手渡すと、ヴァレンティンは大広間へ向かって歩いた。思ったとおり、昼日中の娼館はひっそりとしている。彼は、わざわざ挨拶に出てきてくれたマダムに微笑みかけた。マダムの金と深紅の華やかなシルクのドレスが、贅をこらした部屋の内装とよく調和している。こんなに美しくて気の強い女性が、いったいどういういきさつでこんないかがわしい店をかまえることになったのか、彼は常々不思議に思っていた。だがマダムとの仲をこじらせたくないので、よけいな詮索はしなかった。

ピーターに初めてこの娼館を紹介されたとき、ヴァレンティンは心から感謝した。自分の欲求を人目につかない形で、しかもこのうえなくみだらに満たすことができる場所をようやく見つけることができたからだ。ヴァレンティンは大広間の端から館の奥へのびる、ほの暗い廊下に目をやった。壁の両側に並ぶ部屋という部屋に、性の快楽が息づいているようだ。

「来てくれてうれしいわ、ヴァレンティン。ピーターを捜しているの？」

ヴァレンティンは笑みを浮かべ、濃いブロンドの巻き毛に縁どられたマダムの顔を見おろした。マダムはいったい何歳なのだろう？　彼女の年齢は誰も知らなかった。マダムは自分の本当の誕生日を忘れたと言って、いつもフランス革命記念日に誕生日を祝っている。おそらくフランスの争乱の最中に家族を失ったのだろうとヴァレンティンは推測していた。

「こんにちは、ヘレーネ」

ヴァレンティンはマダムの手にキスをした。彼にとってマダムは、〈悦びの館〉での最初の愛人だった。ヴァレンティンが英国に戻って一年もたたないころ、ふたりは忘れられない一夜を過ごした。彼女のスタミナはヴァレンティンに勝るとも劣らなかったうえ、テクニックと大胆さにかけては彼より上だった。しかし、ふたりは別れることで合意した。お互いによく似た気質なのでかえってうまくいかないとわかったのだ。

「ピーターを捜しているわけではない。キャロラインと会うことになっているんだ」

ヘレーネが眉をひそめた。「彼女ならまた〝エジプトの間〟にいるわよ」鋭い目をヴァレンティンに向ける。「あなたは結婚したらキャロラインから卒業するんだと思っていたわ」

ヴァレンティンはにやりとした。「ぼくに忠告してくれるのかい？　めずらしいな」

実際、彼は驚いていた。これまでの長いつきあいのなかで、ヘレーネがヴァレンティンの不品行やピーターとの奇妙な関係について口出ししたことは、ただの一度もなかったからだ。

ヘレーネは少しも動じなかった。「わたしはキャロライン・インガムが嫌いなの。あんな女はあなたにふさわしくないわ」

ヴァレンティンの顔から笑みが消えた。「わかっているさ。なぜぼくがここに来たと思う?」

「まっとうな理由があってのことだと思いたいわね」

「もちろんさ。ほかにどんな理由がある?」

ヴァレンティンはヘレーネの指先にキスをし、館の奥へ向かった。〝エジプトの間〟がどこにあるかはよく知っている。彼も去年、そこで楽しんだことがあるからだ。歩きながらエジプトの女奴隷の格好をしたセアラを思い浮かべ、彼女に向かって指を鳴らす自分を想像した。実際に呼べば、セアラは来てくれるだろうか? それともそっぽを向いて行ってしまうのか?

開いたドアの向こうにセアラではなくキャロラインを見つけたとき、ヴァレンティンの笑みが消えた。キャロラインは石のテーブルに横たわっていた。エジプトの宮殿のような内装が施されたその部屋には、大理石の像や椰子《やし》の木、生贄《いけにえ》を捧げるための祭壇まである。裸で横たわるキャロラインの横に奴隷の格好をした三人の男たちがかしずき、彼女の体にオイルを塗っていた。四人目の男は彼女のひざのあいだにうずくまり、そり上げた秘所に口をつけている。

ヴァレンティンはドアにもたれ、その官能的な光景をながめた。だが、あえいだりため息をついたりしているキャロラインを見ても興味が持てず、股間もうずかなかった。

「ことがすむまで待っていてほしいかい、キャロライン?」

冷ややかなヴァレンティンの声に身を起こしたキャロラインは、胸をさわっていた男たちの手を払いのけ、脚のあいだの男をどかせた。

「ヴァレンティン、もう来ていたの?」彼女は唇を噛み、オイルを塗った乳房に指を這わせながらヴァレンティンのほうに体を向けた。「早く終わるように手伝ってくれる?」

彼は時計を確認してポケットに入れた。「この男たちをさがらせてくれ。あまり時間がないんだ」

男たちが出ていくあいだ、キャロラインは不満そうに口をとがらせていたが、やがて豊かな胸をシルクの布で覆った。「わたしに話したいことって?」

彼女がこちらを向くのを待ってから、ヴァレンティンはポケットに手を入れて宝石箱をとりだした。「きみもわかっているはずだ。だからこそ、ここ何週間もぼくと会うのを避けていたんだろう?」

キャロラインはさしだされた宝石箱を引ったくってふたを開け、ダイヤモンドのネックレスを見て息をのんだ。ネックレスをとりだそうとした彼女の手をヴァレンティンはつかんだ。

「世の習いでは、恋人たちが関係を終わらせるとき、ささやかな贈り物をすることで別れの痛みをやわらげることになっているのだろう。これがなぐさめになることを願うよ」

「いったいどうして別れたいの?」キャロラインはまるでわけがわからないようだった。

「妻がいるからだ」

「それがどうしたというの？　彼女が財産めあてであなたと結婚したことは周知の事実じゃない。あなたが忠実な夫であることなんて、彼女は最初から期待していないわよ」

ヴァレンティンは微笑んだ。「それはわからない。ぼくにわかるのは、自分が妻に忠実でありたいと思っていることだけだ」

信じられないというようなキャロラインの表情が、すさまじい怒りの形相に変わった。「ばかみたい！　あなたにそんなことができるはずないわ」

彼は立ち上がった。「それは今後を見てのお楽しみだ」頭をさげてドアへ向かう。「じゃあ元気で、キャロライン」

彼女はあわてて立ち上がろうとしたが、床を引きずる布に足をとられた。「あんな卑しい生まれのあばずれなんか、あなたはどうせすぐ飽きるに決まっているわ。そのときわたしを思いだしても手遅れよ！」

「ご心配なく」

ヴァレンティンがドアを閉めたところにオイルの瓶が投げつけられ、そのあと、すさまじい怒りの叫び声が聞こえた。大広間へ向かって廊下を戻っていくと、キャロラインの金切り声はさらに大きくなった。彼女をほうっておくだけの分別が〝エジプトの間〟の奴隷たちにあることを願おう。いったん癇癪《かんしゃく》を起こすと、キャロラインは手がつけられない。

# 12

外套を脱がせて従僕に渡してくれたヴァレンティンを、セアラは微笑みながら見上げた。ロシア大使館の広々とした玄関ホールは人でごった返している。彼は濃紺の上着に、刺繍の入ったグレーのベストを合わせていた。ずらりと並ぶ蠟燭に照らしだされた栗色の髪は、紫色の細いリボンで束ねられている。

セアラの視線に気づいたヴァレンティンが、問いかけるように眉をつり上げた。

「どうかしたかい?」

「いいえ。ただあなたの新しい上着に見とれていただけ。とてもすてきよ。わたしのドレスともよく合っているし」

ヴァレンティンは身をかがめて彼女の手をとり、すみれ色の瞳を欲望にきらめかせた。「本当だ。気づかなかったよ。ぼくはずっときみの胸が気になって、今度はいつ吸わせてもらえるだろうということばかり考えていた」

視線を向けられた胸の先がかたくなり、セアラは大きく息を吸いこんだ。

彼がにやりと笑う。「ほら、この子たちはさっそく吸ってもらいたがっているよ。これじゃあ、ぼくは家に帰るまで待てないかもしれない」

「だめよ、ヴァレンティン」セアラはドレスをたくし上げてダンスホールへ向かった。「今夜は悪さをしないと約束したでしょう」

ヴァレンティンは彼女の腕をとって人の流れから抜けだし、螺旋《らせん》階段の陰に入った。樫張りの壁際にセアラを追いつめる。「これは悪いことなのかい？」

「わたしは今夜の舞踏会をずっと楽しみにしていたのよ。なのに、もうあなたと愛しあうことしか考えられなくなってしまったじゃない」

彼はセアラの髪をひと房引っぱった。「それがどうしてそんなにいけないんだ？」

「いつかあなたに焼きつくされてしまいそうな気がするのよ。そしてある朝わたしが目を覚ますと、あなたの姿はどこにもないの」

ヴァレンティンが真顔になった。「ぼくは決してきみを残してどこかに消えたりしないよ」そう言いながら、セアラの歯のあいだに親指をすべりこませる。「でも、たしかにそのうちきみを焼きつくしてしまうかもしれないな。これから一生、きみの唇とあそこだけを味わって生きていければほかにはなにもいらない……そう言われたら不安になるかい？」

セアラは彼をまじまじと見つめた。ヴァレンティンは本気でわたしを奪いつくしてしまうつもりなのかもしれない。そんなすさまじい欲望に恐怖を感じるべきなのだろうか？　なんのためらいもなく彼の求めに応じてしまう自分の体に、ときどきぼう然としてしまう。これまで彼女は世間一般の退屈な結婚だけはいやだと懸命に抵抗してきた。しかし今では、常に激しい欲望の嵐に死ぬまで翻弄されつづけるような気がして、そら恐ろしくなる。

セアラはぎこちなく息を吸いこんだ。「ヴァレンティン、どうしてわたしなの？　あなたがこれまでベッドをともにしてきた大勢の女性とくらべれば、わたしはなにも知らないのに」

ヴァレンティンは彼女の口にそっとキスをした。「〝なにも知らない〟からこそ魅力的なんだ。未経験の相手にセックスを一から教えるという誘惑には逆らえない」横を人々が通っていくのも気にせず、なおもセアラを見つめる。「もしかしてきみは、ぼくと出会わなければよかったと思っているのかい？」

彼女はヴァレンティンの頬に触れた。「そんなことはないわ」笑みを浮かべようとする。「ただ、変化が急すぎて現実のこととは思えないときがあるの。三カ月前には、わたしはあなたの名前しか知らなかった。それが今では……」

「今ではぼくと結婚して、ふたり一緒にベッドで楽しんでいることを恥ずかしく思っている」

セアラは彼の腕を強くつかんだ。服の下のたくましい筋肉が感じられる。「恥ずかしいとは思っていないわ」

「じゃあ、証拠を見せてくれ。ぼくにどんなみだらなことがしたいのか、口に出してごらん」

彼女は唇を噛んだ。ヴァレンティンに本当にしてみたいと思っていることを口に出す勇気が自分にあるだろうか？

彼の微笑みが大きくなった。「どうしたんだい？　言えないのかい？」

挑発されたことで勇気が出た。「まったく、どうしようもない人ね。いいわ、教えてあげる。あなたをベッドにしばりつけて、好きなようにもてあそんでみたいわ」

一瞬、ヴァレンティンの瞳が興奮したようにきらめいたが、彼は穏やかに微笑んだ。「ぼくをしばりつけるだけの力がきみにあるかな」そして一歩さがった。「それに、ぼくはそんなことをされて平気でいられるだろうか？」

その軽い言葉のなかに、警告するような響きがまじっていることにセアラは気づいた。ヴァレンティンがかつて奴隷にされていたことをすっかり忘れていた。

「ごめんなさい。わたし……」

ヴァレンティンは彼女のあごを持ち上げた。「謝ってはいけない。きみはただ頭のなかで想像したことを口にしただけだ。ぼくがきみにしたいと思っていることで、きみがいやだと思うことだってあるかもしれないだろう。とにかく、ありのままのきみでいてくれればいいんだ」

手袋をはめたセアラの手を自分の腕にかけると、彼は人の流れに戻った。自分自身に腹をたてている彼女を、ヴァレンティンは上流貴族の集まりにふさわしい完璧な笑顔で見おろした。

「さあ、おおいに楽しもう」

＊　＊　＊

「レディ・ソコルフスキー、少しお時間をいただけるかしら？」

セアラが鏡からふり向くと、キャロライン・インガムがすぐ後ろに立っていた。

「あなたとはいつも控えの間でお会いするようね」セアラのなにげない言葉にも、微笑みは返ってこない。「なんのご用かしら？」

セアラはキャロラインのあとについて控え室のいちばん奥まで行き、一緒に腰をおろした。キャロラインはひざの上であわせた手にしばらく視線を落としていたが、やがて顔を上げた。

「どういうふうに切りだせばいいのかしら」

セアラはぎこちなく微笑んだ。「どうぞ率直におっしゃって。それがいちばんだわ」

「今日ヴァレンティンが、わたしに会いにマダム・ヘレーネの〈悦びの館〉へ来たの」

胃のあたりが引きつるのを感じたが、セアラは平気なふりをしてつづきを待った。

「たぶん別れ話をするつもりなんだろうと思っていたわ」キャロラインはセアラから目をそらした。「わたしがもう何年も前からあの人の愛人だったことは聞いているでしょう？　あなたと会ってから、わたしはずっと彼を避けてきたの。わたしのことを思いださせないように」そう言いながらため息をつく。「でも、無理だったようね。彼はわたしに、これまでどおり関係をつづけたいと言ったの。あなたはそれでもまったく気にしないからって」

嘘よ――そう叫びたいのをセアラは必死にこらえた。「それで？」

「それで、彼がそういうつもりなら、あなただって同じように愛人をつくればいいと言ってあげようと思って。わたしは惨めな妻を陰で笑う気はないから」キャロラインは身をのりだして、セアラの手をぽんぽんと叩いた。「いつだったか、ヴァレンティンは遊び仲間と一緒に、男にとって望ましい、扱いやすい妻の条件を書きだしていたの」キャロラインの目がきらめく。「それからしばらくして、彼はあなたを連れて現れた。まさか、本当に実行に移すとは思わなかったわ。世の結婚のからくりをなにも知らない、うぶな女性をまんまとだますなんて」

キャロラインはそこで表情をやわらげた。「好色なヴァレンティンに愛想がつきたとしても、世の中にはあなたの好みに合う男性がいくらでもいるわ。そのことを覚えておいて」

セアラは手を引っこめ、拳を握りたいのをこらえた。「心配してくださってありがとう。あとでヴァレンティンに話してみるわ」

キャロラインは微笑んだ。「まあ、度胸があるのね。たしかに、陰でこそこそするよりお互いに腹を割って話したほうがいいかもしれないわ」そう言いながら首筋に手をやり、蠟燭の光にきらめく美しいダイヤモンドのネックレスに触れる。「これは今日、ヴァレンティンがわたしにくれたものなの。ものわかりのいい妻になる気があるなら、あなたもねだるといいわ」

いわくありげに微笑みかけると、キャロラインは立ち上がった。

内心とり乱しながらも、セアラはなにごともなかったかのようにキャロラインのあとについて大広間へ戻った。ヴァレンティンの告白を聞いてさっきまで喜んでいたのが嘘のようだ。彼がわたしを残してどこかへ消えたりしないと言ったのには理由があったのだ。わたしをそばにしばりつけておくことで、ほかの女性と寝ても不満を言わせないようにするつもりだったのだろうか？　彼は本当に、わたしが扱いやすい妻になると思ったの？　それとも、ただキャロラインがふたりの関係をこじらせようとしているだけなのかしら？

セアラは大きな音をたてて扇子を閉じ、ピーターにエスコートしてもらって晩餐の部屋へ行った。その晩、ヴァレンティンは片時も彼女のそばを離れなかった。おかげでセアラは、周囲からことのほか丁重な扱いを受けた。社交界の頂点に位置する人々からいくつか招待まで受けたほどだ。仲むつまじい夫婦だと示そうとする彼の努力は実を結びつつあるようだった。

セアラの気持ちに気づいていないのか、ヴァレンティンは今までになく魅力的でリラックスして見えた。しかも驚いたことに、彼はフランス語だけでなくロシア語まで流暢《りゅうちょう》に話している。どうやらヴァレンティンには、わたしがまだ知らない魅力や才能があるらしい。事業についての心配やキャロラインの発言さえなければ、このひとときを心から楽しめていたのに。

ピーターは、ヴァレンティンとエヴァンジェリン・ペティファーが立ち話をしているテーブルへセアラを連れていった。

「あら、セアラ！」エヴァンジェリンが叫んだ。「ちょうど今、ヴァレンティンに会わせたい人がいると話していたの。そうしたら彼、あなたが来るまで待つって言うものだから」エヴァンジェリンは顔をしかめるヴァレンティンを無視してセアラに腕をからませ、部屋のすみへ引っぱっていく。セアラは振り向き、しぶい顔でこちらを見ている夫をなすすべもなく見つめた。

「エヴァンジェリン、例のお客様をパーティに連れてきたの？」ピーターとヴァレンティンに背を向けてセアラはたずねた。

「そうよ」エヴァンジェリンは周囲を見まわした。「でも、どこへ行っちゃったのかしらね。あの人はこんなに大勢の外国人に囲まれても、まったく平気みたい。あら、あそこにいたわ」

ヴァレンティンが後ろでぴたりと足をとめたのを感じ、セアラはエヴァンジェリンの腕を放した。おおかたヴァレンティンがストラザム侯爵と鉢あわせでもしたのだろうと思って振り向いたが、彼の目の前に立っていたのは見たことのない男性だった。ベージュの上着と薔薇の刺繍が入ったクリーム色のベストが、浅黒い肌とブラウンの目によく似合っている。男性が頭をさげると、手袋をはめたヴァレンティンの手が握りしめられた。

「ヴァレンティン。これは驚いた」

セアラはヴァレンティンを見ながら寄り添った。彼の顔にはなんの表情も浮かんでいない。

「どこかでお会いしましたか？」

男性の深い笑い声が響いた。「まさか忘れたとでも？　私たちは以前とても……親しかったじゃないか」

ピーターがあいだに入り、首をかしげた。「覚えているとも、アリアバード。しかしこちらが知りたいのは、なぜおまえのような人間が今夜のパーティに呼ばれたか、だ」

「おいおい、ピーター。これまでどおり私のことはユセフと呼んでくれ」男性のまなざしは相変わらずヴァレンティンのほうに向けられている。「私たちのあいだに今さら遠慮などいらないだろう。私が今ここにいるのは、駐英トルコ大使館に配属されたからだよ」レースのハンカチをとりだすと、彼は口もとを押さえた。「この十年、改心して努力し、ここまで成功してきたというわけだ」

ユセフ・アリアバードを見つめるヴァレンティンの体が、小刻みにふるえているのが伝わってくる。セアラはヴァレンティンの手を握ろうとしたが、彼はすばやく手を引いた。

「奴隷を買って虐待する趣味はもうやめたということか?」ピーターの侮辱的な言葉にもユセフは動じなかった。

「私は変わったんだ」彼はふたたびヴァレンティンを見た。「本当に覚えていないのか?」言いながら一歩前に踏みだす。「しばらくふたりきりで過ごせば、記憶がよみがえってくるかもしれないぞ」

ヴァレンティンは首をかしげ、ユセフをじっと見すえた。「それはどうだろう。あいにく、ぼくには過去を振り返る習慣はない。未来のほうがずっと大切なので」彼はセアラの手を自分の腕にかけた。「ごきげんよう」

その夜の帰り道は、セアラが楽しみにしていたふざけあいはいっさいなかった。ヴァレンティンはひと言も発しないまま、馬車の窓から夜空をじっと見つめていた。一方、セアラもずっと押し黙っていた。頭のなかでは、ヴァレンティンがどういう考えで妻を選んだか、そして彼が愛人を持つと決めたことについて話すキャロラインの言葉がこだましている。ヴァレンティンは世間体をとりつくろうためだけにわたしと結婚したのかもしれないのだ。〝どうかしたの？〟などときけるはずがない。

馬車がとまり、セアラは彼の厳しい横顔を見た。ベッドに入れば、ヴァレンティンの態度ももう少しやわらぐだろう。彼はセアラが馬車からおりるのに手を貸し、玄関まで導いてくれた。だが、ヴァレンティンはセアラが口を開く前に言った。「仕事がある。先に休んでくれ」

彼が立ち去り、書斎のドアがかたく閉じられたとき、セアラの心を冷たい風が吹き抜けた。

なかなか寝つくことができず、セアラはとうとう我慢できなくなった。ガウンをつかみ、乱れた髪を目もとから払いのける。時刻は午前三時をまわっていた。ヴァレンティンは平気なのかもしれないが、自分はこのままでは耐えられない。目を閉じるたびに、彼がキャロライン・インガムと一緒にいるところが頭に浮かんでしまう。それに、あのトルコ人の知人を目にしたときの、ヴァレンティンのぞっとしたような表情も。

ヴァレンティンは書斎にいた。大きな革張りの長椅子に寝そべり、片ひざをたてている。上着とベストはぞんざいにベンチに投げだされていた。彼は半分空になったブランデーのボトルをかたわらの床に置き、口に葉巻をくわえていた。片手には本、もう片方の手は下腹部の高まりを握っている。

セアラは、高まりをさすっているヴァレンティンのゆっくりとした手の動きに目をこらした。

「なにを読んでいるの?」言いながら長椅子の横に腰をおろす。ヴァレンティンは手の動きをとめず、本からも目を離さなかった。

「インドの神々の性にまつわる神話についてのすばらしい考察さ」本を開いたまま胸の上に伏せると、彼は葉巻を灰皿で消した。

セアラは体を起こして本の表紙を見た。四人の男性とふたりの女性がからみあう図柄が浮きでている。女性たちは乳首と鼻と耳とへそにピアスをしていた。目をこらして絵を見ていたセアラは、顔を赤くした。

「なるほど。このふたりの女性は四人の男性を同時に喜ばせているのね」

ヴァレンティンは自分の高まりを握り、その手を勢いよく上下に動かした。

「一度やってみたことがある。それほど気持ちよくはなかったがね」

セアラは彼の手に自分の手を重ねて動きをとめた。「なぜベッドに来てわたしにさわらせてくれないの?　わたしじゃ不満なの?」

ヴァレンティンは皮肉めいた笑みを浮かべ、ブリーチのボタンをとめた。「ぼくはほとんど毎晩こうしているんだが……知らなかったかい?　きみのベッドに行く前に、二、三回すませておくんだ。きみの前で多少なりとも紳士らしくふるまえるように」

彼女の頭にかっと血がのぼった。「そんなことをしてほしいと頼んだ覚えはないわ。わたしにはあなたの情熱を受けとめられないというの？」

彼は胸から本をとり上げて起き上がった。「セアラ、ぼくはセックスが好きなんだ。好きで好きでたまらないんだよ。この欲望をきみひとりに受けとめてくれとは言えない」

十五分刻みに時を告げる廊下の時計の音が、静かな屋敷のなかに響いた。

「あなたが酔っ払っているのは、わたしがセックスの相手として不足かどうかということより、今夜あの男性に出会ったことと関係がありそうね」

ヴァレンティンはぞんざいに肩をすくめた。「どの男だ？　ずいぶん大勢の男がいたぞ」

「トルコ大使館の男性よ。ミスター・ユセフ・アリアバード。奴隷だったころに出会ったの？」

ヴァレンティンは長椅子から足をおろした。「きみには関係ない」そう言うと、セアラの髪を指にからませた。「それに、今はぼくの性欲について話しているんだ。過去からやってきた空想の亡霊のことなんかではなく」彼女の髪を引っぱる。「ぼくが自分で処理することに反対するのなら、すぐにでも愛人をつくるよ」

セアラはすばやく身を引いたが、その拍子に彼の指にからめとられた髪が引っぱられ、思わず顔をしかめた。「前からひとりいるくせに」

ヴァレンティンは眉をつり上げた。「そのこともきみとはまったく関係ない」

「いいえ、あるわ。その愛人がわたしに忠告に来たんだもの」彼女は立ち上がろうともがいた。

熱い涙がこみ上げてきたが、なんとかこらえる。

彼は笑った。「キャロラインはなんて言ったんだ？」

セアラが誰のことを言っているのか、ヴァレンティンにはわかっているのだ。「彼女は、あなたとあなたの遊び仲間が男性にとって望ましい、扱いやすい妻の条件を紙に書きだしていたと言ったわ。本当なの？」

「ああ、たしかにそういうことはあった。しかし――」

セアラは彼をさえぎった。「それから彼女は、夫が愛人を持つことに悩んでいないで、自分も愛人をつくればいいってわたしに助言してくれたわ」

ヴァレンティンは本をぴしゃりと閉じた。「ぼくが彼女にそう言わせたと思っているのか？」

「ヴァレンティン、わたしだってばかじゃないのよ。上流社会の結婚のほとんどがお金や爵位めあてなことくらいわかってる。でも今日はレディ・インガムから新たなことを教わったわ。あなたは結婚しても、これまでの生き方を変えるつもりなんかさらさらないということをね」

「言っておくが、ぼくは社会的に有利な立場になるためにきみと結婚したわけじゃない。そうだろう？」彼が穏やかに言った。

涙にかすんだ目でセアラはヴァレンティンを見つめた。「ええ、そのとおりよ。あなたがわたしと結婚したのは、わたしがあなたの前に身を投げだしたから。あなたがわたしの父に借りがあったからよ」

「きみはそれで不幸になったかい？　ぼくはきみに爵位を与え、社交界への切符を与え、そして性の喜びを教えてやった。それでもまだ不満なのか？」

セアラは拳を握りしめた。爪がてのひらにくいこむ。「わたしはそんなもののために結婚したんじゃないわ、ヴァレンティン」

彼は乱れた髪をかき上げた。「それなら、キャロラインの言うことなど、信じるだけ時間の無駄だとわかるだろう？」

「そうかもしれない。でも、彼女はひとつ正しいことを言ったわ。わたしがあなたの情事を大目に見るなら、わたしだって大目に見てもらわないと」

「それはいったいどういう意味だ？」

ヴァレンティンが顔を曇らせたのを見て、彼女は溜飲《りゅういん》をさげた。彼が身じろぎすると、セアラはていねいにひざを曲げておじぎした。

「わたしは良妻らしくベッドに戻るわ。あなたも来たければどうぞ。もし気が進まないなら、ひとりで楽しい夜を過ごしてちょうだい。レディ・インガムによろしく。わたしが彼女の忠告にしたがうと言っていたと伝えておいて」

彼女はヴァレンティンの手から本を奪いとると、彼の頭めがけて投げつけた。

セアラはプライドだけを頼りにどうにか自分の部屋まで戻った。さんざんだった舞踏会からずっとこらえてきた涙がとうとう堰《せき》を切ったようにあふれでる。彼女はベッドにもぐりこみ、上掛けをあごまで引き上げた。頭上では、銀糸で刺繍されたソコルフスキー家の紋章の白鳥が、蠟燭の明かりに照らしだされていた。キャロラインが忠告してくれたことにおそらく感謝すべきなのだ。でなければわたしは、ヴァレンティンから本気で愛されていると勘ちがいして、自分も心から愛していると打ち明けてしまうところだった。

ヴァレンティンと遊び仲間が一緒になって、男にとって望ましい、扱いやすい妻の条件を書きだしていたという話は我慢できなかった。それはつまり、彼がわたしのことをそういう妻になると判断したということだ。そう考えると吐き気がこみ上げた。わたしが社会的な地位を得るために結婚したなどと、ヴァレンティンは本気で思っているのだろうか？　わたしの奥深くに眠っていた強い憧れの気持ちが彼によって目覚めさせられたということを、まったくわかっていないの？　ヴァレンティンのベッドであれだけ奔放な姿をさらけだしてきたのだ。そんなことくらい、とっくに理解してくれていると思っていた。それとも、女性なら誰でも彼の欲求にあんなふうにこたえてしまうものなのだろうか？　かすかな嫉妬が芽生え、セアラはわが身を抱きしめた。

たとえまやかしでもいい、なにか希望を持たなければ。自分がヴァレンティンにとって特別な女なのだという幻想はすぐに色あせてしまうだろう。これから先も妻としてヴァレンティンに仕えつづけ、いつか胸の痛みが癒えて現実に目が向けられるようになったら、自分を本気であがめてくれる愛人を持とう。

そう考えると、かえって気持ちがなえそうになった。しかし、こうなったのは自業自得だ。

ヴァレンティンに結婚してほしいと懇願したのは自分なのだから。貴族の称号をもらうためならどんなことでも了承すると思われてもしかたがない。涙がひと筋、頰を伝って枕に落ちた。母からいつも言われていた。分不相応なことを望んではいけないと。

自分がどれほど深く傷ついたかを、決してヴァレンティンに悟られてはならない。ふたりはそれぞれ、結婚にちがうものを求めたのだ。ちがって当然だった。ヴァレンティンは貴族であり、わたしは商人の娘なのだから。わたしの生きてきた世界では、結婚すれば互いに忠誠を求めるのはあたり前で、妻以外に公然と愛人を持つことなどとうてい許されない。ヴァレンティンがわたしにありのままでいいと言ったのは、べつにわたしを愛しているからではなかったのだ。セアラはふたたび涙をふいた。もしかしてヴァレンティンは、彼がそばにいなくてもわたしがじゅうぶん楽しい人生を送れることを教えようとしているのだろうか？

ヴァレンティンの生きてきた世界では、しょっちゅう舞踏会があり、傷ついた心を大勢の人々との社交でまぎらわすことができる。当然、新しい恋人を探す機会もたくさんあるだろう。セアラは蠟燭を吹き消し、寝返りを打った。実際、二日後にエヴァンジェリンとピーターと一緒に舞踏会へ行く約束がある。傷ついた心を隠し、夫の知らないひそかな楽しみを見つける、またとない機会かもしれない。

〝本当に好きなんだな、ヴァレンティン。私のペニスを口に入れろ。おまえはじきに、そうさせてくれと懇願するようになるだろう。さあ、地面に這いつくばって許しを請うのだ。そうだ、奴隷のようにな……〟

うめき声とともに目を覚ましたヴァレンティンは、自分が床の上に寝ていることに気づいた。こみ上げる吐き気を懸命にこらえる。昔の悪夢の味はまだ口のなかに残っていた。血、セックス、痛み。それらがまざりあった独特のにおいと興奮は忘れたことがない。喜びと期待を含んだユセフ・アリアバードの声が耳もとでこだましている——すぐ耳もとで。

常に興奮させられ、ぎりぎりまでのぼりつめ、解放を求める体とそれを抑えきれない自分を憎悪する日々だった。いつも恐怖と恥辱がないまぜになっていた。意思に反して快楽に反応し、さらに強い刺激を求めようとする体。それとは裏腹に、恐ろしさのあまりどうにかなってしまいそうな心。ヴァレンティンは髪で隠れているうなじの傷跡に手をやった。自分の肌に永遠に刻まれたふたつのイニシャルに。

女性客をとることはべつにいやではなかった。彼女たちを満足させるのはおおむね簡単で、しかもいろいろな快楽を教えてもらうこともできた。だが、最初に男性客をあてがわれたあと、ヴァレンティンは娼館から脱走しようとした。マダム・テゾーリにユセフ・アリアバードを紹介されたのはそんなときだ。マダムがヴァレンティンには厳しい修行が必要だと言い、ユセフはその教師役をふたつ返事で引き受けたのだ。

ヴァレンティンは転がっていたブランデーのボトルに手をのばし、ひと口飲んだ。ユセフと会うのは実に十二年ぶりだった。もっとも、夢のなかには何度も出てきてうなされたが。二年間にわたってあの男にさいなまれ、身も心も壊れてしまいそうだった。ピーターがずっとそばについていてくれたおかげで、どうにか生きのびることができたのだ。

ヴァレンティンの体にふるえが走った。ユセフはいったいどうやってぼくを見つけだしたのだろう？　それに、そもそもなんのためにやってきたんだ？　再会した瞬間、ユセフを素手でしめ殺してやりたいという強い衝動がこみ上げた。

彼はふたたび悪態をつきながら身を起こした。寝ているあいだに誰かが入ってきて暖炉の薪を足し、脱ぎ散らかした服を片づけてくれたようだ。飲みすぎたせいなのか、こめかみがずきずき痛む。ヴァレンティンはふるえる指でこめかみにそっと触れた。空になったブランデーのボトルを暖炉の前に注意深く置く。おそらく召使いたちは、ぼくがセアラとはじめての夫婦げんかをして、無惨に敗北したと思っているにちがいない。

そうだ、セアラがここに来ていたのだった。本を投げつけられて、酔っていたせいで身をかわせなかった。ああ、まったく。

ヴァレンティンは目にかかった髪を払いのけた。セアラが挑みかかってきたとき、彼女が傷つくような言葉をわざと口にした。効果はてきめんだった。キャロラインに言われた言葉を繰り返すセアラのまなざしを見たときは、自己嫌悪に陥った。

ぼくに心のうちをすべてを正直に打ち明けさせようとしたセアラを、ひどい目にあわせてしまった。思わずうめき声がもれ、それが頭のなかに響く。このヴァレンティン・ソコルフスキーが女性に心を開き、胸の奥にしまいこんだ恐れについて口を開くとでも思ったのか？ どうせセアラはすぐに気をとり直すだろう。そして、ぼくのもとから去っていくにちがいない。あごをつんと上げて。彼女の度胸にはいつもながら恐れ入る。

そんなセアラの姿を思い浮かべるとかすかに口もとがほころんだ。遊び仲間たちとあげた、あのばかばかしい条件のことは、彼女と出会った瞬間に頭のなかから消えてしまった。そのことをセアラに伝えなくては。それよりなにより、キャロラインがもはや愛人でもなんでもないことを伝えなければならない。

廊下の時計が九回鳴った。ヴァレンティンはよろよろと立ち上がり、上着を捜した。クラヴァットを結び直し、髪をなでつける。そろそろこのへんで、数カ月前の自分なら考えられなかったことをしなければ。二階へ行き、反省していることを伝えて謝るのだ。

セアラは部屋にいなかった。朝食室で彼を待ってもいなかった。ふくれ上がる不安を押し殺し、セアラのメイドを呼ぶ。

「奥様は朝早くからストロベリー・ヒルの野外朝食会にお出かけになりました」

「ありがとう、サリー」

ヴァレンティンはうなずいてメイドをさがらせた。セアラはぼくを避けているわけではないらしい。夫の同伴なく朝食会に出向いたからといって、なにが悪いだろう？ 彼はひとりで朝食をとることにしたが、やがて静けさが気になりはじめた。やはりなにか落ち着かない。敵前逃亡とはセアラらしくもない。彼女のことだから、一夜明けた朝食の席でも戦いを再開させるにちがいないと思っていたのに。

乗馬用の上着に着替えてセアラのあとを追おうと、ヴァレンティンは席を立った。だが、部屋に戻る途中で思い直した。今日はピーターと銀行の担当者と三人で、売上が減っている現状について話しあうことになっている。これ以上先のばしにできない大切な会議だ。この問題には断固たる態度で臨まなくては、窃盗や不正の数々に歯どめがかからなくなってしまう。

着替えをすませると、ヴァレンティンは玄関ホールに戻って執事から帽子と外套を受けとった。自分専用の馬車に乗りこんで手綱を手にすると、彼はセアラの外出先とは反対の方向へ向かった。どうせ彼女は夕食には戻ってくる。そのときに謝ればいい。

# 13

ヴァレンティンは執事をにらみつけた。「セアラは出かけただと？　どういうことだ？　妻の帰りをぼくに知らせるのはおまえの務めだろう」

「申し訳ございません、だんな様。ですが、私は午後の休憩中でしたもので」ブライソンは顔色ひとつ変えず頭をさげた。「あいにく奥様のお帰りに気がつかず、ふたたびお出かけになるときに初めてお見かけしたのです」

ヴァレンティンはくるりと背を向け、階段を上がっていった。セアラの寝室に入っていくと、彼女の脱いだドレスをメイドのサリーが片づけていた。椅子の背にかけられたシルクのストッキングを手にとるとかすかに薔薇の香りがして、セアラのやわらかな肌が思いだされた。

「おまえの主人は今夜どこに出かけたんだ？」

無理にひざを曲げておじぎしようとして、サリーは両手に抱えた山のような衣装を危うく落としそうになった。「奥様は、ご友人と一緒にヴォクスホール・ガーデンの仮面舞踏会へお出かけになりました」彼女はもう一度ひざを曲げた。「失礼します」

ヴァレンティンは衣装部屋へ向かった。セアラはこれで丸二日間、ぼくとふたりきりになるのを避けている。今夜のディナーには同席するよう命じてあったのに、どうやら無視したらしい。夫とディナーをとるより友人と一緒に楽しむことのほうが大切だというのか？　彼は鏡に向かって顔をしかめた。これではまるで嫉妬深い夫じゃないか。自分ほどの道楽者が、まさかこんな気分を味わうとは。セアラには誰とでも気に入った相手と一緒に過ごす権利がある。ヴァレンティンはストッキングを床に落とした。

セアラ、正々堂々と向かってこい。

この二日間、何度か顔を合わせたとき、彼女はいつも完璧な妻を演じた。そのよそよそしい笑みと丁寧な態度に、ヴァレンティンは歯噛みする思いだった。人をよせつけないことにかけては、セアラよりぼくのほうが上手のはずだ。彼女はぼくにすっかり愛想をつかしたのだろうか？　ひと言も文句を言わずに夫をキャロラインに引き渡すつもりなのか？　そう考えると、なぜか無性に腹がたった。

彼はクローゼットをかきまわし、古びた黒いシルクの衣装《ドミノ》とそれに合わせる仮面を見つけた。その仮面舞踏会とやらに出かけていって、セアラを驚かせてやる。自宅よりもパーティ会場のほうが彼女の注意を引きやすいだろう。自室に戻ったとき、枕もとの鮮やかな赤が目についた。ヴァレンティンはベッドに歩みより、セアラが残していった〝赤い日記〟を手にとった。

仮面舞踏会では、わたしは名もないひとりの女。不埒《ふらち》な喜びを求める男性と出会えたら、夫が夢中になっていることをわたしもその人に許してしまうかも。そうすれば、わたしにもだましあいのゲームの楽しさがわかるかもしれない。仮面で顔を隠していても、大勢の人にまぎれていても、恋人はわたしを見つけてくれるかしら？　それとも、別の誰かさんがその気になる？

ヴァレンティンはその文章を三回読んだ。怒りと独占欲がむらむらとわいてくる。これこそぼくが求めていた戦いだ。彼女はぼくに追いかけてこいと誘っているのだろうか？　それとも、ただほかの男に体をさしだそうとしているのか？　ここにある〝夫が夢中になっていること〟というのは、夫のぼくがセアラにしていることをさしているのか？　それとも、ぼくがよその女性にしているとセアラが思っていることをさすのか？　彼は下腹部がかたくなるのを感じた。謎めいた言葉の意味はともかく、今すぐ仮面舞踏会に行ってセアラを見つけだし、思い知らせてやる。彼女をその気にさせることができる男は、ぼく以外にいないということを。

銀色の仮面の細い隙間から、セアラは大勢の人でにぎわうダンスフロアをながめた。秋の夜にはめずらしくあたたかな靄《もや》に包まれたヴォクスホール・ガーデンは、どこもかしこも人でいっぱいだ。色鮮やかなランタンがダンスをしている人々を照らしだしている。離れたところにある仕切り付きのテーブル席に座っている人々は陰になって見えなかった。ワインの香りがあたりに漂っている。仮面をつけているせいでみんな大胆になり、はめを外しているようだ。セアラは振り返って、テーブル席でディナーをとっているピーターとエヴァンジェリンをうかがった。音楽に合わせて爪先が自然にリズムをとっている。

「謎の美女よ、ぼくと踊っていただけますか？」

青いドミノをまとった背の高い男性が目の前でおじぎし、セアラは一瞬身をかたくした。男性はどこかヴァレンティンを思わせた。いらだたしい夫のことを思いだし、彼女は背筋をぴんとのばした。夫がわたしのことを心配して迎えに来てくれるかどうか気にするのはやめなさい。

「喜んで」

男性はセアラをダンスフロアへ連れていった。彼女のウエストを強くつかみ、なまめかしい唇にかすかに笑みを浮かべている。「その衣装は実に魅惑的だ」

セアラはビーズに縁どられたチュニックと、シルクを幾重にも重ねたハーレムパンツを見おろした。エヴァンジェリンのプレゼントだ。「ありがとう。エジプトの女性たちが実際に着ていた衣装と同じかどうかはわかりませんけど、あまり恥ずかしい格好もできないので」

男性は笑い、白い歯を見せた。「おっしゃるとおりです、マダム。しかしオスマンの君主《スルタン》のハーレムに忍びこんだ男は生きて出られなかったと言います。ですから、あなたの衣装が本物と同じかどうかは誰にもわかりませんよ」

彼に導かれるままこみあったダンスフロアの中央へ移動しながら、セアラはステップに意識を集中させた。音楽がとまると、男性は頭をさげた。

「飲み物はいかがですか、マダム？」

セアラは後ろを振り返ってピーターとエヴァンジェリンを捜したが、人ごみで見えなかった。冒険を求めてここまで来たことを思いだし、彼女は男性の腕に手をかけた。「ええ、ぜひ」

セアラはダンスフロアに面したテーブル席に座り、飲み物をとりに行った男性が戻るのを待った。席は少しだけ高くなっているので、ダンスフロアにひしめきあう人々が見渡せる。仮面舞踏会というのは、社交界に生息するあらゆる人たちを引きつけるらしい。宴もたけなわになってくると、身分のちがいなど関係なくなっていた。彼女は反対側のテーブル席に目を向けた。誰かにじっと見られているような気がしたのだ。

セアラは急に不安になった。もしかしてわたしは、衝動的な性格のせいでとり返しのつかない過ちを犯してしまったの？　なんといってもわたしは人妻なのだ。恋人を探すなんて突拍子もないことを考えず、ヴァレンティンときちんと向きあうほうが賢明だったのでは？

とはいえ、セアラは辛抱強い性格ではなかった。そもそも、衝動的にヴァレンティンと結婚したりしなければ、今ここでこんな状況に陥っていることもないのだ。

「さあ、どうぞ」

びくっとして振り向くと、さっきの男性が戻ってきていた。さしだされたグラスを受けとる。

「なんだか落ち着かない様子ですね」

彼の如才ない口ぶりに、セアラは不安を感じていたことがばかばかしくなった。

「実を言うと少し緊張しているんです。仮面舞踏会に来たのは初めてなので、なんだか圧倒されてしまって」

「自分の正体が誰にもわからないと思ったとたん、みんな普段の自分を忘れてふるまうのです。おもしろいと思いませんか？」男性はグラスを置くと、セアラの隣に移動してきた。手に触れられて、彼女は身がまえた。「たとえば、もし私があなたと別の機会に出会っていたとしたら、決してこんなふうに触れたりしなかったでしょう」

手袋をはめていない手を強く握られても、セアラはじっとしていた。ヴァレンティンにさわられたときのように体がすぐに反応するだろうか？　男性の顔が近づいてきて、唇に軽くキスをされる。セアラは目を閉じた。なにも感じない。どんな男性が相手でもすぐにその気になれたらよかったのに。だけど、ヴァレンティンほど魅力的な男性はいないのだから、彼のことをのりこえられないのも当然かもしれない。

「お客様、お客様」執拗《しつよう》に呼びかける声に気づいて、セアラは目を開いた。

「なんだ？」男性の声に初めてかすかないらだちがまじった。

「使者の方がいらしています。緊急のご用だそうです。なんでも妹君のこととか」

「私には妹などいない。本当に私に用なのか？」

男性が席を立ち、ボーイについて人ごみのなかに消えてしまうと、セアラは安堵のため息をついた。どうやら自分で思っていたほど情事にふける覚悟ができていなかったようだ。

そのとき、いきなり誰かの手がのびてきてセアラの口を押さえた。「大声を出すな」

あまりのことに気が動転し、彼女は思わずその手に嚙みついた。相手は外国語で悪態をつき、セアラを振り向かせた。顔の上半分が黒いシルクの仮面に隠れていたが、その魅力的な唇と仮面の隙間からのぞくすみれ色の瞳は見まちがえようがない。ヴァレンティンの胸に飛びこみたくなるのを彼女は必死にこらえた。まだかすかにくすぶっていた怒りのおかげで、自分がなぜひとりでこの舞踏会に来たかを思いだす。

彼がセアラの口から手を離し、じっと見つめてきた。彼女は満面の笑みを浮かべた。「ヴァレンティン。驚いたわ。レディ・インガムと来たの?」

ヴァレンティンの口もとがこわばった。「まさか」

「それじゃ、別の女性を見つけに来たのね」

「そうとも言えるかな」かすかな笑みが彼の顔に浮かんだ。

セアラは胸の高鳴りに気づかないふりをした。「わたしのお相手が戻ってくるかもしれないから消えてちょうだい。いきなり夫を紹介されたりしたら不愉快でしょうから」

ヴァレンティンは一歩さがると、外との間仕切りのカーテンを勢いよく引いてほかの人々をさえぎり、セアラとふたりきりになった。「あいつは戻ってこない」

「なにをしたの？」

「恥じるようなことはなにひとつしていないよ。きみはどうなんだ？」ヴァレンティンは一歩前につめ寄った。

セアラはあとずさりしたいのを我慢した。「とても楽しく過ごしていたわ。あなたが来るまではね」

「そうか」ヴァレンティンは彼女の目の前に立った。「それなら思いださせてやろう。きみはぼくの妻だ」

セアラはあごを突きだした。「わたしはもうあなたの愛人関係に口出ししないということで話はついたはずよ。なぜわたしの行動をとやかく言うの？」

「話をつけた覚えはない。きみはぼくの妻だ。愛人など必要ない」

決めつけるような言い方にセアラの怒りが燃え上がった。「わたしはセックスが好きでたまらなくて、あなたが相手ではちっとも満足できないのかもしれないと考えたことはないの？」

ヴァレンティンの手がのびてきて彼女の腕をつかんだ。「ぼくの言葉をまねするのはやめろ」

セアラは彼の腕を振りほどいた。ヴァレンティンの口もとがこわばっているのに気づく。もっと言おうかしら？　それとも、やめておいたほうがいい？　彼女のなかに、セックスをしたい気持ちが芽生えた。

「あなたが愛人をつくるなら、わたしだって愛人をつくってもいいでしょう」

ヴァレンティンは乾いた声で笑った。「そんなことは許さない」セアラのウエストに腕をまわしてぐいと引きよせる。そして彼女の唇を荒々しく奪った。彼女はヴァレンティンの唇に嚙みつき、彼のうなじに爪をたてた。

ヴァレンティンは口を離した。「それに、キャロラインはもうぼくの愛人じゃない」

「あらそう。別の女性を見つけたの?」

彼女のウエストをつかむ手に力がこもった。「愛人などいらない。ぼくにはきみがいる」

「でも、わたしではあなたの欲求にこたえきれていないと言ったじゃない」セアラは、声がふるえるのをどうすることもできなかった。「わたしが相手では不足なんでしょう」

「セアラ、たしかにぼくは酔っ払ってずいぶん愚かで心ないことを言ってしまった。けれど、きみが相手では不足だと言った覚えはない」

彼女はヴァレンティンをにらみつけた。「でも、そうほのめかしたわ」

「だったらぼくは大ばかだ」彼はセアラの唇に親指を這わせた。「それじゃ、こうしよう」

ヴァレンティンのはれた唇を見た彼女は、もう一度嚙みついて、彼の反応を見てみたくなった。ウエストに触れていたヴァレンティンの指が上に向かい、チュニックに包まれた乳房の下をゆっくりと愛撫する。

「ぼくが愛人にどんなことを求めるか、きみに教えてあげるよ。そういう女になりたいか、試してから決めればいい」

「もし途中でいやになったら？」

彼の指が乳房を強くつかんだ。「家に帰りたいと言えばいい。すぐに連れて帰ってやる。その代わり、ぼくが愛人をつくっても文句は言えないぞ」

「そしてあなたも、わたしに恋人ができても文句を言わないでね」

ヴァレンティンの口もとに笑みが浮かんだ。「いいだろう」

セアラは彼の頭をぐいと引きよせ、熱くキスをした。夜通し情熱の限りをつくすというみだらな提案に、彼女の体はすでに熱くなっていた。ヴァレンティンの指がチュニックのなかにすべりこんで乳首のピアスを引っぱり、もう片方の手がヒップを包む。彼の体も熱くなっていた。薄いシルクのハーレムパンツを通して、ヴァレンティンの下腹部の高まりが伝わってくる。

そのとき彼に乳首を吸われ、セアラはあえいだ。ヴァレンティンの激しい口と手の動きに、カーテンの外にいる人々や、一瞬だけ興味を引かれた見知らぬ男性のことが頭から消えた。

「なんだ、来てたのか、ヴァル」ピーターの声が聞こえても、セアラはひと言も発することができなかった。ヴァレンティンがピーターの前に彼女を突きだす。ヴァレンティンの指はセアラの露わになった乳首を相変わらずもてあそんでいた。ピーターの目が彼女の乳房に釘づけになった。「失礼。セアラのことが心配になったものだから。おまえといるとは思わなかった」

「心配してくれてありがとう、ピーター」ヴァレンティンが言った。「彼女は大丈夫だ」

「そのようだな」ピーターがセアラにウインクした。「邪魔が入らないようにしようか？」

「そうしてくれるとありがたい。このあとのお楽しみの前に、セアラと話しあっておかなければならないことがあるんでね」

ピーターがカーテンを閉めると、ヴァレンティンとセアラはまたふたりきりになった。彼女はおずおずと微笑んだ。「話しあっておかなければならないこと?」

ヴァレンティンはドアにもたれ、腕を組んだ。「なぜトルコの女奴隷の格好をしている?」

「プレゼントされたの」セアラは宝石のついたチュニックを隠すように両手を交差させた。

「誰から?」

「エヴァンジェリン・ペティファーよ」

ヴァレンティンは身を起こした。「ぼくがいやなことを思いだすかもしれない衣装をきみにプレゼントするなんて、妙だと思わないか?」

セアラは唇を嚙み、シルクのハーレムパンツに指を走らせた。「気にさわった?」

ヴァレンティンは考えこむように彼女のまわりを歩いた。「おそらく、ぼくを怒らせるのがねらいなんだろう。しかし、ぼくはそんなささいなことに動揺したりはしない」

「わたしはべつに――」

彼は手を上げてセアラを制した。「それより、きみがあの男にキスを許したとき、なにを考えていたのか知りたい」

セアラは拳を握りしめた。むっとしたようにヴァレンティンを見返す。「あなたのときと同じような感じがするのかどうか考えていたわ」

ヴァレンティンがぐいと迫って、黒いシルクのドミノが彼女のむきだしの腕に触れた。それほど近くにいるにもかかわらず、彼の声は聞きとれないくらい小さかった。「それで？」

「それでって？」

あごを強くつかまれて、セアラは身をふるわせた。「彼にキスをされてその気になったか？あいつに口以外の場所も開きたいと思ったのか？」

彼は笑みを浮かべたが、その奥にはどろどろした欲望が感じられた。

「わたしはあなたの妻よ」

ヴァレンティンはにやりと笑った。「覚えていてくれてうれしいね。それならぼくは夫として……悪さをした妻にお仕置きをする権利がある」部屋の中央に置かれた椅子に腰かけると、セアラの手をつかんだ。「今夜はきみを好きなようにしていいと言ったね？」

セアラがうなずく間もなく、ヴァレンティンは彼女の手首をぐいと引っぱり、自分のひざの上にうつ伏せにした。すぐ目の前に床が見え、セアラは顔が熱くなるのを感じた。足のほうから上がってくる冷たい空気に身がすくむ。逃げようともがいたが、ヴァレンティンにウエストを抱えこまれ、彼のひざにしっかりと押さえつけられた。

「きみに初めて出会った日からずっとこうしてみたかった」

ヴァレンティンはハーレムパンツを引きおろすと、手袋を脱ぎ、露わになった彼女のヒップをなでた。それから、そこを強くぶつ。セアラは身をふるわせた。さらに、わずかに位置を変えてつづけざまにぶたれ、ヒップ全体が熱くはれ上がった。鋭い痛みが増していったが、彼女は声をあげないよう唇を噛みしめた。

「ヴァレンティン、やめて……」

彼はやめたが、セアラを自由にする代わりに、後ろから手をさし入れて秘所を愛撫した。長い指を二本入れられると、彼女の体はぬくもりに満たされた。もう片方の手ですでにひりひりするヒップをさらにぶたれたときには思わず声をあげたが、淫靡《いんび》な快楽をもっと味わいたい気持ちもあった。

ぶたれるたびに痛みが増していく。やがてセアラは混乱して、気持ちいいのか痛いのかわからなくなっていった。クライマックスに達しそうになった秘所が、ヴァレンティンの指をきつく締めつける。

彼が手をどけると、セアラは無我夢中で逃げようとした。

「じっとしているんだ、セアラ。逆らえば逆らうほど長引くぞ」

彼女は顔をまっ赤にしながら、虫食いの跡がある絨緞を見つめた。今、誰かにのぞかれたりしたら、どんなにぶざまだろう。夫のひざの上で赤くなったお尻を丸出しにしているなんて。ああ、早くのぼりつめてしまいたい。

ヴァレンティンがセアラのやわらかなヒップを愛撫した。ひりひりするほてった肌に、ひんやりとした手が触れる。「いいか、二度とほかの男とはキスをするな。不愉快だ」

「あなたがほかの女性とキスをしないならね」

鋭い音とともにぶたれ、セアラは唇を噛んだ。気をまぎらすために、叩かれた回数を数える。六回叩かれたとき、ヴァレンティンがふたたび彼女の秘所に触れた。一本の指は花芯に置かれ、もう一本はその奥深くにさし入れられる。そして親指がアヌスに押し入った。

ヴァレンティンはそのままじっと動かなかった。セアラは胸を吸ってもらいたくて、体の奥を満たしてもらいたくてたまらなかった。さし入れた指を動かしてほしいのに、彼にはわからないのだろうか？

もちろん、ヴァレンティンはわかっていた。

「なにか言うことはないのか？」

セアラは目を閉じた。「なんて言わせたいの？」ヴァレンティンが手を引っこめてしまうと、彼女は彼のひざの上にぐったりと横たわったままうめいた。

「わからないのなら、このままお仕置きをつづけるしかないな」ヴァレンティンは指を一本ヒップに這わせた。「実にいい体勢だ。なんでも好きにできる」彼はセアラの体を転がしてあおむけにした。ひりひりするヒップがヴァレンティンの引きしまったももにあたり、思わず息をのむ。するとチュニックを引っぱりおろされ、乳首を強く吸われた。

セアラが反応する間もなく、ヴァレンティンは彼女をふたたびうつ伏せにした。そしてまたしてもヒップを平手で叩かれる。セアラの秘所に蜜があふれた。ああ、早く達してしまいたい。

「ヴァレンティン、ごめんなさい」

「なんのことだ?」もう一度引っぱたかれた。

「別の男性にキスを許したことよ」さらにもう一度ぶたれた。「わたしが本当にキスしてもらいたいのはあなただけ」

もう一度ぶたれると思い、彼女は身をすくめた。だが、ヴァレンティンは叩かなかった。セアラはふるえながら彼の許しを待った。だがそのときヒップの右側を強く嚙まれ、思わず悲鳴をもらした。

「いいだろう」

ヴァレンティンが彼女をひざからおろした。ヴァレンティンの気が変わってまたひざにのせられるのではないかと恐れながら、セアラはおそるおそる彼を見上げた。

「そろそろ行く時間だ」ヴァレンティンは不敵に眉をつり上げて手をさしだした。

セアラは彼の手をとった。満たされなかった体がうずいたが、それをどうにかする気力はなかった。衣服を整えると、ヴァレンティンが外套で包みこんでくれた。

ヴァレンティンはセアラを連れて庭を横切り、待たせてあった馬車に乗せた。セアラは、ピーターが自分に代わってエヴァンジェリンに謝っておいてくれるよう願った。革張りの座席に腰をおろしたとき、あまりの痛さに身がすくんだが、ヴァレンティンはそれに気づいたかしら。

彼はセアラの向かい側に座った。彼女の胸を見つめながら、右手の親指で白いブリーチのふくらみをさすっている。セアラは両ひざをきつくすりあわせ、うずく体を馬車の振動でなんとかしずめようとした。

「だめだよ」

彼女はヴァレンティンをにらみつけた。彼がけだるい笑みを返す。

「きみをクライマックスに導くのはぼくの特権だ。今夜はすべてぼくに任せる約束だろう？」

今セアラを頂点に導くのに、指を五本も使う必要はなさそうだ。おそらく一本でじゅうぶんだろう。まもなく馬車は、メイフェアに近い新興住宅地のなかにある白い屋敷の前でとまった。

ヴァレンティンは仮面を外した。「冒険の準備はいいかい？　ここはマダム・ヘレーネの経営する〈悦びの館〉だ。ここではありとあらゆる空想が現実のものになる」

彼に手を貸してもらって馬車からおりると、セアラはその大きな建物を見上げた。ここがキャロライン・インガムの言っていた場所なのだろうか？　もっといかがわしくて、荒廃したところを想像していたのに。

内装も、セアラの屋敷と同じくらい贅をこらしてあった。なまめかしい場面を描いた絵画が並ぶ壁には、まっ赤なシルクの布がさがっている。マダムがどういう人物か知らないが、ここまで大規模に店を経営しているということは、資金がよほど潤沢にあり、いい客をつかんでいるにちがいない。

広々とした階段の上は大広間になっていた。そこにいる女性の大半がセアラと同じような仮面をつけている。片すみにカウンターがあり、制服を着た従業員たちが飲み物をつくっていた。別の一角では床にシルクのクッションが大量に敷きつめられ、客がパートナーと一緒に座ったり横になったりしていた。

部屋の中央で複雑に体をからみあわせている男女に、セアラの目は釘づけになった。ふたりは金色の塗料以外にはなにも身につけていない。ふたりはバレエのような優美な身のこなしで次々にいろいろな体位を披露していた。小柄な女性が後ろから男性に深くつらぬかれながら完璧なアラベスクのポーズをとってみせると、セアラは思わず息をのんだ。

「すごいだろう」

ヴァレンティンの声に、セアラははっとした。目の前で繰り広げられる官能的な光景にすっかり心を奪われていた。

「ひとりで楽しみたいとき、あなたはよくここに来るの？」そうたずねながらも、セアラは自分の声が落ち着いていることにわれながら驚いていた。

「以前はよく来たよ」ヴァレンティンは微笑みながら彼女を見おろした。「きみに出会ってからは、参加するよりながめるだけのほうが多くなったが」そう言いつつ、セアラを部屋の奥へと導く。

「どういうこと？　参加してもいいの？」

彼は部屋の反対側にいる小柄なブロンドの女性に軽くうなずいてみせた。「もし参加したければ。もちろん、目の玉が飛びでるような高い年会費を払う必要があるがね」ヴァレンティンはそのままセアラを大広間から廊下へと連れだした。左右に白いドアが並んでいる。この廊下は後ろの建物とつながっているのだろうか？　どうもそうらしい。

セアラはいちばん近くのドアにかかっている小さな札を見て足をとめた。

「〝いけないお嬢さん〟ってどういう意味？」

「入ってみるかい？」

ヴァレンティンがドアを開けると、なかはまっ暗だった。しばらくすると目が慣れてきて、ほのかな明かりが見えた。五列に並んだ椅子に人々が座り、屋敷の玄関ホールを模した舞台に目を向けている。

見ていると、舞台の袖からふたりの若い女性がスキップしながら出てきて、ドアの外に控えているハンサムな下男に近づいた。背の高い黒髪の女性が、下男の前を通りすぎながらブリーチの前をなでた。もうひとりの小柄な女性も同じことをした。下男の股間が目に見えてふくらんでいく。しかし彼はなにごともなかったかのようにじっと立ちつづけていた。

ヴァレンティンがセアラの隣に座ると、彼女は彼の耳もとにささやいた。「あのふたりは〝お嬢さん〟なんかじゃないわ。ブロンド女性のほうは少なくともわたしと同じくらいの年よ」

「しーっ」ヴァレンティンがセアラの耳たぶを軽く引っぱった。「いいかい、これはあくまで空想の世界のことなんだ」

しばらくすると、ふたたびさっきの女性たちが現れた。今度は小柄なブロンドの女性が爪先立ちになって下男の唇にキスをした。黒髪の女性は下男の股間に手をのばし、ふくらんだ高まりにてのひらを押しつける。女性たちが後ろにさがっても、下男はまだまっすぐ前を向いていた。明らかな興奮のしるしを除けば、見た目はセアラが今まで目にしてきた仕事中の下男とどこもちがわない。

「あの人が気の毒だわ」

「でも、彼がこれを望んだのさ」そう言いながらヴァレンティンが、胸もとの大きく開いたセアラのチュニックに指をさし入れて乳首をもてあそんだ。彼女は身をふるわせた。

下男の前を三回目に通りすぎたとき、黒髪の女性が彼にキスをした。ブロンドの女性がブリーチのボタンを外し、レースのハンカチをとりだして彼のものにかぶせ、その手を根本に向かってすべらせる。上品なハンカチの下で下男に快感を与える姿に、セアラの体は熱くなった。女性が激しく手を動かすうちに下男は体の両わきで手を握りしめ、やがて頂点に達した。

黒髪の女性が濡れたハンカチを唇にあて、ブロンドの女性はブリーチのボタンをとめた。

「これでおしまいなの？」女性たちが姿を消すと、セアラはたずねた。部屋を見まわす。なぜ誰も出ていかないのだろう？

ヴァレンティンが彼女の手をとって自分の股間に導いた。「いや、むしろこれからだよ」

「どういうこと？」

「これを空想した人しだいってことさ」

セアラがやさしく彼のものを愛撫していると、女性たちが戻ってきた。ヴァレンティンに乳首を強くつねられ、彼女はまたしても熱くなった。

ふたりの女性が下男の隣で足をとめてくすくす笑うと、それまで直立不動だった下男がいきなりふたりを壁に押さえつけた。女性たちはまったく抵抗しない。下男が小柄なブロンドの女性をつらぬくのを見て、セアラは息がとまりそうになった。下男のもう片方の手は、黒髪の女性のドレスのなかに入っている。

下男が十回ほど腰を振ると、ブロンドの女性が頂点に達した。下男は彼女を放し、黒髪の女性にも同じように快楽を与える。セアラが思わずヴァレンティンのものを力いっぱい握りしめると、彼が椅子のなかで身じろぎした。「気をつけてくれよ。あとで使うつもりなんだから」

下男は最後にふたりの女性を抱きよせ、あいだに自分のものをはさんで激しく動かしはじめた。そして、ひとりの胸に鼻をうずめ、もうひとりの胸を手でさわりながらクライマックスに達した。ヴァレンティンはセアラの腕をとって立ち上がらせ、廊下に出た。彼女は壁にもたれてヴァレンティンを見上げた。

「いったい、誰があんな空想をするというの？」

彼は微笑んだ。「大きな屋敷に生まれて、ハンサムな召使いたちに囲まれているうら若きレディによくある願望だ。乙女にあるまじきみだらな想像を、ああやって実現させるのさ」

「あの男の人は誰？」

「この館の従業員か、でなければここの若い女性にもてあそばれたいと思った客だろうな」

胸もとをじっと見つめてくるヴァレンティンをセアラは見上げた。彼は鼻孔をふくらませながら深呼吸をした。「ロぶりとは裏腹に、きみはあのショーを楽しんだようだね。きみが興奮したときのにおいがする。今さわったら、まちがいなく濡れているだろう」

「じゃあ、さわってみて」

「まだだ」

じれったくなって、セアラは彼にすり寄った。ベストに乳房を押しつけ、かたくなっている股間に下腹部を触れあわせる。すると、ヴァレンティンがそっと彼女のヒップをつかんだ。

「きみを抱く前に、もうひと部屋のぞいてみよう」彼は廊下の奥に目を向けた。「特にお望みの時代とか舞台設定はあるかい？　ひとつ忠告しておくと、奥に進むにつれてだんだんいまわしいものになっていく」

セアラはヴァレンティンから離れ、ドアにかけられた札をひとつひとつ見ていった。五番目のドアで足をとめる。「〝ローマ人の儀式〟っておもしろそうだわ。入っていい？」

今度は自分からドアを開いた。その部屋は、まっ暗だったさっきの部屋とはちがい、おびただしい数のオイルランプがともっていた。部屋には泉があり、それを囲むようにいくつもの長椅子が置かれている。あたりには香水の香りが漂っていた。頭上ではひとりのフルート奏者が静かな音楽を奏でている。

　多くの男女が長椅子で酒を楽しんでいた。誰もが頭に花冠《リース》をかぶり、古代ローマ人の衣装らしきものを身にまとっている。奴隷の格好をしている人もいた。セアラたちに気を留める者はいない。ヴァレンティンが彼女の腕をとり、離れたところにあるドアへ向かった。

「しばらくいるつもりなら着替えないと」

　セアラは彼について鏡張りの着替え室に入った。ひとりの女性が白い上質な麻布を着せ、ハーブと甘い花の香りのするリースを頭にのせてくれる。ヴァレンティンは丈の短い白いトーガに着替え、すっかりくつろいだ様子だ。彼はセアラを連れてふかふかの長椅子に近づくと、そこに寝そべり、片ひじをついて頭を支えた。

　セアラはそのそばの床に置かれたクッションに座ることにした。ひとりの奴隷が近づいてきて、泉からくんできた赤ワインの入ったゴブレットと、ぶどうと山羊《やぎ》のチーズとパンを盛りつけた盆をさしだす。セアラが後ろの長椅子にゆったりともたれると、彼は彼女の髪をなでた。

「こっちの部屋のほうが好みかい?」ヴァレンティンはセアラの喉から胸もとに指を這わせた。

「ええ。とても文明的だわ」

　ヴァレンティンがくすくす笑うと、彼女のうなじの髪がゆれた。「たしかにそう見える。しかし、そう単純にはいかないのがこの館だ」

セアラは、奴隷の格好をした女性がヴァレンティンにもう一杯ワインをすすめるのを見上げた。彼がゴブレットをさしだすと、女性は裸の胸をわざとすりよせてきた。セアラは女性をにらみつけたが、ヴァレンティンは平気な顔をしている。

「ああ、デザートが来たようだな」彼は言った。

ドラムの音が響き、セアラは部屋の中央に目を向けた。腰布を巻いただけの四人の男性が、ふたをかぶせた大きな皿をかついできて広いテーブルの上に置いた。男性たちがドーム形のふたをとると、なかから裸の女性が現れ、セアラは目を奪われた。女性の肌には金粉がまぶしてあり、乳首と唇が銀色に塗られている。

頭上のフルート奏者が別の音楽を奏ではじめ、女性が動きだした。ひざをつき、ドラムのリズムに合わせて腰を蛇のようにくねらせる。女性は踊りながらテーブルからすべりおり、頭のはげ上がった男性が寝そべっている長椅子の前にうずくまった。

音楽が一段と大きくなり、女性は自分の乳房をつかんで男性にさしだした。一緒にいた客にはやしたてられ、男性が女性の乳首を口に含んで強く吸う。給仕のひとりが背後から女性に近づき、彼女のヒップに自分の下腹部をこすりつけ、そのまま後ろからつらぬいた。

セアラはヴァレンティンを見上げた。彼は、目の前で繰り広げられるからみあいではなく、セアラを見ていた。床の上でからみあう三人にさらにふたりが加わると、ヴァレンティンの笑みが大きくなった。セアラたちの隣の長椅子にいた赤毛の女性が別の給仕にすり寄っていき、彼のものを口に含んだ。

　誰が誰とどのようにもつれあっているのか、しだいにセアラはわからなくなった。男性が女性の脚のあいだに顔をうずめながら、別の女性の秘所に指をさし入れている。彼の高まりは、また別の女性にしゃぶられていた。

　セアラはヴァレンティンのほうを向いた。「あなたもこういうことをするの？」

「親密さよりセックスそのものに飢えている若いときなら、こういうのもいいだろう。ぼく自身は、自分が誰を相手にしているのかはっきりさせたいほうだけどね」彼はセアラのウエストに腕をまわして抱きよせ、キスをした。「でも、興奮するだろう？」

　そのとおりだった。早くヴァレンティンを味わいたくて体がうずいている。ふいに彼がセアラの瞳をのぞきこんだ。「きみにぴったりの部屋があるのを思いだしたよ。行ってみるかい？」

　ふたりは身もだえしている人々の体のわきをすり抜けて廊下に出た。セアラの肌はこれ以上ないくらい感じやすくなっていた。少し触れられただけでクライマックスの渦に投げこまれてしまいそうだ。息をするたびに、彼らと同じように理性を捨てて官能的なたわむれにまじりたいという思いが強くなる。なぜヴァレンティンがこの場所に来るのかわかった気がした。高級で、しかも人目につかない外観のこの館以上に安全な場所はない。

「少し待っていて」

　ヴァレンティンが裏のドアの奥に消え、セアラは廊下にひとり残された。あたりはしんと静まり返り、物音ひとつ聞こえない。しかし、多くの部屋で派手な乱交が繰り広げられているにちがいない。セアラは身にまとった麻布の下に手を入れて秘所をさわった。ヴァレンティンに吸われているところを想像しただけで、さらに潤ってくる。彼女はクリーム色の壁をじっと見つめた。ヴァレンティンのせいで、自分にこんなみだらな一面があったことに気づかされてしまった。あとで後悔したりしないだろうか?

そんなことはないわ。セアラは首を振った。たとえいつかヴァレンティンが去っていっても、わたしは貴重なことを学んだ。女性でもセックスを楽しむことができ、性的な満足を得る権利があるということを。女性のほとんどは教えてもらえない。わたしは恵まれているわ。

「きみの服だ」

ヴァレンティンが戻ってきてハーレムの衣装を渡してくれた。「着替えを手伝ってあげよう」

セアラは爪先立ちになってヴァレンティンにキスをした。体に彼の腕がまわされ、強く抱きよせられる。彼女は新たに知った性の楽しみをヴァレンティンへの熱いキスにこめた。同じように熱いキスを返されて、互いにかきたてた欲望の波にのみこまれそうになる。

彼が顔を上げて微笑んだ。「今のはなんのキスだい?」

「ここへ連れてきてくれたお礼よ。ふたりで一緒にお互いの願望を体験してみるチャンスを与えてくれて感謝しているわ」

ヴァレンティンのまなざしが熱を帯びた。「もうひとつの部屋はあとまわしだ。まず、ぼくたちふたりのゲームをしよう」

　ヴァレンティンが選んだ部屋の壁には金色の天幕がさがっていた。部屋の中央が一段高くなっていて、四柱式のベッドにはクリーム色のサテンがかかっている。果たしてこの意味がセアラにわかるだろうか？　彼はセアラの服をゆっくりと脱がせ、乳房と秘所を露わにした。早く彼女のなかに押し入り、喜びの悲鳴をあげさせてやりたい。〝もっと〟と泣きつかれるまで花芯をなめたり吸ったりしたい。セアラがおとなしくベッドに座った。乳首がみだらにとがっているのを見て、ヴァレンティンは彼女がすでにかなり興奮していることに気づいた。

　彼はセアラの前でゆっくりとじらすように服を脱いだ。ブリーチを脱ぐと、大きくふくらんだ下腹部が脈打った。セアラが彼を見つめながら甘えるような声をもらす。ヴァレンティンは高まりを手にとった。

「きみがほしいのはこれか？」

　彼女がうなずき、唇を湿らせる。ヴァレンティンは先端をセアラの口に入れ、前後に動かした。妻になんの遠慮もいらないとは、なんとすばらしいのだろう。こんなにみだらなことをしてもセアラがうれしそうにしているのを見ると、身も心も解き放たれていく。

「ひとつゲームをしようか」ヴァレンティンは彼女の手をとり、ベッドの柱を握らせた。「〈悦びの館〉には、自分を喜ばせたり喜ばせてもらったりする方法がたくさんある。しかしそれだけでなく、人の行為を見る方法もいろいろあるんだ」彼はまぶしく照らされた部屋を見まわした。「今のところ、ぼくたちは完全にふたりきりだ。だがもしきみにその気があれば、このカーテンを開き、仕掛け鏡やのぞき穴を通して自分たちの行為を他人に見せることもできる」

ヴァレンティンはセアラの表情をじっと観察した。話を聞いても、彼女におびえたような様子はなかった。むしろ興奮して息をはずませている。彼は微笑んだ。「なんなら、みんなにこの部屋に入ってきてもらって見物させることもできる」ヴァレンティンは自分のものを強く握った。「肌に触れさせたり、一緒になって楽しんだりしてもいい」

セアラの目が大きく見開かれ、唇が半開きになった。それを見て、ヴァレンティンのものが大きく脈打った。

「このゲームは〝五《ファイブ》〟と呼ばれている。先にオーガズムに達したほうが負けだ。勝ったほうがカーテンを開くかどうか決められる。いいかい？」

「カーテンだけ？」セアラは声をつまらせながらも、興味深げにたずねた。

「今回はね。もっとつづけるつもりなら、徐々にハードルを上げよう」

セアラが答えるのをヴァレンティンは緊張しながら待った。彼女はぼくを信頼してゲームをさせてくれるだろうか？

セアラは柱を握り直し、つづけてもいいというように静かに脚を開いた。

「よし。では、はじめようか？」

14

「まずキスを五回するんだ。お先にどうぞ」

顔を近づけてきたヴァレンティンにセアラは目をしばたたいた。「口にするの？」

「ほかにどこがある？」

セアラは身をのりだして彼の唇にすばやく五回キスをした。

「じゃあ、今度はぼくの番だ」ヴァレンティンはそのささやかなキスに時間をかけた。角度や強さを微妙に変えながら、彼女の唇の輪郭を舌でなぞる。

彼が微笑んだ。「次はぼくから先にいくよ。ディープキスを五回」

口のなかに舌がすべりこんでくると、セアラは身をふるわせた。すでにともされた欲望の炎がぱっと燃えたつ。ヴァレンティンの両手は相変わらずベッドの柱をつかんでいた。口の動きだけで彼女を激しく燃え上がらせようとひそやかに誘いかける。舌を吸われ、セアラは思わずすすり泣きそうになった。彼のキスはいつもたくみだ。どんなに先を急ぎたいときでも、ヴァレンティンは決してキスをおろそかにはしない。

セアラは、ヴァレンティンの欲望のすべてを受け入れることで彼に心を開いてもらえるとわかっていた。これまでは、彼の貪欲《どんよく》な情熱をただ表面的になぞっていただけのような気がする。しかし今、彼女の奥に眠っていたなにかがヴァレンティンの大胆な試みに刺激され、同じようにこたえようとしていた。

彼が顔を離したとき、セアラの唇ははれ上がり、乳首は痛いくらいかたくなっていた。彼女は同じようにキスを返した。激しい欲求を闘志に変えて、負けじと唇を押しつける。

セアラが身を引いたとき、ヴァレンティンは荒い息をしていた。下腹部の先端が濡れて光っている。彼女の太ももには蜜が伝っていた。

「なかなか難しいだろう?」彼がささやいた。「相手をのぼりつめさせてやろうと真剣になればなるほど、自分まで深みに落ちてしまいそうになる。まだまだ先は長い。きみの番だ。左右の乳首を五回ずつなめて」

ヴァレンティンが乳首をなめられるのが好きなのは、セアラも気づいていた。これなら勝てるかもしれない。一回目に舌を這わせたとき、早くも彼の乳首がかたくなった。唇に触れるかたい突起を心ゆくまでゆっくりと味わう。ヴァレンティンの腰がセアラのほうに突きだされ、高まりが腹部にあたり、真珠のような透明な液がふたりのあいだで糸を引いた。

彼が下を向いた。「これは射精の前に出るものだ。実際に射精したらきみにもわかるよ。かなり濡れるからね」ヴァレンティンはセアラの胸に向かって頭をさげた。胸の先端と金のリングをなめられるあいだ、彼女は必死にベッドの柱につかまっていた。体にふるえが走り、ヴァレンティンのうめき声が聞こえる。今ここでのぼりつめてしまいたかった。乳首をなめまわされたとき、彼の高まりがまた腹部にあたった。頭をさげてそれを口に含むのは簡単なことだ。ヴァレンティンのすべてを吸いつくして自分のものにしてしまえたら、どんなにいいだろう。

「セアラ……」

セアラは目を開いた。彼になめられた胸の先端が、蠟燭のやわらかな明かりを受けて光っている。ほてった肌には、リングを舌でもてあそばれたときの感触がまだ残っていた。ヴァレンティンのたくましい胸板には汗がうっすら浮かんでいる。

「またぼくの番だ」彼は荒い息をしながら言った。「今度はきみの胸を吸う。じっとしているんだよ」

乳首を口に含まれたとたん、セアラは負けたと思った。オーガズムを告げる最初のふるえが体をつらぬく。彼女は小さな叫び声をあげてヴァレンティンの広い肩に倒れこんだ。絶頂に襲われ、彼の肩を強く噛む。

ふるえがおさまると、ヴァレンティンが体を離した。「きみの負けだ。カーテンを開くよ」

セアラは、部屋を横切っていく彼の美しい後ろ姿に目を奪われた。広い肩、引きしまったウエストにヒップ。豊かな栗色の髪は首の後ろで束ねられている。正面を向いた姿も圧倒されるほど魅力的だった。その表情は憎らしいほど自信に満ち、堂々としている。

「もう一度やるかい？　それとも負けを認める？」

彼女はヴァレンティンの下腹部に目をこらした。あんなに高まったまま、いつまでも我慢できるはずがない。わたしはたった今解き放たれたばかりだ。次は彼より長くもちこたえられるにちがいない。

「もう一度やるわ」

「きみが負けたらドアを開けるからな」ヴァレンティンはセアラの前でベッドの柱をつかんだ。

「きみが勝ったらどうする？」

「カーテンを閉めきって思いきり愛しあうわ。あなたがぐったりして動けなくなるまで」

彼は片方の眉をつり上げた。「いい度胸だ。セックスに対する真剣な思いが伝わってくるよ。でも、本気でぼくをぐったりさせられると思っているのかい？」

「それを試すんじゃなかったの？　わたしがあなたのベッドの相手としてなんの不足もないことを証明するのよ」どんな言葉を返されるかとセアラは身がまえた。もしかしたら今の自分の言葉で魔法が解けて、ヴァレンティンがいつもの慇懃な笑みを張りつけてしまうかもしれない。

彼は微笑んだ。「今度はぼくから先にいくよ。いいね？」そう言ってセアラの唇に五回キスをする。彼女はまた最初から仕切り直されたことにほっとすると同時に、募りに募った欲望に耐えかねて叫びだしたい気分になった。

ヴァレンティンが乳首を吸い終えたころには、セアラは自分の欲求が一度のオーガズムではとても静まらないことを思い知った。一方、彼はそそりたつ下腹部から液体をしたたらせながらも、涼しい顔をしている。

「次はどうするの？」落ち着き払って言ったつもりだが、そんなことではヴァレンティンをだませないのはわかっていた。

「ああ、そうか。きみはさっきこの段階で降参したんだったね」彼はうつむいた。「きみはぼくのペニスの先を五回なめる」

「あなたは？」

ヴァレンティンは微笑み、すみれ色の美しい瞳を自信たっぷりにきらめかせた。「きみのクリトリスを五回なめる。きみから先にやっていいよ」

あの唇で秘所を攻められる前になんとか彼をのぼりつめさせなければ。セアラは頭をさげてヴァレンティンの高まりをよく観察した。真珠のような透明な液が先端からにじみでている。そのしずくを猫のようにていねいなめとると、彼の体がこわばった。もう一度、舌先で先端をなぞる。するとヴァレンティンは低くうめき、腰を前に突きだして彼女の口のなかに自分のものをさし入れた。

セアラが顔を上げたとき、彼は息をはずませていた。瞳の色も濃くなっている。ヴァレンティンが笑みを浮かべた。「危なかった。でも、まだ大丈夫だ」

ベッドの柱を握っていた両手をすべりおろしながら彼が目の前でひざをつくと、セアラは思わず身をすくめた。今から触れられると思っただけで体の奥がうずく。もうほかの人に仕掛け鏡やのぞき穴から見られているのだろうか？　果たしてわたしは次の愛撫に耐えられるの？

最初に敏感な花芯をなめられたとたん、体にふるえが走った。次にもう少し強くなめられたときは、ヴァレンティンの髪をつかんで引きよせ、めくるめく思いを存分に味わいたくてたまらなくなった。繰り返しなめられながら、彼女は荒々しい衝動をかろうじて抑えた。だが、なめられるたびに欲望がどんどん募り、どうにも耐えがたくなっていく。

セアラを味わいつくそうとするかのように彼が唇をなめた。ヴァレンティンの目に、わたしはどのように映っているのだろう？　あと少しで達してしまいそうだった。彼は次のゲームでふたたびわたしからはじめさせてくれるだろうか？

「今度はきみのクリトリスを五回吸う」

口だけしか触れないよう、ヴァレンティンが両腕をのばしたままふたたびゆっくりとひざをついたとき、セアラは思わず自分の体を抱きしめた。花芯を口に含まれた瞬間、息を大きく吸いこみ、ベッドの柱をぎゅっと握りしめる。彼女はたまらず腰を上げ、ヴァレンティンの情熱的な唇に押しつけると、あえぎながら絶頂に達した。

身を起こした彼がにやにや笑っているのを見て、セアラは悔しくてたまらなかった。「またきみの負けだ。ドアを開けるよ。これ以上つづけるのは怖い？」ヴァレンティンはそう言うと、ドアを大きく開け放った。

「怖くなんかないわ」鋭い口調で言い返してから、彼女は自分が本気で言ったと気づいた。彼が振り向いてセアラを見つめる。「よかった。実は、ぼくも楽しくなってきたところだ」

「わたしもよ」

ふたりはせまい部屋のなかで見つめあった。

「そんなにかたくなっているのに、なぜ平気なの？」

「訓練の成果さ」ヴァレンティンはウインクしながら近づいてくると、髪を束ねていたリボンをほどいた。「さあ、はじめようか？」


ヴァレンティンはセアラの脚のあいだに体を落ち着けた。今にも達してしまいそうだ。もしぼくの思いどおりにことが進んでいたら、今ごろセアラに勝利を奪われていただろう。自分たちの行為に第三者を入れるつもりなどまったくないが、それを彼女にわざわざ教える必要はない。ゲームに対する彼女の貪欲さにはもう驚かなかった。セアラの情熱の深さはぼくとほぼ互角だ。自分と同じくらい激しい欲求を妻のなかに見いだしたことに、彼は感動すら覚えていた。

「用意はいいわよ、ヴァレンティン」セアラはヴァレンティンの唇に軽く五回キスをし、彼にも同じことを許した。

ゲームが進み、セアラがヴァレンティンのペニスを五回なめ、彼が彼女のクリトリスを五回なめ終えたころ、彼はもはや限界に近づいていた。セアラは次の指示を待っている。ヴァレンティンになめられて彼女の乳首はかたくとがり、敏感な花芯はふくらみ、秘所は蜜をしたたらせていた。ああ、このままひと晩じゅうでもセアラをなめまわしていたい。

「きみはぼくのものを五回深くくわえて吸う。ぼくはきみの秘所に五回舌を入れてなめまわす」

うずく下腹部がシーツやセアラの肌に触れないよう注意しながら、ヴァレンティンは彼女の正面にうずくまった。目の前に女性の神秘が大きく広がり、花芯が誘いかけるようにふくらんでいる。彼は深呼吸をしてから舌を深くさし入れた。出し入れしながら、あごをこすりつけてさらに刺激を加える。セアラの秘所はふるえたが、完全に崩れ落ちてしまうことはなかった。

ふたたびベッドに身を起こしたとき、ヴァレンティンの顔からは彼女の蜜がしたたっていた。彼女の情熱の香りと味はすばらしかった。

「きみの番だ」

ヴァレンティンが立ち上がると、セアラは身をのりだして唇を近づけ、彼の下腹部をゆっくりと口に含んだ。セアラのこのうえなくみだらな口の動きを、彼は歯をくいしばって耐えた。しかし、三度目に喉の奥にあたるほど深く高まりをのみこまれると、ヴァレンティンはとうとう降参した。彼は激しく身をふるわせ、自分を解き放った。

ゲームには負けたものの、セアラの笑顔はまさに彼が求めていたものだった。

「勝ったわ！」

ヴァレンティンはベッドの柱から手を離し、ドアを閉めに行った。「これで女のプライドは満たされたかい？」

セアラが探るような目で彼を見る。「このゲームにはまだつづきがあるの？　それともここで終わり？」

彼女を見つめ返すうちに、下腹部がふたたび熱くなりはじめた。「もう一度やりたいかい？」

「新しい発見があるならやってみたいわ。このあとはどうなるの？」

早くもかたくなったペニスを、ヴァレンティンは手で包んだ。「このあとはお互いに指を使って快楽を与えあう。最後はペニスをきみのなかに入れて五回動かすのと、ペニスを手で握って五回こするのを、どちらかが降参するまでつづけるんだ」

セアラは手をのばして、彼の高まりを握った。「わたしは今すぐ指を入れてもらいたいわ」

ヴァレンティンは無言で彼女のなかに指を一本すべりこませた。「おおせのままに、マダム」

セアラがその手首をつかむ。「お願い、もっとたくさん入れて、ヴァレンティン」

ヴァレンティンが残りの指を入れると、彼女の秘所が収縮して彼を締めつけた。くぐもったあえぎ声をあげながら、セアラが彼の首に腕をからませてベッドに引き倒す。ヴァレンティンは彼女のなかで指を動かしながら、自分のものがじゅうぶん張りつめるのを待った。やがてセアラは達し、彼は彼女にのしかかって脚を大きく開かせた。

「先に指、そしてペニス。それがきみの望みだろう？」

セアラは返事もせず、ヴァレンティンの肩にしがみつきながら快楽をむさぼっていた。ヴァレンティンは指を抜き、彼女をすばやくつらぬいた。荒々しく突きだした腰がセアラの体に激しくぶつかり、大きな音をたてる。セアラは顔をゆがめたが、彼は彼女をベッドに押さえつけたまま、ただひたすら腰を動かしつづけた。これまでつけていた仮面をかなぐり捨て、セアラを完全に自分のものにするために。彼女の体だけでなく、魂まで奪いつくすように。

ヴァレンティンはセアラの名前を叫びながら達した。これ以上ないくらい満ち足りた顔をしているセアラを見おろしながら、彼は衝撃を受けていた。これでなにもかもが決定的に変わってしまった。ぼくはこれまで愛など信じていなかった。しかし今、心の底から彼女を愛していることに気づいた。セアラはたった今、まちがいなくぼくのものになったのだ。彼女を失わないためなら、彼はもはや戦うことも殺すこともいとわなくなっていた。

15

セアラはペティファァー家の玄関ドアをノックした。エヴァンジェリンのほうからお茶に誘ってくれたのに、なぜ誰も出てこないのだろう？　あのさんざんだった大使館の舞踏会から一週間あまりが過ぎていたが、今日までリチャードからもエヴァンジェリンからもなんの連絡もなかった。

ため息をつき、玄関前の階段まで戻って屋敷を見上げた。どの窓もよろい戸が閉められているか、カーテンが引かれている。セアラは丸石の舗道に目をやった。一時間後の迎えの時間まで馬車を帰してしまってよかったのだろうか？

ただごとでないほどとり乱したエヴァンジェリンの手紙を受けとったセアラは、誰にも行き先を告げずに飛びだしてきた。階段に立ちつくし、寒さに身ぶるいする。これまでの経緯を考えれば、もっと慎重に行動すべきだった。ヴァレンティンとピーターを破滅させるたくらみにリチャードが関与しているとしたら、のこのこ出てくるなんて自分の首をしめるようなものだ。

それに、正直に言って、もしここでユセフ・アリアバードと鉢あわせでもすれば、彼とヴァレンティンが実際どういう関係だったのかききだしたくなるに決まっている。降りしきる雨に濡れて、セアラはしかたなくふたたび石段をのぼり、玄関ドアの前に立った。

「セアラ！」

甲高い声で名前を呼ばれたとき、一瞬どこから声がするのかわからなかった。地下へと続く鉄柵《てっさく》に沿って視線を走らせていくと、厨房の勝手口からエヴァンジェリンが手を振っているのが目に入った。セアラは階段を地下まで駆けおり、人気のない厨房に飛びこんだ。子羊のローストの脂っこいにおいが、すすけた厨房に充満している。住みこみのコックや執事がいる気配はなかった。

エヴァンジェリンのブラウンの髪はぼさぼさで、肩に垂らしてあった。泣きはらしたような顔をしている。さっき殴られたばかりのような跡が頬にくっきりとついていた。セアラはエヴァンジェリンの腕をつかんだ。

「けがをしているの？　サー・リチャードとなにかあったの？」

エヴァンジェリンは、まるで夫がテーブルの下で待ち伏せでもしているかのようにあたりを見まわした。「あの人に見られてないわよね？」

「サー・リチャードに？　ええ、大丈夫だと思うけど。呼び鈴を鳴らしても出てこなかったわ。わたしは広場の角の駅馬宿舎《ポスティングハウス》で馬車をおりて、そこから歩いてきたの」

エヴァンジェリンは大きな調理台のわきにあるベンチに座りこんだ。「よかった」涙に濡れた顔を上げると、頰のあざに触れた。「わたしはあの人になにをされてもいいの。ただ、あなたには気をつけるよう言わなくちゃと思って」

不安が暗雲のように垂れこめ、ここしばらくつづいていた幸せな気持ちが消えてしまった。エヴァンジェリンの涙はトルコからの招かれざる客と関係あるのだろうか？　セアラは友人の隣に腰をおろし、清潔なハンカチをさしだした。エヴァンジェリンはそれで何度か頰を押さえ、ようやく気をとり直した。

「今朝、リチャードとミスター・アリアバードがヴァレンティンのことを話しているのを耳にしたの」

セアラは努めて平静な顔を装った。がぜん興味を引かれたことを悟られるわけにはいかない。

「ミスター・アリアバードは、その気になればヴァレンティンの評判をさらにおとしめて、破滅させられると自信ありげな様子だったわ」

「どういうこと？」

エヴァンジェリンはごくりとつばをのんだ。「言いにくいんだけど、ミスター・アリアバードは、ピーターとあなたのご主人ができているという証拠を握っているんですって」

「ばかばかしい！」セアラはもう少しで吹きだしそうになった。

エヴァンジェリンは首を振った。「セアラ、こう言っては悪いけど、実際にふたりの仲をとり沙汰《ざた》している人たちもいるのよ。なかには、ヴァレンティンがあなたと結婚したのは、こういううわさがたつのを避けるためだと言う人もいるわ」ハンカチで目もとをふいた。「あなたたちが結婚する少し前、なんでもピーターがどこかの下男にみだらなことをしたとかでずいぶんうわさになったの。ミスター・アリアバードが言うには、ヴァレンティンは人々の注意をピーターからそらし、これ以上自分たちのうわさがたたないようにするためにあなたと結婚したということよ」

セアラはエヴァンジェリンの手を軽く叩いた。「ピーターとヴァレンティンが親しいのは知っているわ。一緒に奴隷にされていたんですもの。そんな恐ろしい体験を共有したのだから、仲よくならないほうがおかしいでしょう」

ヴァレンティンとピーターをかばいたい一心で、セアラはエヴァンジェリンの言う〝ヴァレンティンが自分と結婚した本当の理由〟について考えまいとした。

エヴァンジェリンの爪がてのひらにくいこんできて、セアラは顔をしかめた。

「ミスター・アリアバードの話では、ヴァレンティンとピーターはトルコの娼館で、性奴隷として男性にも女性にも奉仕していたそうよ」

ふいに、ユセフと再会したときのヴァレンティンの反応や、陰湿な攻撃から友を守ろうと割って入ったピーターのことが思いだされた。もしヴァレンティンが本当に娼館で奴隷にされていたのなら、ユセフに対する彼の態度もうなずける。セアラは急に落ち着かない気分になってきた。ヴァレンティンは過去について、わたしに打ち明けようとしたことがあっただろうか？

それとも、本当のことを言ったところでわたしに理解できるわけがないと思っているの？

エヴァンジェリンがセアラの手を強く握り、泣きだしそうな顔をして言った。「ミスター・アリアバードは、ふたりの体をすみずみまで知るために何度もお金を払ったと言っているわ」

セアラはエヴァンジェリンの懸念を一笑に付した。「たとえミスター・アリアバードの言うことが本当だとしても、わたしたち夫婦の関係に影響はないわ」

「でも、もしピーターとヴァレンティンがまだ恋人同士なら……」

セアラは記憶をたどった。ピーターとヴァレンティンがわたしをだましているような様子がこれまでにあったかしら？　ふたりは実際かなり親密で、ピーターが普段からヴァレンティンによく触れるのは確かだ。だけどヴァレンティンはわたしの欲求にこたえ、会社の仕事をこなし、社交活動にもいそしんでいる。そのうえ、親友と寝るなどという身を滅ぼしかねない危険を冒す暇がどこにあるというのだろう？

「エヴァンジェリン、わたしのことを思ってそう言ってくれるのはわかるけれど――」

「いいえ、わかってないわよ！　それだけじゃないの」エヴァンジェリンは立ち上がり、興奮した様子で厨房のなかを行ったり来たりした。「どうやらヴァレンティンはミスター・アリアバードに連絡をとって、今度の火曜日にピーターもまじえてマダム・ヘレーネの店で会おうと持ちかけたみたいなの」立ちどまってセアラを見つめる。「そこがどういう場所か知ってる？」

セアラはうろたえながらうなずいた。なぜヴァレンティンは大切なお気に入りの場所で、激しく憎んでいるはずの相手に会おうとしているのかしら？

「リチャードはミスター・アリアバードが罠にはめられるんじゃないかと心配しているわ。でもミスター・アリアバードのほうは、ヴァレンティンがもう一度自分とよりを戻そうとしているだけだと考えているの」エヴァンジェリンは胸の前で両手を握りあわせた。「ああ、セアラ。ヴァレンティンが男性と寝ているとか、娼館の奴隷だったとかいう話が世間に広まったら、多少なりとも信仰心を持つ人たちからは二度と相手にされなくなるわよ」

エヴァンジェリンは衣《きぬ》ずれの音をさせて座った。「わたしが聞いたのはここまでよ。執事がお茶を持ってきたから、あわてて逃げたの」そう言うと、セアラの袖をつかんだ。「わたしがこんなことを言うのも、あなただけはひどいスキャンダルに巻きこまれてほしくないからよ。リチャードは、わたしが立ち聞きしていたと気づいてかんかんに怒ったわ」エヴァンジェリンは頬のあざに触れた。「あなたは実家に戻ることも考えたほうがいいんじゃない？」

セアラは無理に微笑んだ。エヴァンジェリンはわたしがそんなに簡単に夫を見捨てられると思っているのだろうか？

「実は明日、父がロンドンに到着するの。〈フェントン・ホテル〉でディナーをともにすることになっているわ」

エヴァンジェリンはほっとしたようにため息をついた。「よかった。いざというときに頼れる人がいるとわかって安心したわ」ハンカチを握りしめ、一瞬ためらった。「リチャードがミスター・アリアバードの話をどう利用するつもりなのか、わたしにもよくわからないの。もし機会があれば、誰にも言わないでくれるよう頼んでみるわ。たぶんリチャードは、ヴァレンティンに海運事業から手を引けと迫るでしょうね。でもそのあとは、ヴァレンティンに不都合なことはいっさい口にしないと思うわ」

セアラはまじまじとエヴァンジェリンを見つめた。エヴァンジェリンは、わたしが気にしているのは夫が不貞を働いていることや破廉恥罪で投獄されたり絞首刑にされたりするかもしれないことではなく、わたし自身の社会的立場がどうなるかだと考えているのだ。まったく、野心的なエヴァンジェリンらしい。だがそもそも、ヴァレンティンが簡単に事業から手を引くとは思えない。

セアラはボンネットをかぶった。「エヴァンジェリン、もうひとつきいてもいい？　ミスター・アリアバードをサー・リチャードに紹介したのは誰？」

「わからないわ」エヴァンジェリンは眉をひそめた。「でも、ヴァレンティンのお父様という可能性はあるわね。ストラザム侯爵ならロシア大使館や外国のいろいろなところにつてがあるから」そう言うと、セアラの背中に手をあて、厨房の勝手口へと送りだした。「くれぐれも自分を大切にしてね」

セアラはエヴァンジェリンの手をとった。「教えてくれてありがとう」

エヴァンジェリンの目にまた涙が浮かんだ。「ヴァレンティンは以前、わたしにとって大切な人だったの。彼がすべてを失うことになったりしたら、わたしもつらいわ。どん底に落ちたときの気持ちはよく知っているから」

馬車に戻りながら、セアラはエヴァンジェリンの言葉の意味を考えた。エヴァンジェリンはヴァレンティンが醜聞にまみれることを内心いい気味だと思っているのではないだろうか？ そう考えると自分がいやになった。エヴァンジェリンは他言しないよう夫から手を上げられ脅されながらも、親切心から忠告してくれたのだ。もっと感謝しなければならない。

セアラの意識は、ヴァレンティンとピーターが娼館にとらわれていたという話へと戻った。その手のいかがわしい店がどういうしくみになっているのか知らないが、そこでの情景をありありと想像することはできる。ヴァレンティンのように自尊心の強い人間にとって、自分の体をもののように扱われることは耐えがたかっただろう。彼の背中に残る多くの傷跡を思いだし、セアラは拳を握りしめた。

リチャードにユセフ・アリアバードを紹介したのが実の父親かもしれないと聞いたら、ヴァレンティンはどう思うだろう？ 肉親の裏切りという最悪の予想があたったとき、彼はどう立ち向かうつもりなの？ 考えただけでぞっとした。もしユセフが競合相手に次々と情報を売っているとすれば、ヴァレンティンとピーターが仕事のうえでもプライベートでもひどく打ちのめされるのは避けられない。

とはいえ、ピーターとヴァレンティンの仲に関するエヴァンジェリンの話はどうしても信じられなかった。いずれにしろ、ヴァレンティンとピーターの生活をめちゃめちゃにし、破滅させるためなら、どうやらユセフは手段を選ばないつもりらしい。それには、ふたりが恋人同士だとうわさを流すほど効果的なことはない。

馬車が速度を落として角を曲がり、ハーフムーン・ストリートに入った。セアラは深く息を吸いこんだ。エヴァンジェリンによれば、ユセフはヴァレンティンもピーターも自分の愛人だったと言っているという。そんなことがあるだろうか？　ヴァレンティンの見せた態度からすれば、ユセフに指一本でも触れられるのは不快でたまらなかったはずだ。だがヴァレンティンとピーターが本当に娼館の性奴隷だったとすれば、どんな相手に体を買われようが、どうすることもできなかっただろう。

今度ばかりはヴァレンティンに直接問いただす勇気はなかった。きっと後悔することになるだろう。せっかく手にしたばかりの夫の信頼を失いたくない。馬車がとまったとき、セアラの口もとに笑みが浮かんだ。そうだわ。午後にピーターと外出するとき、彼にたずねてみよう。

「ピーター、本当なの？」

ダドソン家の長女が演奏するすさまじいハープシコードの音が響くなか、セアラはもう一度質問した。「あなたとヴァレンティンは娼館の奴隷だったの？」

ピーターは彼女の腕をつかんで広い応接間を出た。笑顔とは裏腹に、天使のようなブルーの瞳には緊張の色が浮かんでいる。

「誰から聞いた?」

「エヴァンジェリン・ペティファーよ」

ピーターはしぶい顔をした。「まったく、最近、ペティファー夫妻はよけいなことばかりしてくれるな。ぼくがそんな質問に答えられるはずがないだろう。ヴァルにきいてくれ」

セアラはしかたなく別の方向から攻めてみた。「あなたとヴァレンティンは今もマダム・ヘレーネの店で会っているの?」

ピーターはいくぶん警戒を解いた。「たまにね。なぜそんなことをきくんだい?」

彼の天使のような顔を見つめていると、エヴァンジェリンの話を繰り返すのはためらわれた。今さら新しいうわさや中傷を耳に入れなくとも、ピーターはもうじゅうぶん苦しんでいる。

そのとき突然後ろからキャロライン・インガムが現れ、セアラはうめきそうになった。

「ごめんなさいね、ちょっと聞こえてしまったものだから。もちろん、ヴァレンティンとピーターは相変わらずあの店で会っているわよ」キャロラインは言いながら、ピーターに意地悪い笑みを向けた。「たしかあなた、ヴァレンティンに毎週火曜の夜に来るようせがんでいたわよね」そう言うと、セアラの腕を軽く叩く。「ヴァレンティンのことでせっかく忠告してあげたのに、聞かなかったのね。おとなしく身を引いて耐える妻になる道を選んだりして、後悔しているんじゃないの?」

セアラはキャロラインを無視してピーターを見つめた。彼のこわばった表情は、キャロラインの言葉が正しいことを物語っていた。手にしたばかりの幸福が逃げていく。もちろん、まずはヴァレンティンにきいてみなければならない。彼を信じなければ。マダム・ヘレーネの店での一夜以来、ヴァレンティンは繰り返し〝ぼくが求めている女性はきみだけだ〟と言ってくれた。わたしもその言葉を信じた。だけど、彼が同じように男性も求めているとしたら？

キャロラインは笑いながら立ち去った。セアラはピーターの腕をとって応接間に戻った。戸口のところで彼が引きとめる。

「セアラ、ヴァルと話しあってくれ。きみの質問に答えられるのは彼だけだ」

セアラは腹をたてていないことが伝わるよう、ピーターに微笑んでみせた。これまでのわたしはなにごとにも性急すぎた。ヴァレンティンに本心を打ち明けるよう強引に迫ったときも、うまくいかなかった。彼はあのあとしばらくのあいだ、さらによそよそしく、冷淡になった。同じまちがいを繰り返すわけにはいかない。今回ヴァレンティンに説明を求めるくらいなら、むしろなにも知らないままでいたほうがいい。今度ばかりは我慢強くならなければ、とセアラは思った。

# 16

ヴァレンティンが召使いに四杯目のワインを注がせるのを、セアラはそっと見た。前の日にエヴァンジェリンやピーターと気のめいるような会話を交わして以来、ヴァレンティンと向きあう勇気がなく、なるべく避けてきたのだ。彼は物思いに沈んだ様子でワイングラスに口をつけている。紫がかったグレーの上着に黒いベストを合わせ、白いクラヴァットを締めているヴァレンティンを見ていると、彼が娼館で客に仕えているところなど想像もできなかった。だいたい、父がわたしをそんな男性と結婚させるはずがないのでは？　幸い、ヴァレンティンは考えごとにふけり、セアラがそわそわしていることに気づいていないようだった。

「今夜は外出するの？」

彼はワイングラスを持つ手をとめてセアラを見た。「どうしてだい？　一緒に舞踏会か音楽会にでも行く予定があったかな？」

セアラはフォークを置いた。「あなたが一緒でなくてもわたしはどこへでも行けるわ。セニョール・クレメンティがオペラに誘ってくれたの。そのあとで父に会う予定よ」

「そういえば、お父上がロンドンに来ていらっしゃるんだったな。よろしく伝えておいてくれ。それから、明日のディナーに忘れず招待してくれよ」

「あなたはわたしの父のことが好きなの？」

ヴァレンティンが眉をつり上げた。「もちろんだ。彼はぼくをこの世の地獄から救ってくれたんだから」

「わたしとの結婚を決意したくらいなんだから、ずいぶん恩義を感じていたのね」

ヴァレンティンのまなざしが鋭くなった。「言っただろう。お父上はぼくの命の恩人なんだ。ただ金を払って恩返しできるようなものじゃない。なぜ今になってそんなことをきくんだい？この結婚にお父上が賛成した理由はきみも聞いているだろう」

セアラは彼をまっすぐ見つめ返した。「父は、本当はわたしをあなたと結婚させたくなかったのよ。でも、ほかにどうしようもなくてしぶしぶ認めたの。恩を感じていたのはあなたのほうなのに、父がそんなふうに思ったはなぜなの？」

ヴァレンティンの顔がこわばった。「いったいぼくになにを言わせたいんだ、セアラ？ぼくにはきみを幸せにできないから結婚相手として好ましくないとお父上が考えたというのか？それとも、ぼくが強引に結婚に持ちこんだと思いたいのか？」

「父がわたしたちの結婚をあんなにしぶったのはどうしてなの、ヴァレンティン？」

彼は席を立った。「どうしてそんなにしつこくきくんだ？」

セアラも拳を握りしめて立ち上がった。「自分が売られたのか買われたのか知りたいからよ。あなただって覚えがあるでしょう?」

ヴァレンティンの顔が青ざめた。「そんなにぼくを悪者にしたいなら教えてやる。ぼくがきみを買ったんだ、セアラ。お父上の借金を肩代わりし、さらにきみをもらうためにかなりの額を積んだ」

セアラは彼のこわばった顔を見つめ、なんとか気持ちを落ち着けようとした。わたしはいったいなんのためにこんな話をはじめたのだろう? 今夜のことが気がかりで、つい理性を失ってしまったのだ。彼女は深呼吸をした。

「ごめんなさい。あなたになにを言わせたかったのか、自分でもよくわからないわ」

ヴァレンティンは自分のあごに手をやった。「もし頼まれれば、ぼくはお父上に金を貸してもかまわないと思っていた。娘のひとりとの結婚話を持ちかけたのはお父上のほうだよ。そしてきみと結婚することにしたのは、ぼくがそう望んだからだ」

彼はセアラを見つめながら言葉を探した。「きみをぼくの所有物のように扱うつもりはなかった。だが、もしそんなふうに感じさせてしまっていたのなら謝るよ」

ヴァレンティンの謝罪の言葉に、セアラはただ首を振った。こんなに気づかってくれる彼をこれ以上問いつめることなどできない。「あなたはいつも、ありのままのわたしを受け入れてくれたわ。なのに、恩知らずなことを言ってごめんなさい」

もう二度とヴァレンティンと口がきけなくなるような気がしてしまうのはなぜだろう？　やはりいつかは捨てられてしまうの？

彼は肩をすくめた。「いいさ。きみはあらゆる意味で、ぼくの理想の妻になってくれたよ」

「それでもあなたにお礼がしたいわ」セアラはヴァレンティンに近づき、彼の肩に手を置いてキスをした。「今夜は行かないで」

彼女を見おろすヴァレンティンの微笑みが悲しみに陰った。「予定があるのはきみのほうだろう。それに、今さらセニョール・クレメンティとの予定をキャンセルしては気の毒だ」

セアラは腕をおろし、無理に笑みを浮かべた。「あなたが一緒に来てくれればいいじゃない」

ヴァレンティンは肩をすくめた。「今夜はオペラを見るような気分じゃないんだ。それより、たぶんピーターと出かけることになると思う」そう言って彼女の腕を軽く叩く。「ぼくの帰りを待たず先に寝てくれ」身をかがめてセアラに熱くキスをすると、彼はくるりと背を向けた。

ヴァレンティンがドアの向こうに姿を消すと、セアラは泣き叫びたい気持ちを必死にこらえた。覚悟してちょうだい。わたしはあなたを本気で愛してしまったの。もうあなたを失うわけにはいかないのよ。彼女は席に戻り、涙を流すこともなくただじっと座っていた。やがて、まわりで召使いがテーブルの食器を片づけはじめた。

セアラは考えをめぐらせた。ヴァレンティンが男性と愛しあっているかもしれないということを、どう受けとめればいいのだろう？　これまで男性同士が体をからませているのを見たことはない。これまでピーターと話してきて、彼の性的嗜好《しこう》もヴァレンティンと同じく普通ではないということはわかっていた。もちろん、だからといって不安や恐れを抱いたことはない。ただ、自分がヴァレンティンと共有したいと願っている性の喜びを、これまで想像したことすらなかったのは事実だ。とにかく、マダム・ヘレーネの店にその鍵があるのは確かだろう。

セアラはワイングラスをテーブルの上に戻した。そろそろ逃げるのはやめにして、得体の知れない魔物と向きあうときだ。少なくともヴァレンティンはわたしにその勇気を与えてくれた。オペラハウスを早めに抜けだして、辻《つじ》馬車を拾って〈悦びの館〉へ行こう。もしエヴァンジェリンの言うことが本当なら、ユセフがそこでピーターとヴァレンティンを待っているはずだ。ヴァレンティンに下手な質問をして怒らせるくらいなら、事実がどうなっているのかこの目で確かめるほうがいい。

ヴァレンティンは〈悦びの館〉の階段をのぼり、マダム・ヘレーネが特別に選んだ客しか入れない部屋へ向かった。ピーターは約束の時間よりも早く着き、マダムによれば店の提供するお楽しみを満喫しているらしい。

ヴァレンティンは装飾の施された取っ手をまわし、二〇六号室と書かれたドアを開けた。暖炉の近くに置かれたウイングチェアに向かってのんびり歩いていきながら、巨大なベッドの上でからみあっている人々に目をやる。少なくとも男がふたりと、長いブロンドの女がひとり。

女がグレースと呼ばれていたことをぼんやりと思いだした。男のひとりはピーターだった。

ヴァレンティンは三人の様子をじっと見つめた。女がピーターの顔に股間をこすりつけ、その動きに合わせて乳房がゆれる。もうひとりの男はピーターのものをしゃぶるのに余念がなかった。それを見ながらヴァレンティンは、自分がたまに見物するだけでピーターが満足してくれるようになったことをありがたく思った。

トルコから戻ったばかりのころのピーターは、アヘンと同様に、ヴァレンティンとのセックスを切望した。できれば男とは体をからませたくないということをピーターにわかってもらうまで、かなりの時間がかかった。その後もピーターは、ヴァレンティンをまじえて四人でセックスをすることを何度もせがんだ。ヴァレンティンは別の男にピーターを任せ、ひたすら女に意識を集中させたものだった。

ヴァレンティンが入ってきたことにグレースが気づき、その動きがいっそうみだらになった。彼女にウインクをすると、ヴァレンティンはデカンタからブランデーを注いだ。正直に言って、男をまじえたセックスから足を洗うことができてせいせいしていた。ピーターとだけならまだ我慢できる。ピーターの欲求や恐れはよく理解できたし、少なくとも彼が相手ならルールや制限を設けることができるからだ。だが、ほかの男とだとそうはいかない。ユセフとのおぞましい経験のせいで、ヴァレンティンは男同士のセックスに対してどうしようもなく嫌悪感を覚えるようになっていた。

ピーターがうめきながら腹這いになり、グレースから体を離した。その隙に、もうひとりの男が後ろからピーターをつらぬいた。女がピーターの手をつかんで自分の脚のあいだに導く。男がピーターのヒップに勢いよく腰を打ちつけているあいだに、ヴァレンティンは懐中時計をとりだして時間を確かめた。男が頂点に達し、ピーターの首筋を強く噛んだ。ピーターもクライマックスを迎える。ヴァレンティンはセックスのにおいと香水の香りを深く吸いこんだ。頭に浮かぶのはセアラのことばかりだ。

ようやくピーターが目を開き、満ち足りた猫のようににやりと笑った。「ヴァル、来てたのか。誘えばよかったな」

ヴァレンティンは脚を組んでブランデーをひと口飲んだ。「見ているだけでじゅうぶんだ。今のは実にすばらしかった。今夜はひと晩じゅうおまえの姿を夢見ることにするよ」

グレースが微笑んでピーターの頬にキスをした。もうひとりの男が顔をしかめ、ピーターをひとりじめするかのように肩を強く握る。ピーターはその手を軽く叩いた。

「嫉妬はよせよ、レジー。近ごろ、ヴァルは女のほうがいいんだ。いや、むしろある特定の女性と言うべきかな」

「彼女のことを話すのはいいが、名前は出すなよ」

ピーターは驚いたように眉をつり上げてローブをはおった。「以前のおまえなら、そんなことは言わなかったはずだけどな」

レジーとグレースが部屋から出ていくと、ヴァレンティンは立ち上がった。

「以前は結婚していなかったからさ。男の縄張り意識みたいなものだろう」ヴァレンティンは部屋を歩きまわりながら、ピーターが体を洗って服を着替えるのを待った。

ピーターはクラヴァットを手に鏡の前に立った。「セアラが、エヴァンジェリン・ペティファーからぼくたちのよからぬうわさを聞いたそうだ」

「そうなのか？　彼女はなにも言ってなかったぞ」ヴァレンティンは努めてなにげなく言った。セアラはここ二日間ほどぼくを避けていたが、理由はそういうことだったのか？　胸の奥に不安が渦巻いた。どんなことでも面と向かってはっきりさせようとするいつもの彼女らしくない。セアラがオペラハウスに出かける前に交わした奇妙な会話を思いだし、ヴァレンティンは眉をひそめた。「どんなうわさだ？」

ピーターがクラヴァットを締め終えた。「自分できいてみろよ。おまえたち夫婦のあいだを行ったり来たりするのはごめんだ」

「それもそうだな。自分できくよ。ともかく教えてくれてありがとう」ヴァレンティンはピーターに上着を手渡した。「さて、ユセフ・アリアバードと対決する覚悟はできたか？」

「おまえのほうこそ、どうなんだ？」ピーターが見つめ返してきた。「おまえがあいつをどれほど憎んでいるか、ぼくは知っている。おまえがなにをされたかも見ている。あいつに必死に抵抗していたことも」

ヴァレンティンは自分の乗馬用ブーツの爪先に目を落とした。「だが、おまえが見たのは半分だけだ。ふたりだけのとき、あいつはぼくに懇願させた」自分自身の悲鳴が頭のなかでこだまし、胃がぎゅっと締めつけられた。「ぼくを土下座させ、許しを請わせたんだ」

ヴァレンティンが顔を上げると、目の前にすべてを理解したピーターの顔があった。あの地獄をともにくぐり抜けてきたことを、ほかに誰が理解できるというのだろう？　セアラにすべてを打ち明けたいと思ったこともあった。だがそのとたん、彼女のそれまでの情熱的な表情が軽蔑にゆがむところが思い浮かんだ。軽蔑ならまだしも、憐むような表情まで……。そんな危険を冒す覚悟が自分にあるのかどうか、今の段階では確信がない。

「セアラに話すべきだ」まるでヴァレンティンの心を読んだかのようにピーターが言った。「彼女には真実を知る権利がある。もしも彼女がぼくと結婚していたら、ずっと不幸になっていたはずだ。ぼくは誰とでも寝るからな。だが、少なくともおまえは自分が女を好むことをわかっている。残念ながら、ぼくの嗜好は今でもばらばらだ」ピーターは下を向いてクラヴァットの結び目を直した。「ぼくがアヘン中毒だったことはもうセアラに話してある」

「彼女はなんて？」

「やさしくキスして、ぼくが生きのびてくれてよかった、生きようと思ってくれてよかったと言ってくれた」ピーターの声から自嘲《じちょう》的な響きが消えた。「セアラみたいな女性はほかにいないよ、ヴァル」

ピーターの言葉に心をゆさぶられながら、ヴァレンティンはドアへ向かった。「もうユセフは来ているはずだ。邪魔が入らないよう、マダムが自分の部屋を使っていいと言ってくれた」

ふたりはほの暗い明かりのついた裏階段をおりていった。「ユセフがどんな経緯でぼくたちを破滅させるくわだてに加わることになったのか。どうしてもわからない」ピーターが言った。

「少なくともユセフがそのくわだてに関与している点はまちがいないな。でなければ、彼がここに姿を見せるはずがない」ヴァレンティンはひとつ下の階で足をとめた。「ユセフが手を組んでいるのは、われわれの仕事の動きを日常的につかんでいる何者かだろう。遠く離れたトルコから、あれほど大規模な攻撃を指示するのは不可能だ。かといって、彼に参謀がついているとも思えない。相手を肉体的、あるいは性的に支配するのがユセフのやり方だからな」

「なら、今夜のあいつのねらいはなんだと思う?」

ヴァレンティンは微笑んだ。「金をよこさなければ社会から抹殺してやると脅す気だろう。いかにもユセフらしいやり方だ。彼と手を組んでいる人物は、われわれが要求をのんで会社の金を支払いに注ぎこみ、さっさとつぶれてくれればいいと思っているのさ」

「それなら、ユセフはいったいいつから英国にいるんだ?」

「こちらがつかんでいる情報では、三週間ほど前からだ。だが、会社の問題はもっと前から起こっている。ユセフは三カ月後に帰国する予定らしい」

ピーターは壁にもたれ、腕組みをした。「ぼくはカーターのふたりの助手について調べた」

「どうだった?」ヴァレンティンは暗がりのなかでピーターの表情を読みとろうとした。

「アレクサンダー・ロングはリチャード・ペティファーの推薦で今の仕事についた。ジョン・ハリソンじゃない。つまり、セアラの父親は今回のこととはまったく無関係だ」

ヴァレンティンはいくぶん緊張を解いた。「もうひとりは? たしかダンカンとかいったな」

ピーターはため息をついた。「クリストファー・ダンカンは、以前、スコットランドにあるおまえの父親の地所を管理していた」

ヴァレンティンは押し黙った。父を疑って正解だったとわかって勝ち誇った気分になるべきなのに、なにも感じない。セアラとピーターのおかげで、父が自分をきらっているわけではないのかもしれないと、最近思いはじめていた。

「結論を急ぐなよ、ヴァル。どっちがやったか、まだはっきりしていないんだ」

「いつわかる?」

ピーターは苦々しげに微笑んだ。「ふたりには見張りをつけている。どちらかが妙な時間に妙な場所に出入りすれば、はっきりするさ」

ヴァレンティンはふたたび階段をおりはじめた。「わかった。なにかあったらすぐに知らせてくれ」

ヴァレンティンにつづいてピーターも裏階段をおりていくと、マダム・ヘレーネの美しい部屋の前に出た。ドアの前でヴァレンティンはためらった。旧敵と顔を合わせても理性を失わずにいられるだろうか？　自分とかかわりのあるすべての人のためにも、失わずにいたかった。

　セアラはドレスの裾をたくし上げながらオペラハウスの石段を駆けおりた。クレメンティに気分が悪くなったから先に帰ると伝え、屋敷まで送っていくという彼の紳士的な申し出もどうにか断った。幕間《まくあい》にクレメンティは、皇太子のために開かれる内々の音楽会でピアノを演奏してみる気はないかとセアラにたずねた。クレメンティはあらかじめヴァレンティンにも了承を得たと言ったが、その際彼から、わざわざ夫の許可を求める必要はないとも言われたという。それを聞いて、彼女の心はヴァレンティンに対する感謝の念でいっぱいになった。

　セアラは、ヴァレンティンを少しでも疑った自分を恥じた。しかしそれでも辻馬車に乗りこんだ。マダム・ヘレーネの店へ連れていってほしいと御者に告げ、相手がその意味をくんでくれることを願った。

　御者はそれ以上たずねたりせず、黙って馬を走らせた。ほっとして、バッグから顔の半分を覆い隠す銀色の仮面をとりだしてつける。どうすれば〈悦びの館〉に入らせてもらえるのかわからなかった。前回ヴァレンティンは、まるで自分の屋敷のように入っていったけれど、従業員たちはわたしを覚えているだろうか？　それとも、素性を明かすよう求められるの？

　かすかに明かりのともされた正面玄関の前で馬車をおりると、セアラは着ているイブニングドレスが黒い外套にすっぽり覆われているのを確かめ、重い両開きのドアを押して入っていった。金色と深紅の制服に身を包んだ従業員が深々と頭をさげる。そして、一枚の紙と羽根ペンをセアラに手渡した。

「いらっしゃいませ。ここに本名をご記入ください。お入りいただけるかどうか、マダムにきいてまいります」

セアラは言われたとおりにし、大きな暖炉の前で手をあたためた。やがて従業員が戻ってきて、礼儀正しくおじぎをした。「どうぞ、ごゆっくりお楽しみくださいませ」

従業員の前を急いで通りすぎ、階段をのぼって大広間へ向かった。大広間は人でいっぱいだったが、ヴァレンティンとピーターの姿はなかった。女性よりも男性のほうが圧倒的に多く、どことなく不気味な空気が漂っている。そのとき、誰かに足首をつかまれた。見おろすと、女物のナイトガウンを着た男性がにやにや笑いながらセアラを見上げていた。

「よう、べっぴんさん。おれと遊んでくれよ」男がブランデーのにおいをぷんぷんさせながら、ろれつのまわらない口調で言う。セアラは逃げようとしたが、男は手を離そうとしなかった。

「放して」

男の手がひざに上がってきた。「仲よくしようとしているだけじゃないか。一緒に遊びたくないのかい？」

セアラが蹴って男から逃げようとしていると、ひとりの従業員が後ろから近づいてきて酔っ払いを抱えこんだ。

「おやめください、お客様。このご婦人には別のお約束があります」

従業員は男の手首をつかんでセアラから引き離した。酔っ払いが家に帰るよう説得されるのを尻目に、彼女はその場を離れた。

下の部屋に戻ると、前回来たときにヴァレンティンが挨拶をしたブロンドの女性を見かけた。セアラはカウンターに近づいていき、女性の肩を叩いた。

「すみません、マダム、ちょっとおききしてもいいですか？　人を捜しているんですが」

「もちろんですとも。わたしはマダム・ヘレーネ。誰がどこにいるかはすべて把握していますわ」マダムのブルーの瞳が抜け目なくセアラを観察する。「前にお会いしたかどうか存じませんけれど、あなたのことはいろいろとうかがっています」マダムはセアラの腕をとり、部屋の静かな一角へ連れていった。「先日、ヴァレンティンと一緒にいらしたわね」

セアラは大きく息を吐いた。「ええ。わたしはヴァレンティンの妻です。今夜、夫はこちらに来ていますか？」

マダム・ヘレーネは眉をひそめた。「たしか、さっきピーターと一緒にいるのを見かけたわ」彼女は部屋にいる人々をながめた。「どこへ行ったかはわからないけど、捜してあげましょう」

マダムが指を鳴らすと従業員が現れた。彼女がその耳もとになにかささやくと、従業員は頭をさげ、部屋の奥の長い廊下に姿を消した。男性客がふたり、ひとりの女性をあいだにはさんで目の前を通りすぎていく。セアラはあわてて壁に身をよせた。彼らは夢中でキスを交わしながら、互いの服をせわしなくまさぐっている。セアラはその客たちをぼう然と見送った。「ピーターとヴァレンティンはよくふたりで来るんですか？」

マダム・ヘレーネがおかしそうにセアラを見た。「なぜそんなことをおききになるの？」

セアラは答えられなかった。夫は男の恋人に会うためにここへ来るのか、などときけるはずがない。それに、マダムはわたしが騒ぎを起こすと思うかもしれない。今のところ、ユセフ・アリアバードの姿は見あたらなかった。エヴァンジェリンが引きとめたのかもしれない。そして、ピーターとヴァレンティンは別のことをしているのかも。

マダム・ヘレーネが淑女らしからぬ乱暴なフランス語をぶつぶつとつぶやいた。「ちょっとごめんなさいね。この館に近づかないよう何度もお願いしているのに聞く耳を持たない御仁が来たわ。話をつけてこなくちゃ」マダムはセアラの腕を軽く叩いた。「すぐに戻るわね」そう言うと、決然とした面持ちで正面玄関へ歩いていった。マダムの行く先では、背の高いブロンドの男性がふんぞり返ってあたりを見まわしていた。

「お客様」

さきほどの従業員がセアラのところに戻ってきた。

「お捜しの方を見つけました。どうぞこちらへ」

セアラが礼を言うと、従業員は先に立ってせまい階段をおりていき、金色とクリーム色に塗られた別の広い廊下に出た。

「お客様のお捜しの方はマダム・ヘレーネのお部屋におられます」

「ひとりで？」

従業員は頭をさげた。「私の口からは申し上げられません」そう言うと、ひとつ目のドアを開けた。「マダムが戻るまで、ここでお待ちください」

セアラは広い部屋にひとりとり残された。壁や天井にいくつも鏡があり、不安そうな彼女の姿を映しだしている。セアラはわずかに微笑んだ。少なくともヴァレンティンは、何人もの女性たちやピーターと素っ裸になって体をからませているのではなかった。着替え室に通じる半開きのドアの向こうから、くぐもった話し声が聞こえてくる。マダムを待つようにという従業員の言葉を無視して、セアラはドアの奥をそっとのぞいた。着替え室には誰もいなかった。

そのとき反対側のドアが開き、彼女は頭をぱっと引っこめた。誰かが大きな音をたてながら用を足している。その人物が部屋に戻っていったとき、ドアの掛け金がかかる音がするかと耳を澄ませたが、なにも聞こえなかった。よく気をつければ、向こうのドアから隣室の会話を聞けないだろうか？　セアラは床に手をついて着替え室をそっと横切り、反対側のドアをわずかに開いた。そして床にひざをつき、息を殺した。

ヴァレンティンはテーブル越しにユセフをじっと見すえた。「もう一度言う。われわれは一ペニーたりとも払わない。好きなだけうわさを流すがいい。おまえの言葉など誰も信じないさ」そう言うと、わざとピーターの手に自分の手を重ね、指をからませた。「ぼくは結婚した。礼儀をわきまえたこちらの世界で、ぼくはようやく身を落ち着けて責任ある生き方をするようになったんだ、かつては女たらしだったが、もう心を入れ替えたことになっている。貴族の御曹司のスキャンダルを外国人が騒ぎたてても誰が信じるものか」

ユセフはあざ笑った。「細君はおまえの過去を知りたがるはずだぞ」

「妻はまだ若くて純真だ。ぼくの過去の話を吹きこんだところで、彼女には理解できないさ」

ヴァレンティンは眉をつり上げた。「なぜぼくが花嫁探しにここまで時間をかけたと思う？本当に純真な女性はそんなに簡単には見つからないからさ。それに、ぼくと妻は肉体的にも法的にもかたく結ばれているんだ」

ユセフの瞳が怒りに燃えると、ヴァレンティンはにやりと笑った。この男がセアラのことを、ヴァレンティンにとってなんの価値もないか、あるいは逆に自分が利用できるはずだと考えていたのは明らかだ。「ある意味ではおまえに感謝すべきかもしれないな。トルコで数えきれないくらい女性を相手にしてきたおかげで、ベッドでのぼくは抗いがたいほど魅力的らしい」

ユセフは乱暴に席を立った。「話はこれで終わったわけじゃない。おまえとピーターが考え直すよう何日か猶予をやろう。また来る」

「共謀者《パートナー》と一緒にか？」ヴァレンティンはたずねた。「われわれの会社をすっからかんにしようとしている人物に、ぜひお目にかかりたいものだ」彼はピーターに目配せした。「そいつが黒幕であることは明らかだからな」

「それが誰だか知りたくてたまらないのだろう？」ユセフはテーブルに両手をついて身をのりだし、ヴァレンティンと同じ目線になるまで頭を低くした。「貴族の御曹司だろうとなんだろうと、おまえを必ず破滅させてやる」彼は唇をなめた。「おまえが以前のようにひざまずくのを楽しみにしているぞ、ヴァル。ひざまずいて私に許しを請うのを」

ヴァレンティンは燃えたぎる怒りと激しい侮蔑を押し隠し、ユセフの目をじっと見つめた。

「あまり期待しないことだ」そう言うと、椅子にもたれた。「今度、ぼくやぼくの家族やピーターのまわりをうろついたら、スパイ容疑で強制送還になるよう手をまわしてやる」

ユセフはトルコ語でつぶやいた。「強がるなよ。ヴァル、おまえはそのうち泣きついてくる。絶対にそうさせてやるからな」そして部屋を飛びだし、叩きつけるようにドアを閉めた。

ピーターが立ち上がり、ふたりの大きなグラスになみなみとブランデーを注いだ。自分のグラスをヴァレンティンのグラスにかちりとあてる。

「少々うまくいきすぎたかな」

ドアの掛け金が音をたてたような気がして、ヴァレンティンは動きをとめた。ユセフが戻ってきたのだろうか？　ヴァレンティンはいきなりピーターの頭を両手で抱え、熱く唇を重ねた。ピーターのグラスのブランデーがこぼれて袖を濡らす。あっけにとられたような顔をしているピーターに、にやりと微笑んだ。今のキスを見たら、ユセフもなにか考えるだろう。ピーターの手がヴァレンティンの頬をなでている。

かすかな香水の香りがして、ヴァレンティンははっとした。廊下ではなく着替え室に通じるドアが半分開いている。この背後の静けさはなぜか覚えがあった。ヴァレンティンはピーターを放し、ゆっくりと後ろを振り向いた。戸口にセアラが立っていた。表情は銀色の仮面で隠れているが、激しいショックを受けていることが全身から伝わってくる。

ヴァレンティンは微笑んだ。「盗み聞きをしてはいけないと乳母に教わらなかったのか？」

「ヴァル……」ピーターが低くつぶやいた。

セアラが猛然と突進してきて、ヴァレンティンに強烈な平手打ちをくらわせた。冗談が通じなかったとわかっても、彼は微笑んだままだった。彼女はどこまで聞いたのだろう？　どこまで本当だと思ったんだ？

セアラはくるりと背を向け、現れたときと同じように一瞬で姿を消した。ヴァレンティンは気分が悪くなった。セアラはぼくのあとをつけて〈悦びの館〉までやってきた。そして、予想どおりの光景を目にしたというわけか？

「ヴァル、彼女を追いかけるんだ。ちゃんと説明してやれ」

ピーターがヴァレンティンの手に外套を押しつけた。

ヴァレンティンはぼう然とピーターを見つめた。

「ヴァル」ピーターが腕をつかんだ。「早く。ぼくも一緒に行くから」

セアラは階段でマダム・ヘレーネにぶつかった。マダムはセアラの顔をひと目見るなり、彼女を地下室の非常口に連れだした。

マダムが馬車の手配をしてくれるあいだ、セアラは壁にもたれて体をふるわせていた。ヴァレンティンのからかうような言葉が頭のなかで何度もこだまする。彼がわたしを妻に選んだのは、わたしが鈍感だったからだ。めくるめくセックスで、わたしを自分の言いなりにしたのだ。目の奥がずきずきと痛み、額に手をあてた。マダム・ヘレーネにハンカチを手渡されて、セアラははっとした。いつの間にか泣いていたらしい。

「どこへ行きたい？」

セアラは言葉もなくマダムを見つめた。屋敷には帰れない。

「父が〈フェントン・ホテル〉に泊まっているので、そこへ行きます」

「本当にヴァレンティンを待たなくていいの？　きっとなにか事情があるはずよ」

「ありがとうございます、マダム。でも、ひとりで行きたいんです」

マダムはセアラの頰にキスをすると、手を振って見送ってくれた。その美しい横顔は心配そうに曇っていた。

＊　＊　＊

セアラは馬車の客室の奥に縮こまり、両手で自分の体を抱きしめていた。ヴァレンティンはピーターにキスをしていた……これまで数えきれないほどそうしてきたように。ピーターはまるで天国にいるような表情をしていた。わたしはこれまでずっと嘘をつかれつづけてきたの？　父はヴァレンティンの本性をずっと前から知っていたのかしら？　幸い、父は単身でロンドンに来ているから、遠慮なく問いつめることができる。父ならきっと答えてくれるだろう。

そこまで考えて、セアラは激しく泣いた。父が世界をもとどおりにしてくれると思うほど、もう子どもではない。けれど、少なくとも父ならなんらかの希望を与えてくれるはずだ。ヴァレンティンも本気であんなことを言ったのではないだろう。それにしても、この期におよんで、まだ彼をかばっているとは。彼女は歯を噛みしめ、馬車の窓から見える雨の夜を見つめた。


セアラは父が泊まっている部屋のドアを強くノックした。ジョン・ハリソンは迷惑そうにドアを開けたが、雨にびしょ濡れになった彼女の姿を見たとたん、顔色を変えた。

「セアラ？　なにかあったのかね？　早く入りなさい」

セアラは、父がドアを閉めて暖炉の火をおこすのを見つめた。外套が椅子の背にかけられている。ジョンはブーツをすりきれた室内履きにはき替えていた。さっきとは打って変わってあたたかい部屋に入ったにもかかわらず、彼女はまだ歯をがちがち鳴らしながら父に言った。

「お父様、トルコのどこでヴァレンティンとピーターを見つけたのか教えて」

ジョンは暖炉の火をつつくのをやめ、身をこわばらせた。「なぜそんなことが知りたい？」

「ヴァレンティンの過去についてうわさが広がっているの。お父様から真実を聞きたくて」

するとジョンは暖炉わきの椅子に崩れ落ちるように座り、両手で顔を覆った。セアラは父のほうへ一歩踏みだした。

「お父様、お願い。教えてちょうだい」

「ああ、あいつはいったいなにをやらかしたんだ？　母さんの言うことになど耳を貸すんじゃなかった。あいつをおまえに近づけさせるんじゃなかった」

セアラは父の前にひざをついた。「お父様……」

ジョンはまだセアラと目を合わせようとしなかった。「私はあのふたりを、娼館で見つけたんだ……そこの経営者に荷物を運んでいったときに」

「娼館になんの荷物を運んだの？」

ジョンは顔を上げたが、セアラの目を見ようとはしなかった。「おまえがそんなことを知る必要はない」

セアラは唇を噛んだ。「ふたりはそこの召使いだったの？」

「ふたりは性奴隷だった」少し声をうわずらせながらも、ジョンは覚悟を決めたように言った。

「男も女も大金を払ってふたりの体を買っていた」

「そのことをどうやって知ったの？」

ジョンは初めてセアラの目を見つめ返した。「最初に見かけたとき、ふたりが乱交の最中だったからだ。どちらも肌があまりに白かったので気になり、どこから来たのかと主人にたずねた」父は肩をすくめた。「私がふたりを試したがっているのだと勘ちがいした娼館の女主人は、彼らがどんな性技《テクニック》を持っているか説明しはじめたよ」

ジョンはセアラの手を握った。「私はなんとしてもふたりをあそこから連れださなければならないと思った。英国人が奴隷にされるようなことはあってはならないからね。そのあと、ピーターがアヘン中毒であることを知った。彼はヴァレンティンに依存しきっていたし、ふたりを見殺しにすることなど私にはできなかった。英国へ向かう船のなかでも、彼らは同じ部屋で眠っていた。ふたりが実際にどういう関係なのかは、あえてたずねなかった」

セアラは父の目を見つめ返した。「わたしがヴァレンティンと結婚する前に、なぜ本当のことを教えてくれなかったの？　お父様はわたしにピーターには近づくなと忠告してくれたけれど、ヴァレンティンの過去については教えてくれなかったわ」

セアラは自分が腹をたてていることに気づいた。激しい闘志もわいてくる。

「ヴァレンティンはおまえと結婚するために、多額の金を払うと申しでてくれた。私がそれを受けたのは、彼がピーターとは距離を置き、結婚の誓いを守ると約束したからだ」

セアラが立ち上がると、濡れたドレスが脚にまつわりついた。父はひとつ言い忘れている。父は自分の会社を救いたかったのだ。つまり、わたしは父の利益のために売られたということ。ヴァレンティンはなんのためにわたしを買ったのだろう？

欲望？　それとも世間の目を欺くため？

「セアラ、もし私の事業や家族を守る方法がほかにあれば、私はそちらを選んでいただろう」

父の苦しげな言葉にも、セアラは心を動かされなかった。男たちはいったいなんの権利があって、女性を自分の思いどおりにできると考えるのだろう？　彼女は、自分が誰をいちばん憎んでいるのかわからなかった。結婚を許した父か、それともセアラの無知を利用して自分の正体を隠そうとしたヴァレンティンか。

振り向くと、ヴァレンティンがノックもせず部屋に飛びこんできた。後ろからピーターもついてくる。

「なんの用？　父がこれからもあなたの過去を黙っているよう、もっとお金を積みに来たのなら手遅れよ。父はもう最悪の部分を教えてくれたわ」

「その最悪の部分とは？」

「あなたがわたしに嘘をついていたこと。わたしを利用していたことよ」

ヴァレンティンが笑った。「きみはぼくとの結婚にとても前向きだった。熱望しているように見えた人もいるだろう。なのに、もうぼくのことがきらいになったのかな？」

セアラは彼をにらみつけた。怒りのあまり、まわりに人がいることさえどうでもよくなった。

「ヴァレンティン、どうしてなんでも冗談にしてしまうの？」

ヴァレンティンは頭をさげた。「もう運命を変えられないと思ったら、そうすることにしているんだ」

ジョンが立ち上がった。「きみは出ていきなさい。セアラのことは私が引き受ける」

ヴァレンティンは顔をゆがめ、セアラのほうに一歩進みでて手をさしのべた。

彼女は父からもヴァレンティンからも身を引いた。「ふたりとも、そばによらないで」セアラはピーターを見た。「屋敷まで送ってくれる?」

ヴァレンティンが手をおろし、ジョンに向かってうなずいた。

「セアラの言うとおりです。ぼくとあなたでこれ以上彼女を悩ませることはない。屋敷にいれば彼女は安全だ。ぼくは仕事でロシアへ行くことにしました」

ピーターが咳払いしたが、ヴァレンティンに一瞥《いちべつ》されて黙りこんだ。

「二、三カ月して会社の経営をたて直したら戻ってくる」ヴァレンティンはセアラの目をまっすぐ見つめて淡々と言ったが、彼の真意がどこにあるのか、彼女には見当もつかなかった。

「それだけ時間があれば、きみも自分がこの先どうしたいかわかるだろう」ふたたび頭をさげると、ヴァレンティンは仮面のような表情を崩すことなく夜の闇へ消えた。

セアラはヴァレンティンの後ろ姿を見送った。横でピーターがうろたえているのが伝わってくる。父は後ろでギリシア悲劇のように仰々しく嘆いていた。激しい怒りはわき上がったときと同じくらい急速にしぼんでしまい、彼女は冷えきった体をなすすべもなくふるわせていた。まるで絶望の淵《ふち》を危なっかしく歩いているような気がした。

いったいわたしはなにをしてしまったのだろう?

17

「ピーター、なぜなの？　なぜヴァレンティンは、わたしにわけを話してくれなかったの？」

セアラが急にピーターのほうを向き、ペチコートがふわりと広がった。ピーターは彼女の部屋の長椅子に腰かけて、ブーツの爪先をあたたかな暖炉に向けて紅茶を飲んでいた。ロンドンに冬が近づいていた。凍てつくような空気や、重く垂れこめた空が冬将軍の到来を告げている。

「そもそもきみが、あいつに釈明のチャンスをほとんど与えなかったんじゃないか。ヴァルがぼくにキスをしたのは、ユセフが様子をうかがいに戻ってきたと勘ちがいしたからさ。全然本気なんかじゃなかった」ピーターは肩をすくめた。「そのことは、ほかでもないこのぼくがいちばんよくわかっている」

セアラは黙りこんだ。ピーターの言うとおりだ。〈悦びの館〉でふたりを見たあの夜、セアラは怒りと裏切られたという思いで頭がいっぱいで、誰の言葉も耳に入らなかった。あの夜のことは今でも断片的にしか思いだせない。父とヴァレンティンに対する怒りから、冷静に考えることができなかったのだ。

一緒に実家に帰ることをセアラが拒否すると、父はひとりでサウサンプトンへ戻っていった。あれ以来、自分が父に対してどんな感情を抱いているのか、よくわからない。トルコの娼館にいた理由についての父のお粗末な説明も、父を心から信頼できない原因のひとつだった。

ピーターが紅茶のカップをテーブルに置いた。「トルコでひどい目にあったせいで、ヴァルは決して他人を信用しなくなった。自分のことを誤解されると思っているんだ。そこで、いつも心のうちをかくすようになった」

「そんな彼にとって、わたしのような相手は理想的だったということね」セアラは絨緞の上に座りこみ、ピーターのひざに頭をのせた。ヴァレンティンが発ってから、もう六週間になる。ピーターとのこうしたやりとりも、もう何度繰り返しただろう？　ヴァレンティンのいないさびしさを感じずにはいられなかった。ベッドのなかでは特に。「わたしは本当にばかだったわ」

「そんなに自分を責めないで。ヴァルのほうがよっぽどばかだ」

セアラは涙ぐみながら笑った。「そう言ってもらうと少し気が楽になるわ。でも、どうしたらこの失敗をとり返せるかしら」

ピーターがため息をついた。「それは簡単なことじゃない。あいつは、一度こうと決めたら考えを変えないからな」

「彼のことをもっと信じるべきだったわ。自分の気持ちを傷つけられたことばかり気にしていないで、もっと……」セアラは言葉をのみこんだ。起こってしまったことはとり返しがつかない。頭を切り替えて、ヴァレンティンをとり戻す方法を考えなければ。

「今わかっているのは、ヴァレンティンが見えない敵を追いかけてヨーロッパのどこかにいるということだけ。あとを追って、お願いだから戻ってきてとすがりつくこともできないわ」

「彼に戻ってきてほしい？」

セアラは頭を上げ、ピーターを見つめた。「もちろんよ。彼を愛しているもの」

「ぼくもヴァルを愛しているよ、セアラ」彼はそう言ってから少しためらった。「気を悪くしたかい？」

セアラはピーターの頬をなでた。「少しも気にならないわ。あなたたちふたりがどんな目にあわされたか教えてもらったもの。お互いに愛を感じないほうがかえって不思議よ」

身を切られるようにつらかったこの数週間、ピーターがそばにいてくれたことだけがセアラにとって唯一のなぐさめだった。ヴァレンティンがなぜああいう人間になったのか、ピーターだけが本当に理解している。アヘン中毒に逆戻りするのではないかとヴァレンティンは心配していたが、ピーターは彼が思うよりはるかに強い男性だ。むしろ、ヴァレンティンよりずっとうまく心のなかの悪魔に対処できていると言ってもいいかもしれない。

ピーターは彼女に微笑みかけた。「それなら彼をとり戻す方法を一緒に考えよう。きみを守るために、あいつが飛んで帰らなければと思うような方法をね」彼がにやりと笑うのを、セアラはいぶかしげに見つめた。「来月、マダム・ヘレーネの店で変わったオークションがあるんだ。マダムは、若者を童貞のまま戦地に赴かせないようにするのが愛国者である自分の務めだとかたく信じていてね。新しく志願兵になった若者の初体験の相手になる機会を、社交界のレディたちに提供しているんだ」

セアラは開いた口がふさがらなかった。「わたしに、その若者たちの相手をしろというの?」

「寝室のドアを閉めてしまえば、あとのことはきみときみが落札した若者しだいだ。実際、どうなろうと誰にもわからない」ピーターはそこで口もとを引きしめた。「ただしぼくの立場としては、当然ヴァルに手紙を書いてきみの破廉恥な行いを知らせ、きみの評判が心配だと伝えることになる。これでヴァルが英国行きの船に飛び乗らなければ、なにをしても無駄だろう」

「そしてもし彼が戻ってきてくれたら、わたしはあらためて彼の信頼をとり戻さないといけないのね」セアラは唇を噛んだ。「ひとつ方法を思いついたの。でも、それにはあなたの協力が必要だわ」

ピーターが微笑んだ。「水くさいな。頼まれなくても協力するさ」

「あなたたちが実際にどんな目にあったのか知りたいの」セアラは唇を噛んだ。「ふたりともまだ子どもだったのに……」

「もっとひどいことだってあり得たんだ、セアラ」彼は肩をすくめた。「少なくともマダム・テゾーリは、ぼくらをすぐに働かせようとはせず、勃起できる年齢になるまで待ってくれた」

セアラの口のなかに苦いものがこみ上げた。「なぜそこまで冷静に話せるの? そんな目にあわせた女性に、なぜそこまで寛容になれるわけ？」

　ピーターの澄んだブルーの瞳が彼女をまっすぐ見つめ返した。「なぜなら、ぼくは過去の出来事も自分の一部として受け入れたうえで、この先も生きていかなければならないからだ。許すことも必要なんだよ」

　セアラがなおも見つめていると、彼は立ち上がった。

「ぼくはヴァレンティンに、過去の出来事を少しも恥じていないということを示す必要がある。そうすれば、あいつもぼくの気持ちにこたえてくれるんじゃないかな」

　自分の言葉に酔っているかのように、ピーターの顔は生き生きと輝いていた。「やろう、セアラ。ヴァルを驚かせてやるんだ。かなりおもしろいことになるぞ」

## 18

廊下で話し声がするのに気づいて、セアラは本から物憂げに顔を上げた。窓の外では雪が降りしきっている。またピーターが、わたしを外に連れだそうとやってきたのかしら?

セアラはウールのショールを肩にかけ、階段の上まで出た。毛皮のコサック帽をかぶり、黒い外套に身を包んだ長身の男性が廊下で執事に話しかけている。男性がこちらを向かなくても、すぐにヴァレンティンだとわかった。

三カ月ぶりに見たヴァレンティンの容貌は、すっかり変わっていた。あごひげを生やし、顔は細くなり、地獄をくぐり抜けてきたかのような暗い目をしている。

セアラは口に手をあてた。「なぜここにいるの?」

彼女の顔から目を離すことなく、ヴァレンティンは雪の積もった帽子を脱いで執事に渡した。

「まさか戻ってくるとは思わなかったか? きみについてひどいうわさがたっているという知らせを受けたとき、実はもうロシアから戻る途中だったんだ」

セアラはつんとあごを上げた。「わたしは戻ってきてなんて頼んでいないわ」

ヴァレンティンは外套を脱いだ。「ああ、たしかにきみは頼まなかった」視線をセアラの体に走らせる。「出かける準備はいいか？　一刻も早くふたりでいるところを世間に見せ、うわさが広まるのをとめなければ」

ヴァレンティンは外套を持ったまま朝食室に入っていった。セアラがあとを追っていくと、彼は炉棚の上に未開封のまま置いてあった招待状の束に目を通しはじめた。そのうちの三通を、彼はセアラに手渡した。

「この三つのパーティに出よう。ぼくは着替えてこのひげをそってくるから、きみは三十分で支度をするんだ」

「わたしは出かけたくないわ」

ヴァレンティンの顔つきは穏やかだったものの、瞳の奥には冷たい怒りが浮かんでいた。

「きみが出かけたいかどうかは関係ない」

彼はきびすを返し、階段をのぼっていった。

セアラは部屋のまんなかで、招待状を握りしめてひとりぽかんと立っていた。ピーターに、ひとつ目のパーティ会場で落ちあってほしいと手紙を書く時間があるだろうか？　計画を成功させるにはピーターの助けが必要だ。椅子の上にヴァレンティンがほうりだしていった外套を見つめるうち、セアラはそれを手にとって抱きしめずにはいられなくなった。そこにはヴァレンティンのにおいとぬくもりがあった。厚い生地に顔をうずめ、心を落ち着かせようとする。

ヴァレンティンが戻ってきた。

わたしのために。

互いの部屋をつないでいる戸口にヴァレンティンが現れたが、セアラは驚かなかった。彼女はメイドにうなずきかけてさがらせた。セアラが化粧台の前に座ると、ヴァレンティンは彼女のヘアブラシに手をのばした。

彼はひげをそり、黒の長いシルクのガウンに着替えていた。ひげがなくなると、ギリシア彫刻のような顔だちと、高い頬骨、そして吸いこまれそうなすみれ色の瞳が際だつ。

ヴァレンティンはセアラの髪をとかしはじめた。「ピーターが、きみの行いについてぼくに手紙で知らせたことは知っているだろう」

彼の口調はいつもと変わらなかった。ふたりが三カ月ものあいだ、ひと言も口をきいていないのが嘘のようだ。

「なんのことかしら？」

ヴァレンティンは皮肉っぽい笑みを浮かべた。「小銃隊に最近志願した、ふたりの若者との不倫行為だ。たしか双子だとか」

「一卵性の双子よ」

ブラシの動きがとまった。「そのふたりと寝たことを否定しないのか？」

「なぜ？　あなたが地の果てのロシアでそう聞いたのなら、まちがいないでしょう」

ヴァレンティンはまたブラシを動かしはじめた。「犠牲を払っただけの価値はあったか？」

セアラはよくわからないふりをした。「犠牲って？」

彼は短く笑った。「きみの評判だよ。ピーターの話では、きみは社交界の一部の連中からこきおろされているそうじゃないか」

彼女は肩をすくめた。「のりこえてみせるわ。そんなこと、あなたがいちばんよくわかっているでしょう」セアラは鏡のなかのヴァレンティンを見上げた。だが、彼はこちらが不安になるほど平気な顔をしている。

「今夜からさっそく、地に落ちたきみの評判を回復させよう。ぼくは、なにごともなかったようにきみのそばに付き添う。そのうち別のスキャンダルが持ち上がり、みんなそちらに気をとられて今回のうわさなんて忘れてしまうさ」

「そんなに簡単にいくかしら？」

ヴァレンティンはブラシを置いた。「やってみるしかないだろう？」彼がポケットに手を入れてなにかをとりだした。「今夜は、ぼくのためにこれを身につけてくれないか。ハンサムな夫に首ったけの愛らしい妻を演じるのに役だつかもしれない」

セアラはさしだされたものをじっと見つめた。それは、細い金の鎖が何本もついた装身具だった。鎖の一本には真珠がひと粒ついている。ヴァレンティンが彼女のためにこれを買ってきてくれたのだと思うと、体がぞくりとふるえた。

「あなたがつけてちょうだい」

ヴァレンティンはセアラのドレスを脱がせた。「それなら立ってくれ」

彼は鏡のなかのセアラを見つめた。金のリングにつらぬかれた乳首はかたくなっている。ヴァレンティンは装身具の両端を持ってセアラのウエストにまわし、腰のあたりでゆるくとめた。次にそこからのびている細い二本の鎖を胸へと持ち上げ、左右の乳首につけたリングにつなぐ。

「これを売ってくれた女性が言うには、この真珠は男の指が秘所に触れたときの感触に近いらしい。ずっとセックスのことしか考えられないよう刺激するためのものなんだ」そう言うと、ヴァレンティンは真珠のついた最後の一本を彼女の脚のあいだに垂らした。

「その女性は、あなたに説明しながらこれを実際に身につけてみせたの？」

彼は答えなかった。セアラの脚のあいだに垂らした鎖を手にすると、秘所にくいこむよう加減しながら後ろにまわしていく。そのあいだ、彼女は必死にふるえをこらえていた。

ヴァレンティンは次に、鎖に通された真珠をセアラの秘所にあて、親指でそっと押さえつけた。その拍子に乳首のリングとつながった細い鎖が引っぱられ、肌をかすかに刺激する。彼はヒップへとまわした鎖の長さを調節し、腰に巻かれた鎖につなげた。

ヴァレンティンはドレスの着心地をたずねる仕立屋のようにセアラを見上げた。「どこか具合が悪いところはあるかい？」

セアラがまっすぐに前を向くと、真珠が敏感な花芯をこすった。たちまち体が熱くなる。

「これはわたしへの罰なの？」

ヴァレンティンが立ち上がると、ガウンの裾から下腹部がはっきり見えた。彼はそれを隠そうともしなかった。

「これはほんの序の口さ。パーティが終わったら、つづきをどうするか話しあおう。そのままじっとして」

セアラはコルセットに手をのばしかけたが、おとなしく立っていた。ヴァレンティンはガウンをめくり、自分のものを手でこすりはじめた。それがだんだん濡れて大きくなっていくのを、彼女はじっと見つめた。乳首がかたくなり、秘所から蜜があふれでる。

「ぼくの精液で濡れた、裸のきみを外に連れだしたいよ」高まりを握る彼の手にいっそう力が入った。「そうすれば、きみはぼくのものだということが誰にでもわかるだろう」

彼は顔をゆがめ、息をはずませながら指のあいだから精液をほとばしらせた。そしてセアラのほうを向くと、濡れた指を彼女の唇にこすりつけた。

「十五分後に出発だ。玄関の前で待っているよ」

ダンスをしながら、ヴァレンティンは妻の落ち着き払った顔を見おろした。悪夢のなかで見たセアラよりも、実際の彼女のほうがずっと美しい。複雑な編みこみが施された長い黒髪が彼女の顔だちを引きたてている。そして、その透きとおるような肌の下には深い官能が秘められているのだ。

生まれて初めて、ヴァレンティンはどうすればいいのか途方に暮れていた。自分を乗せた船が港を離れたとたん、急に旅に出たことを後悔した。セアラの前から姿を消すのではなく、あの場にとどまって彼女の誤解が解けるまで戦うべきだったのかもしれない、と。だが、彼はこれまで、自分のために戦ったことが一度もなかった。不愉快なことは無視し、微笑みで本心を隠して、憎しみや自己嫌悪に魂をむしばまれていくほうがましだと思って生きてきたのだ。

しかし今、セアラはぼくの最悪の部分を知ってしまった。屋敷に帰ってきたとき、ぼくは彼女に出ていけと言われるのを覚悟していた。ところがセアラはぼくを迎え入れ、肌に触れることを許し、ぼくと一緒にいて楽しいと思っていることを、パーティのあいだじゅう示してみせた。ピーターはセアラのことを心配して手紙を送ってきたものの、これまでのところ、彼女が冷たくあしらわれるようなことはなかった。もっとも、夫であるぼくがそばにいるからかもしれないが。だが一方で、ピーターがぼくを早く帰らせようと、セアラの窮状を大げさにつづったのではないかという気もする。手紙を受けとるまでもなくすでに帰るつもりでいたことは、ピーターには黙っていよう。

「楽しんでいるかい？」

「ええ、とても」

セアラはふたたび微笑んだ。大きく見開かれたブルーの瞳には怒りの色などかけらもない。実のところヴァレンティンは、屋敷に戻って最初にセアラと会ったとき、彼女がまず怒ってくれることを、そしてそのあと自分が事情を説明し、悪かったと謝ることを想定していた。セアラの慈悲を請うことすら考えていたのだ。だが彼女がやけに落ち着いた態度で出迎えたうえ、夫以外の男と寝たことを否定しなかったせいで、欲望に火がついた。

セアラの肩をつかんでゆさぶりたい衝動に駆られ、ヴァレンティンは歯を嚙みしめた。

「なぜぼくにそんなにやさしくするんだ？」彼はだしぬけにたずねた。

「夫の不貞にも平然としていること、それが妻であるわたしに求められていることでしょう、ご主人様？」

胸のなかで怒りと欲望がこみ上げる。ヴァレンティンは踊るのをやめ、セアラの手首を握ってダンスフロアから引っぱりだした。そして、最初に目についた誰もいない部屋に飛びこんだ。

「ぼくの名前はヴァレンティンだ。ご主人様じゃない」

セアラがあごを突きだした。「そんなことくらい知っているわ」乱れた呼吸に合わせてドレスの胸もとが激しく上下している。ヴァレンティンは彼女の乳首のリングにつながれた金の鎖と、やわらかなひだに埋まった真珠のことを思いだした。ふたりを包みこんでいる沈黙が、情熱と期待をはらんでふるえているような気がする。

「ぼくは今でもきみの夫だ。きみはぼくのものなんだ」

「わたしは誰のものでもないわ」

彼はセアラの目をのぞきこんだ。「どうやら教えてやらないといけないらしい」

彼女を壁に押さえつけると、ヴァレンティンは床にひざをついた。彼の口がやわらかなサテンのドレスに触れる。「ドレスを持ち上げるんだ」

ドレスとペチコートのやわらかな衣ずれの音が、しんとした部屋に大きく響いた。

「脚を開け」

ヴァレンティンはセアラの両脚のあいだから片方の腕をヒップにまわし、秘所を前に突きださせた。花芯の上の真珠はあふれる蜜で濡れている。彼はうめき声をあげながら、セアラの腰を自分の口に引きよせた。真珠と花芯の両方を歯でこすってから、口に含んで強く吸う。

真珠と細い金の鎖を何度も繰り返しなめると、セアラは苦しげにあえいだ。ああ、彼女をこのまま激しく奪ってやりたい。誰かが部屋に入ってきて見られてもかまわない。自分の腕のなかで絶頂に達するセアラを見て、ほかの男がどれくらい嫉妬するか見てみたかった。

彼女の体にふるえが走り、ヴァレンティンの口にとらえられている部分が痙攣した。彼は激しい欲望をこらえて立ち上がると、唇を手でふいた。欲情したセアラの顔を見ながら、なんとかいつものからかうような表情を浮かべる。胸の奥では怒りがたぎっていた。なぜセアラはぼくの過去をまるで気にしていないようにふるまうんだ？　なぜぼくを前にして平気なふりをしている？

ふと、自分が求めているのはセアラの怒りだということに、彼は気づいた。激しい怒りをぶつけてほしい。そうしてもらえば、ぼくを許してくれ、ふたたび受け入れてくれと懇願できる。だが、そんな思いを押し隠し、ヴァレンティンはこばかにしたような笑みを浮かべた。

「じゃあ、失礼するよ。元愛人とダンスの約束があるんでね」

顔を引っぱたこうとするセアラの手を、彼はすばやくつかんだ。そして荒々しくキスをし、彼女が嚙みつこうとするのをやめさせる。するとセアラは足で蹴ってきた。ダンス用のシューズが彼の向こうずねに弱々しくあたる。

「ヴァレンティン・ソコルフスキー、あなたはろくでなしね」

「ぼくがかい？　不貞を働かれたのはぼくのほうだぞ」

セアラは彼をにらみつけた。息をするたびに胸もとが大きく上下する。

「わたしは三カ月もほうっておかれたのよ。それなのに、わたしはあなたを気の毒に思わなければならないの？」

ヴァレンティンはクラヴァットを直し、一歩さがった。「きみの憐みなどほしくない」

「あなたは自分がなにを求めているのかわかっていないのよ」

彼は怒りのこもった目でセアラをにらみ返した。「ぼくは今夜、きみを泣かせたい」

彼女がヴァレンティンを見つめ返した。「さあ、泣くのはどっちかしら。楽しみね」

# 19

わたしはあなたの寝室の暖炉わきにうずくまっている。裸になって、ダイヤモンドの首輪だけを身につけて。首輪についた太い金の鎖が乳房のあいだに垂れさがり、脚のあいだにくいこんでいる。髪を編んで背中に垂らしているせいで、自分の裸の体も、どんな表情をしているかも隠すことはできない。それがあなたの命令だから。奴隷のわたしは、言われたとおりにしなければならない。

執事があなたの身のまわりの世話をするために行き来している。彼は奴隷ではなくお金で雇われている身だから、自分のことをわたしより偉いと思っている。執事はときどきわたしのほうにかがみ、胸にさわったり乳首をつねったりする。わたしは我慢するしかない。でも、ときどき感じてしまうこともある。

待ちながらわたしは、今夜はあなたにどんなことをされるのだろうと考える。ときには無視されて、暖炉のそばでひとり眠りにつくこともある。運のいいときには、あなたが服を脱ぐのを手伝い、それから抱かれる。あなたがどうしようか迷っているときには、その気になってもらえるよう祈り、できるだけ急いであなたの欲望をかきたてるようにしなければならない。

ときどき、あなたはわたしに指一本も触れることなく、ただ自分のものをわたしの口のなかに入れて精液を飲ませる。わたしが不平を言うことはない。あなたに奉仕できて幸せだから。気分が晴れないとき、あなたはわたしを横にはべらせてもてあそび、途中で立ち去ってしまう。あなたの許しをもらったときだけ、わたしは快楽を解き放つことができる。自分が頂点に達するのをあなたに見てもらえるのはうれしい。

わたしが好きなのは、あなたの足もとにうずくまってブリーチのボタンをはずしたあと、壁に押さえつけられて荒々しく奪われること。激しく打ちつけてくるあなたの体と、乳房をもどかしそうに吸う唇の感触がたまらない。

ときどきあなたはピーターを連れてくる。そんな夜は最高にすてき……。

自分の馬車が通りの向こうに消えるのを見送ると、ヴァレンティンは召使いをにらみつけた。キャロラインと踊ったあと、ピーターからセアラが出ていったと告げられたのだ。玄関ホールまで追いかけたものの間に合わず、彼はパーティ会場に置き去りにされてしまった。

「彼女はぼくになにを渡すよう言ったんだ？」

「こちらです」制服を着た召使いが手をさしだした。〝赤い日記〟だとすぐにわかった。

「ありがとう」

開け放たれた正面玄関に背を向けると、ヴァレンティンは静かな一角を探した。ピーターもついてきた。一枚の紙きれが大理石の床に舞い落ちた。ピーターがそれを拾い上げ、ヴァレンティンに手渡す。ヴァレンティンはそれを声に出して読んだ。

「〝性奴隷になりたい〟」

誰もいない図書室で、ヴァレンティンはページをぱらぱらとめくっていき、最近の書きこみを見つけた。今日の夕方に書かれたものだ。彼はそこを何度も読み返した。頭から血の気が引いて、体じゅうの血液がすべて下腹部に流れこんでいくような気がする。ヴァレンティンは日記をピーターに渡した。

「〝ときどきあなたはピーターを連れてくる。そんな夜は最高にすてき……〟いったいこれはどういう意味だと思う？」

ピーターは日記を返しながら考え深げに言った。「彼女は、かつて性奴隷だったぼくたちふたりに、たいそう興味深い一夜を提供しようとしているんだろう」

ヴァレンティンは目を閉じ、裸のセアラが足もとにうずくまっているところを思い浮かべた。股間がさらに張りつめる。「彼女が屋敷に戻っているとは思えない」

ピーターがドアへ向かった。「きっとマダム・ヘレーネの店だろう。あそこのほうが安全だ。

馬車を呼んでくるから、ぼくたちの外套と帽子をとってきてくれ」

ヴァレンティンは白いドアの外でしばし動きをとめた。〝七号室〟と刻まれた陶器のプレートだけが、そのドアの唯一の装飾だ。セアラのメッセージを誤解していた場合に備えて、ピーターにはしばらく待つよう言ってあった。白いドアにてのひらをあて、乱れる鼓動を数える。

ぼくはいったいなにを期待しているんだ？　もしセアラがぼくを辱めるために今夜のことを計画しているのだとしたら、たぶんもう二度とたち直れないだろう。だが、もし彼女がぼくやピーターの体験を少しでも理解するためにこの空想を演じようとしているとしたら？　セアラはぼくが最も恐れているものになりきり、自ら進んで体をさしだすことで、ぼくの信頼を得ようとしているのだろうか？

ヴァレンティンは背筋をのばした。セアラにプライドをずたずたにされたところで、なんだというんだ？　今さらかまうものか。彼はドアをノックし、部屋に入った。

一瞬、ヴァレンティンは自分の寝室に戻ったのかと思った。彼のお気に入りのガウンを、制服姿の従業員がベッドの上に置いて頭をさげた。

ヴァレンティンは暖炉のほうに視線を向けた。椅子のそばにセアラがうずくまっていた。すらりとした裸の体が暖炉の炎を受けて輝いている。ダイヤモンドの首輪がほっそりとした首につけられ、彼女が頭を上げるときらめいた。

「お召し替えをお手伝いいたしましょうか」従業員の声が聞こえた。

「いや、もうさがっていい。こちらから呼ぶまで来ないでくれ」

従業員が出ていくと、ヴァレンティンはふたたびセアラに目を向けた。暖炉のそばまで行って彼女を見おろす。重い金の鎖が乳房のあいだに垂れさがり、両脚のあいだに消えていた。彼は鎖に手をのばした。手のなかで重さを確かめる。鎖はセアラの体温と暖炉の熱であたたまり、秘所に触れていた部分は濡れていた。

ヴァレンティンが鎖を軽く引っぱると、セアラが顔を上げた。その表情には、彼に対する侮蔑も不安も浮かんでいない。そこにあるのは、ただヴァレンティンを喜ばせたいという、いちずな思いだけだった。彼の体が熱くなった。セアラはいったいどこまでぼくに許すつもりなのだろう？　自由を完全に奪われたとき、どこまでぼくを信じるんだ？　それを極限まで試してみたいという欲求がヴァレンティンをのみこんだ。

「ぼくのものをしゃぶれ」

セアラが体を起こし、ブリーチのボタンを手際よく外した。彼のものはすでにかたく張りつめていた。彼女は片方の手で根本の部分を握り、口の奥深くまで入れた。

ヴァレンティンは目を閉じ、セアラが彼の高まりを吸ったり、なめたり、口から出し入れしたりするのを感じていた。どうすれば彼が快感を覚えるかについては、セアラによく教えこんである。ヴァレンティンは片手をふたりの体のあいだにさし入れ、彼女の手首をつかんだ。

「手をどけて、全部口のなかに入れるんだ」

自分のものがセアラの口には大きすぎるのはわかっていたが、ヴァレンティンは彼女がどうするか見てみることにした。驚いたことに、セアラは彼をもっと深くのみこんだ。先端が喉のさらに奥へと入りこんでいくと、彼の体にふるえが走った。ヴァレンティンが苦しげな表情を浮かべて激しく達すると、セアラは解き放たれた精液を否応なく飲みこむことになった。

ヴァレンティンは目を開けて彼女を見おろした。セアラは彼の太ももに頬をあて、荒い息をついている。なんということだ。頂点に達したとき、危うくセアラを窒息させるところだった。ヴァレンティンは鎖を自分の手に巻きつけ、彼女を立ち上がらせた。セアラの太もものあいだに手をさし入れると、ぐっしょり濡れていた。下腹部がふたたびうずきはじめたが、彼はブリーチのボタンをしっかりととめた。

ヴァレンティンに見おろされて、セアラは身をふるわせた。彼が後ろの椅子をさす。「座れ」

彼女は急いで言われたとおりにした。早く触れてもらいたいと、体がすでに悲鳴をあげている。「脚を開け」ヴァレンティンはセアラの太ももを押し広げ、彼女の両ひざを椅子のひじ掛けにかけて秘所を露わにした。

じっと見つめられていると、セアラのその場所は彼に触れてもらいたくて脈打ちはじめた。熱くなった肌にブリーチのサテン地がひんやりと心地よくて、ゆったりと身を任せたくなる。

ヴァレンティンは彼女の太もものあいだに割って入ると、ひざに置いた手を上へと這わせていって乳房に触れた。

「まだこれをつけていてくれてよかった」彼が乳首のリングを指ではじき、へそのピアスをなめる。

「あなたのためよ。あなたを喜ばせるために」言いながらセアラは目を伏せた。あられもなくさらけだした体に、ヴァレンティンの抑制のきいた強さがひしひしと伝わってくる。彼はもう気づいただろうか？　わたしが無力になることで、彼もまた無力な自分に向きあうのだということに。そのときヴァレンティンの指先が敏感な花芯に触れ、彼女は身をふるわせた。

「口で愛撫してほしいか？」

「それはあなたが決めることよ。わたしはあなたを喜ばせるためにいるだけ」

ヴァレンティンは花芯にそっと触れた。

「よく濡れている。ぼくが恋しかったかい？」

「ええ」セアラはあえぎ声を押し殺した。彼が指を前後に動かしはじめる。

「きみがベッドに引っぱりこんだ双子はどうだった？　彼らでは満足できなかったのか？」

セアラは目を閉じた。こんなに無防備になっているときに、双子の話を出されるとは。だが、正直に答えるしかない。嘘をついても、ヴァレンティンはすぐに見破るだろう。

「オークションでふたりを競り落としたの。ふたりはもうすぐ戦地に赴く予定で、未経験のまま死にたくないと言ったわ」

彼の指がとまった。「つまりきみは愛国心から、彼らの初体験の相手になったわけか？」

セアラは勇気を出して言った。「いいえ。わたしが彼らとベッドをともにしたのは、あなたが戻ってくるかもしれないと思ったからよ。そうすることで、あなたの気を引きたかった」

ヴァレンティンが身をのりだし、彼女の花芯を口に含んだ。思いきり強く吸われて、セアラは危うく椅子から転げ落ちそうになった。

彼は身を引くと、セアラの蜜で濡れた唇をなめた。「どうやらぼくは独占欲が強いらしい。きみの作戦は成功したよ」さらけだされた彼女の体を見つめる。「ふたりはよかったか？」

「いいえ。ふたりとも興奮しすぎた子犬みたいに舞い上がっていたわ。女性の喜ばせ方なんか、なにも知らなかった」

「ちゃんと教えてやったんだろう？」

「教えようとしたけれど、ふたりともわたしのことより自分たちの快楽を優先させたの」

実を言えば、双子の目的はセアラではなく互いの体だったのだが、それをヴァレンティンに言う必要はない。マダム・ヘレーネはセアラにぴったりの相手を競り落とさせてくれたのだ。

ヴァレンティンの顔にかすかな笑みが浮かんだ。「それはさぞ……不満だっただろう」彼は身をのりだし、舌先でセアラの乳首をなめた。熱い舌が冷たい肌に触れたとたん、彼女は息をのんだ。金のリングが彼の歯にあたって音をたてる。

ヴァレンティンのベストの真珠のボタンがセアラの腹部にあたった。ブリーチのなかのものははちきれそうにふくらんでいる。彼は、ひんやりとしたなめらかなサテン地のブリーチを、セアラの熱く濡れた秘所にこすりつけた。

「ふたりともわたしのそばに来る前に、少なくとも三回ずつは達したわ」オーガズムの予感にセアラはあえいだ。

「それは実に不愉快だな。なぜふたりのことを子犬と言ったかわかったよ。下《しも》のしつけがなっていなかったんだね」

セアラは思わず笑いそうになった。ヴァレンティンは、最悪のタイミングでわたしを笑わせることができる。彼はふたりの体のあいだに手をさし入れ、セアラの秘所に触れた。

「もしきみが本当にぼくの奴隷なら、ここにピアスをつけさせるよ。そこに細い金の鎖をつなぎ、裸のきみを連れて歩くことができたら、どんなにすばらしいだろう」彼女の蜜がほとばしりでてヴァレンティンの指を濡らす。「おや、このアイディアがずいぶん気に入ったようだね。本当にそうしてほしいんだろう？」彼は身を引いた。「ここに鎖をつけて連れまわすのは無理だが、ピーターを捜しに行こう。彼は大広間にいるはずだ」

ヴァレンティンは立ち上がり、桜材のチェストのところへ行って引きだしを開けた。「きみの目を隠す仮面と、腰に巻く布が必要だ。ぼくの奴隷がぐっしょり濡れていて、いつでもセックスができる状態であることを、ここにいる男たちに知られたくないのでね」だが、引きだしには丈の短い布しかなく、彼は顔をしかめた。「従業員を呼ぼう」セアラが動こうとすると、ヴァレンティンが制止した。「そのままの姿勢でいるんだ」

セアラは両ひざを椅子のひじ掛けにかけ、秘所を露わにしたまま座っていた。太ももの筋肉が引きつって痛かったが、不平を言ってはならないことはわかっていた。呼びだされてやってきた従業員はとても若かった。ヴァレンティンの要望を聞きながらも、ちらちらと彼女に視線を走らせている。

驚いたことに、ヴァレンティンは従業員の態度をとがめたりはしなかった。丈の長い布地がどこにしまってあるかきいたらすぐにさがらせると思ったのに、そうする様子もない。

ヴァレンティンが従業員をセアラの椅子のところに呼んだとき、彼女の体は期待にふるえた。

ヴァレンティンが隣に並ぶと、若者は唇をなめた。

「きみの名前は？」

「トム・パリッシュといいます」

「そうか。ミスター・パリッシュ、きみはこの女性を美しいと思うか？」

トムはセアラをちらりと見た。「ぼくはこんなことを言える立場ではないのですが……美しいと思います」

「つまりきみたちは、客と仲よくなってはいけないとマダム・ヘレーネに言われているのか？」

「いいえ、そんなことはありません。お客様が望まれることであれば、セックスでもなんでもするように言われています」若者は自分の足もとに視線を落とした。「ぼくはここへ来てそれほど長くありませんが、ここが心のなかで望んでいることをなんでもやっていい場所だということは知っています」

「きみは心のなかで彼女に触れたいと思っているか?」

トムは顔を赤らめた。「あとでぶったりしないと約束してもらえるなら」

ヴァレンティンはセアラの向かいにある椅子に腰をおろした。「絶対に痛い目にあわせたりしないと約束する。彼女の体のどこでも好きなところをさわっていいぞ」

トムがセアラの体に視線を向けると、彼女は身をこわばらせた。トムが腕をのばし、乳首につけられた金のリングに触れる。

「痛いですか?」

セアラは首を振った。

ヴァレンティンが静かに笑った。「口に入れて思いきり強く吸ってやれ。彼女はそうされるのが好きなんだ」

トムは彼女のひざに両手をついてかがみこんだ。紅潮した頬の下あたりに、うっすらとひげが生えかけている。彼に右の乳房をくわえられると、セアラはあえぎ声をもらした。

ヴァレンティンがふたたび口を開いた。「吸いながら、彼女のなかに指を入れてみろ。彼女はいやがらないから」

トムに指を二本入れられて、セアラは目を見開いた。ヴァレンティンは無表情に彼女を見つめている。もしわたしが抵抗したら、ヴァレンティンはトムをとめてくれるのだろうか？　だが奴隷だったとき、ヴァレンティンは客に触れられてもどうすることもできなかったのだ。

セアラは、ヴァレンティン以外の男性に体が反応してしまうのを抑えることができなかった。彼も客に触れられて快楽を感じ、そんな自分を呪ったことがあっただろうか？　トムがさらに強く吸い、指を動かした。気持ちばかりが先走った、とてもぎこちない手つきだ。ヴァレンティンはわたしが達するところを見たいのだろうか？　もう少しでいってしまいそうだった。

トムがうめき声をあげながら腰をセアラの下腹部にこすりつけてくると、ヴァレンティンは立ち上がった。「彼のブリーチを開いてペニスを握れ。協力してやるんだ」

セアラがペニスに指を巻きつけたとたん、トムは叫び声をあげながら達した。息をはずませて乳首から口を離す。彼はセアラの胸もとでつぶやいた。「ありがとうございます」そしてほうけたような笑みを浮かべ、ブリーチの股間を濡らして部屋から出ていく。

トムに向かって、ヴァレンティンが硬貨のつまった袋をぽんと投げた。セアラはヴァレンティンが戻ってくるのを待った。彼が一枚の金貨をセアラに向かって指ではじく。冷たい硬貨が彼女の胸のあいだに落ちた。侮辱されたような気がして、セアラの頬はかっと熱くなった。できることなら硬貨をヴァレンティンの顔に投げつけてやりたかった。

「奴隷はお金をもらえないと思っていたわ」

「もらえるさ。主人を喜ばせることができればね」

「わたしがほかの男性に触れられるところを見るのが楽しいの？」

ヴァレンティンのまなざしが険しくなった。「奴隷には、そんな生意気な質問は許されない。奴隷はただ言われたとおりにするだけだ」

「つまり、あなたの奴隷であるわたしは、彼を少しも求めていなかったとしても、今の行為からオーガズムを得るべきだったということ？」

彼は片手をポケットにつっこんだまま、無言でセアラを見た。「体を買われたら、奴隷にはなんの選択肢もない。自分の快楽は得られるときに得るまでだ」

ヴァレンティンは彼女の胸から硬貨をとり、ポケットに戻した。香水のにおいのする濡れた布が腹部に置かれ、セアラは身をふるわせた。「彼の体液をふきとれ。ただし脚のあいだには触れるな。濡れたままのほうがいい」

セアラが言われたとおりにしておとなしく立ち上がると、ヴァレンティンは彼女の腰に黄色いシルクの布を巻きつけた。丈は床に届くくらい長く、左脚が少しだけのぞいている。胸もとを見おろすと、ふたつの乳首はかたくとがっていた。このまま大広間に連れていかれるのだろうか？　服をきちんと着ていたときでさえ、さわろうと近づいてきた酔っ払いのことが思いだされた。こんな姿で行ったりしたら、いったいどんなことになるだろう？

布の結び目を確かめようとヴァレンティンが身をかがめたとき、彼の束ねられた栗色の髪がやわらかな蠟燭の明かりに照らされて輝いた。ヴァレンティンのにおいを感じ、セアラは欲望のあまりめまいがした。ああ、彼のものが自分のなかで荒々しく動くのを感じたい。彼女は無意識のうちにヴァレンティンの頬に手をのばした。彼がセアラの指にキスをし、あたたかく罪深い口のなかに入れる。彼女の体がわずかによろめくと、ヴァレンティンがその腰を支えた。

「仮面も必要だな」彼は引きだしをかきまわし、なかから気に入った仮面をとりだした。それから、セアラの首輪にとりつけた鎖を手にする。彼の瞳は冷たく挑戦的に光っていた。「用意はいいか？」

彼女としてはヴァレンティンを信頼するしかなかった。彼がわたしを傷つけたりするはずがないと信じるしかない。性奴隷だったとき、ヴァレンティンは客に対し、どうすることもできなかったにちがいない。苦痛や辱めを受けるかもしれない状況に、何度も何度も直面したはずだ。セアラは唇を噛んだ。彼はいったいどうやってそんな不安に耐えたのだろう？

「ええ」

ヴァレンティンは彼女を連れて静かな廊下に出た。セアラの裸足の足が赤い絨緞の上を音もなく進んでいく。廊下のつきあたりの開いたドアの向こうから、音楽と静かな会話が聞こえてきた。彼女は呼吸を整えながら、ヴァレンティンのあとにつづいて部屋に入っていった。ほっとしたことに、そこは小さな部屋で、十人ほどの客がいるだけだった。そのなかにピーターの姿もあった。ヴァレンティンがセアラを前に出すと、ピーターは頭をさげた。

「やあ。ちょうどショーが始まるところだ」ピーターはセアラの顔から目を離さなかった。「座らないか?」

ヴァレンティンは近くにある長椅子に腰をおろした。セアラの肩を軽く押し、敷物の上にうずくまらせる。ピーターはセアラの左側に座り、彼女がほかの人から見えないようにした。

円形に並べられた椅子のなかに、黒い髪を腰まで垂らした小柄な女性が立っていた。彼女は裸で、下腹部の茂みはきれいにそってある。彼女は集まった人々に微笑みかけた。

「こんばんは。わたしはレネです。ようこそ」その言葉には明らかにフランスなまりがあった。彼女はドアを指さした。「そこにいるのはパートナーのガスタードです。これからわたしたちのショーをどうぞお楽しみください」

セアラはガスタードが椅子のなかに入っていくのをじっと見つめた。彼は少なくとも百九十センチ以上あり、農夫のように頑丈な体つきをしている。一方、レネは彼より五十センチ近く低い。そのとき、ヴァレンティンがセアラの肩から手をすべらせて乳首のリングをいじりだし、彼女は身をこわばらせた。

ガスタードがブリーチを脱ぐと、女性客が歓声をあげて拍手した。

ピーターが小さく口笛を吹く。「馬みたいにでかいな」

「しかもまだ勃起前だ」ヴァレンティンが人さし指でセアラの乳首のまわりに円を描きながら、つけ加えた。「どうやって入れるか、見ものだな」

あんなに大きなものを自分のなかに入れるなど、セアラには想像もできなかった。しかもレネは小柄だ。ヴァレンティンが手を広げてセアラの乳房を包みこんだ。

レネが凝った装飾の施されたガラス瓶を手にした。「どなたかガスタードにオイルを塗ってくれませんか？」

「むしろきみにオイルを塗ってあげたいよ！」男性客のひとりが叫んだ。

レネが笑った。「塗ってもかまいませんよ」客にウィンクしてみせる。「その代わり、特別料金をいただきます」

金貨や紙幣が投げこまれた。レネがガスタードのものをマッサージするのを見つめながら、セアラはヴァレンティンの太ももにもたれた。彼の愛撫に乳房がうずく。この官能的な演出がすべて彼女にわれを失わせるための仕掛けだったとしたら、みごとに成功していた。

レネとガスタードがすっかりオイルにまみれたころには、投げこまれる金はさらに増えた。レネがガスタードの巨大なものを体のなかにおさめられるかどうか、賭《か》けがはじまった。

賭けが終わって客の歓声が静まると、レネはかたわらのテーブルに置いてあった黒いベルベットの箱を開けた。それを持って、円形に並べられた椅子の前をゆっくりと歩き、箱の中身を客のひとりひとりに見せてまわる。セアラは即座に、箱のなかにおさめられているのが象牙《ぞうげ》のディルドーだとわかった。どれもヴァレンティンがプレゼントしてくれた翡翠のディルドーとよく似ていて、とても精巧につくられている。

レネは低いテーブルの角に腰かけ、脚を開いた。「ガスタードを受け入れるためには、どのディルドーを使えばいいかしら？」

セアラの見たところ、そのなかにガスタードのものほど大きいものはないようだった。隣でピーターがそわそわと身じろぎし、厚い上着がセアラの肌にこすれる。ピーターは彼女の太ももをさすりながら、シルクの結び目をいじった。

レネは箱のなかから二十センチのディルドーを選びとり、ガスタードのものの横に並べてみた。それから頭を振る。「先に口のなかに入れて、できるかどうか試してみないと」

レネが笑っているガスタードの前にひざをつくと、客が手を叩き口笛を吹いた。彼女がガスタードのペニスを手で握ろうとするのを、セアラはかたずをのんで見守った。彼のものはレネの手におさまりきらなかった。あんなに大きくなったものを口のなかに入れたら、どんな感じがするのだろう？　ヴァレンティンでさえかなり大きく、口に入れて吸おうとするたびに息がつまりそうになった。

「セアラ、彼のものはきみの口に入ると思うか？」ヴァレンティンがささやいた。「ピーター、おまえはどうだ？」

「ぼくなら挑戦してみる」ピーターはガスタードに金貨を投げた。

ヴァレンティンがセアラの乳首をきゅっとつねると、レネがゆっくりとガスタードのものを口に含みはじめた。賭けの金額がつり上がり、金貨や紙幣がさらにふたりの前に積まれた。ピーターの手がセアラの腰に巻かれたシルクの下に滑りこんで秘所に触れ、レネの喉の動きに合わせて動く。ガスタードのものがレネの口のなかに消えていくのを、セアラはじっと見つめた。まるで自分の口のなかに入れられようとしているかのように、体から蜜があふれる。そのとき、ピーターがセアラのなかに指を三本入れた。彼女はあえぎ声をあげそうになるのをこらえた。ガスタードは腰を前に突きだして、さらに深くレネの口に押し入ろうとしている。

ガスタードが歓喜の叫びをあげるのに合わせて、セアラも達した。彼女はヴァレンティンのわき腹に顔をうずめ、身をふるわせながらブリーチの生地を噛んだ。ふと、自分が他人の目にさらされていることを思いだした。みんなの注意が自分ではなくレネに向いていることを祈ろう。首につながれている鎖を引っぱられて上を向くと、ヴァレンティンがキスをしてきた。ピーターが体をふるわせながら、セアラから指を抜く。

ふたたび視線を戻すと、レネはすでに立ち上がり、今度はガスタードがテーブルの角に腰かけていた。セアラのちょうど向かい側にいる男女は目の前で繰り広げられる光景に刺激されたのだろう、男性が女性のペチコートをまくり上げ、彼女をつらぬいた。女性の室内履きの宝石をちりばめたヒールが男性の腰にくいこむ。

「彼女はやるぞ」ヴァレンティンが自信ありげにそう言うと、レネは快楽の箱に戻っていった。レネがさっきよりはるかに大きなディルドーを選んで観客のほうを向くと、ヴァレンティンは微笑みながらセアラを見おろした。ひんやりとしたなめらかな石が熱く濡れた肌にくいこんでいくときの感触は、彼女も知っている。セアラは彼の引きしまった太ももに手を這わせた。

ヴァレンティンが彼女の手を押さえつけた。「こら。さわっていいとは言ってないぞ」

セアラは手を引いた。自分が奴隷であることをほとんど忘れかけていた。ピーターがヴァレンティンに向かって顔をしかめ、彼女を見つめる。セアラはピーターからすぐに目をそらした。奴隷を演じつづけなければ、ヴァレンティンを信じなければ、と自分に言い聞かせる。

ガスタードにディルドーで秘所を愛撫され、レネがため息をついた。「やさしくしてくれてありがとう。おかげで不可能に挑戦する心の準備ができたわ」彼女がディルドーを抜くと、ガスタードは彼女のウエストをつかみ、自分と向きあわせた。レネの両脚が大きく広げられた彼の太ももに触れる。

ガスタードがレネをゆっくりと自分の体の上におろしていくと、セアラは唇を噛んだ。レネがどう感じているのかを想像する。すると秘所がきつく締まり、セアラは快楽を引きのばすようにひざをかたくすりあわせた。レネがガスタードをすべてのみこんでしまうまで、永遠にかかるように思われた。自分のものがレネのなかに完全におさまると、ガスタードはふたたび彼女を抱き上げ、観客のほうを向かせた。

秘所をガスタードにやさしく愛撫されて、レネの顔は喜びに輝いている。

「ちゃんと入ると言っただろう?」ヴァレンティンがセアラの耳もとにささやいた。「女が本当に男を求めているときは、ちゃんと入るものなんだ」

セアラは、自分がヴァレンティンとディルドーを同時に受け入れたときのことを思いだし、彼に寄り添ってやわらかなウールの上着に乳房を押しつけた。

観客がレネとガスタードに拍手を送るなか、ヴァレンティンは立ち上がった。そして、硬貨の入った袋をガスタードに投げる。「ありがとう。とても……参考になったよ」そう言うと、セアラのほうを向いた。「今からはピーターも一緒だ」

「ええ、ぜひ」セアラはピーターに微笑みかけた。ここからはどうしてもピーターの協力が必要だ。彼は今でもわたしを助けてくれるだろうか？

ピーターが彼女の手にキスをした。「喜んで」

ヴァレンティンが先に立って部屋に戻り、三人とも入ったところでドアを閉めた。ヴァレンティンはそのままドアにもたれ、セアラとピーターを見つめた。

「本当にこれがきみの望みなのか、セアラ？」

セアラはヴァレンティンを見つめ返した。自分でも驚いたことに、彼にすべてを任せてしまうのは心地よかった。ヴァレンティンが普段よりも高圧的にふるまうことで、彼女自身もこれまでになくみだらに、大胆になることができる。

そもそも、ヴァレンティンのように複雑な人に信頼され、愛されるには、普通の尺度でものごとを考えてはいけないのだ。自分自身や自分の過去をどうしようもなく憎んでいる人が、どうして心から誰かを愛することができるだろう？　彼は過去を忘れようと必死に努力したが、実際はただ感情を抑えたり、激しい性欲をコントロールしたりすることに成功しただけだった。ヴァレンティンはもうそのことに気づいただろうか？　わたしとピーターは、ヴァレンティンを過去の足かせから自由にすることができるの？

今回のことで、信頼できない相手――自分を傷つけるかもしれない相手に、身を任せなければならないのがどんなものかよくわかった。性奴隷という役を演じてみなければ、ヴァレンティンとピーターが過去にどれだけのことを我慢してきたか、決して理解できなかっただろう。

セアラはヴァレンティンの問いには答えず、ひざまずいて張りつめたブリーチにキスをした。

「わたしは楽しんでいるわ。あなたは？」

ヴァレンティンが微笑み返したとき、誰かがドアをノックした。ピーターが今夜のために、秘密の演出を用意してくれているのはわかっている。これはそのうちのひとつにちがいない。

セアラはヴァレンティンを見上げた。

「ドアを開けて」

20

ふたりの女性はそれぞれ白いトーガを身にまとい、片方の乳房を露わにしていた。髪は結い上げ、花のリースをのせている。セアラは春のにおいを深く吸いこみ、ふたりに言われるまま腰をおろした。ピーターとヴァレンティンは向かいにある金色の椅子に座った。

女性のひとりがセアラに微笑みかけた。「わたしはクロエといいます。こちらはフローラ。マダム・ヘレーネに言われて、あなたがお連れの殿方にさらに魅惑的に見えるようお手伝いしに来ました。よろしかったでしょうか?」

セアラはどきどきしながらうなずいた。クロエよりも少し肌の色の濃いフローラが、覆いのかかった盆を運んでくる。クロエが盆を受けとってベッドにのせたとき、セアラは振り向いてなかをのぞきこもうとしたが、なにも見えなかった。ヴァレンティンは椅子の背もたれに身をあずけ、ふくらんだ股間に手を置いている。ピーターは座ったまま身をのりだして、三人の女性を一心に見つめていた。

「まず、目のまわりにコール墨を塗ります」

クロエが細い筆を手に身をのりだし、なにかねっとりしたものでセアラのまぶたに線を描く。セアラはまばたきをしないようにじっとしていた。クロエのむきだしの乳房が自分の胸と触れあうのは偶然だろうか？

「次は口紅を塗ります」

今度は少し太めの筆だった。すでにはれ上がった唇を刺激されたとたん、下腹部がうずき、乳房が張りつめる。頬にほんの少し紅をさし、化粧は完成した。クロエが手をとめると、フローラがセアラに見えるように鏡をかざしてしてくれた。目が異様に大きく見え、まっ赤な唇がほんのり上気した象牙色の肌に映えてなんとも言えず官能的だ。

フローラは鏡をしまいながらセアラにキスをした。セアラが反応する間もなく、ふたりの女性は彼女の乳首を口に含んで強く吸った。クロエはさらに別の筆と口紅をとりだし、いきなりセアラの濡れた乳首にべったりと塗りつけだした。ピーターが低くうめき、ブリーチのボタンを外しはじめた。

筆がかたくとがった乳首の上を何度も行き来し、男性の口に含まれるのを待ちこがれるまっ赤なベリーのように染め上げていくあいだ、セアラはただヴァレンティンだけを見つめていた。彼もセアラを見つめ返し、期待するかのように唇をなめた。

気づくと、ふたりの女性がセアラの体を動かそうとしていた。クロエが積み上げたクッションの山にセアラをもたれさせる。フローラは男性たちに赤いシルクのスカーフを一枚ずつ渡した。「これで奴隷の手首をベッドにしばりつけてください」

ヴァレンティンとピーターは指示にしたがい、そそりたつ股間をかばいながら、ゆっくりと近づいていった。セアラの手首をベッドの柱にくくりつけるとき、ヴァレンティンは彼女に荒々しくキスをした。そして、その場にいる五人全員がゆうに寝られるほど巨大なベッドに座る。ピーターもヴァレンティンの隣に腰をおろした。両腕を大きく広げられたせいで、セアラの乳房が高く突きでている。ヴァレンティンの胸に、あのまっ赤に塗られた乳首をくわえ、〝お願いだからやめて〟と懇願されるまで何時間でもしゃぶりつづけたいという気持ちがこみ上げた。

セアラの三つ編みがほどかれ、黒髪が腰まで落ちて白い肌と下腹部の茂みを覆った。ヴァレンティンの股間が激しく脈打った。あのまっ赤な唇をペニスでこじ開け、喉の奥まで突き入れてやりたい。彼は上着とベストを脱ぎ、クラヴァットをゆるめた。

ブロンドで胸の大きなクロエが、セアラの両脚を広げて秘所を露わにした。そこはすでにぐっしょりと濡れ、花芯がはっきりと見える。

フローラがその敏感な突起を軽くなでた。「殿方のおふたりにひとつ提案してもよろしいでしょうか？　陰毛を少しそったほうが、彼女はもっと魅力的に見えますわ」

ヴァレンティンはやっとの思いでうなずいた。「やってくれ」

クロエは慎重な手つきでセアラの陰毛をほとんどすべてそり、秘所全体を露わにした。セアラはじっと唇を噛みしめていた。フローラが太い球状の柄がついた筆をとりだし、さっきとは別の壺に浸す。ヴァレンティンはうめき声を押し殺した。

筆が思わせぶりにゆっくりと弧を描くたびに、セアラの秘所は細かい金粉で彩られていく。規則正しい筆の動きに合わせてセアラが腰をくねらせた。一方、クロエは小さめの筆でクリトリスをまっ赤に染めていった。フローラが筆を逆さに持って太い柄を秘所にさし入れると、ヴァレンティンはごくりとつばをのんだ。

フローラがヴァレンティンのほうを振り向いた。「奴隷をのぼりつめさせますか?」

ヴァレンティンはセアラの瞳をのぞきこんだ。「いや、まだだ」

隣でピーターが小さく咳払いをした。「ぼくたちが奴隷だったときは、ひと晩じゅう一度も絶頂に達することを許されなかった。もし達したら罰せられたものだ」

ヴァレンティンは黙りこんだ。彼の知る限り、ピーターが他人の前でトルコ時代のことについて話すのはこれが初めてだ。つらい過去をのりこえることができれば、ピーターももう正気を保つためにアヘンやセックス、そしてヴァレンティンに依存しなくなるかもしれない。

ヴァレンティンは、妻の秘所にさし入れられた筆の動きを見つめつづけた。「そんな夜には、ぼくたちはあとでお互いをしずめた」驚いたことに、他人の前であの悪夢を語ることにヴァレンティンも安らぎに似たものを感じていた。

ピーターは座ったままのび上がって、上着とベストを脱いだ。「客はぼくたちの両手を背中でしばり、互いに触れられない状態にしたまま、ほったらかしにしておもしろがったものだ」ヴァレンティンにちらっと目をやってから、セアラに挑戦的なまなざしを向ける。「だからぼくたちは、ときには口で互いをなぐさめあった」

クロエがため息をついてピーターのひざに手を置いた。

「ぜひ見せていただきたかったわ。おふたりならとてもすてきなカップルだったでしょうね」

ヴァレンティンはピーターの目を避けて、ずっとセアラを見つめていた。彼女が頂点に近づいているのがわかる。ヴァレンティンはセアラを見つめたままピーターに話しかけた。

「それなら、この奴隷をいかせてやるべきだと思うか？　それとも、ぼくたちと同じように苦しめるか？」

ピーターは彼女を見おろした。「いかせてやれよ」

ヴァレンティンがフローラにうなずきかけると、彼女はセアラのなかに押しこんだ太い柄を勢いよく動かした。クロエもそこに加わり、セアラの花芯を指でつまんで刺激する。

セアラは悲鳴をのみこんで体を弓なりにそらし、絶頂に達した。ピーターもブリーチの残りのボタンを外し、張りつめたものを何度か手でこするうちにたちまち達した。

セアラの情熱のにおいに包まれながら、ヴァレンティンは歯をくいしばって欲望を抑えた。股間がどうしようもなくセアラを求めていて、息をするのもつらいほどだ。

「ありがとうございますと言うんだ、セアラ」ヴァレンティンは命令した。

セアラは目を開け、小さな声で礼を言った。

クロエとフローラはトーガの肩の結び目をほどいて両方の乳房を露わにした。「お客様がご満足できるよう奴隷にオイルを塗りましたら、わたしたちは失礼します」

ヴァレンティンはピーターに、セアラの手首を自由にしてやるように言った。下腹部があまりにも張りつめていてベッドから動けない。早々と欲望を発散させたピーターがうらやましかった。もっとも、ヴァレンティン自身もあとどのくらいもちこたえられるかわからなかった。もう三カ月以上も妻を抱いていない。なんとしても彼女のなかで自分を解き放ちたかった。その前に達してしまうわけにはいかない。

熟練した女性たちの愛撫を受けたセアラが猫のように体をくねらせるのを見て、ヴァレンティンの口のなかはからからに乾いた。オイルを塗られたセアラの肌が蠟燭の光を受けて輝いている。太ももとヒップにオイルを塗ってもらうため、彼女が半身を起こした。

クロエが身をかがめ、セアラのあごに片手を添えてキスをした。クロエの舌先がセアラの口のなかに入りこんでいく。もう限界だった。ヴァレンティンはブリーチのボタンを外し、股間を解放した。獲物をねらうように近づいてきた彼を見て、クロエが微笑んだ。

「お手伝いしてくださるのですか？」そう言って、オイルの瓶をさしだす。

ヴァレンティンはそれを受けとると、てのひらにオイルをぽたぽたと垂らし、両手をすりあわせてあたためた。ピーターも近づいてきたのでオイルの瓶を渡す。セアラのウエストに手をあてて中指をヒップの割れ目にすべりこませたとき、ヴァレンティンの体に甘い戦慄《せんりつ》が走った。

セアラはクロエから顔を離してヴァレンティンのほうを向こうとしたが、彼はそうさせなかった。「ピーター、こっちへ来い。セアラが口で愛撫してくれる」

ピーターのものはすでにかたく張りつめていた。ヴァレンティンはセアラの腰に手をあてたまま、彼女がピーターのものを口に入れるのを見守った。それから、オイルに濡れた長い指をセアラのアヌスにさし入れる。彼女の口の動きに合わせてピーターがあえぎはじめると、ヴァレンティンはもう一本指をさし入れた。

彼の指の動きに合わせてセアラが徐々に腰を後ろに突きだす。すでに四本の指が入っていたが、それでもまだヴァレンティンの高まりにはおよばない。彼女がうめき声をあげながらヴァレンティンの指をきつく締めつけると、彼は目を閉じた。

クロエがヴァレンティンの背後から手をまわして彼の胸を愛撫しはじめた。背中にクロエの乳房が触れる。

「お願いだ、ヴァレンティン。触ってくれ。お願いだから触ってくれ」ピーターがささやいた。

ヴァレンティンは左手をピーターの太ももに置き、ブリーチをさらに引きさげた。ピーターがなにをしてほしがっているかはわかっている。自分たちの複雑な関係をセアラに理解させるには、こうするのがいちばんだろう。ヴァレンティンは注意深くセアラとピーターのあいだに体を入れた。セアラの左手はベッドに沈み、腕はピーターの右の太ももに添わせている。ヴァレンティンは自分の高まりをピーターのてのひらに押しあて、それをピーターが握りしめるのを待った。

それから、オイルを塗った二本の指をピーターの尻にすべりこませた。妻と親友がともに喜びを募らせていくのをじっと見守る。ヴァレンティンはセアラの口の動きとピーターの反応に合わせて、規則正しく指を動かしつづけた。

ヴァレンティンのものも大きくふくらみ、先端から液がにじみでて、徐々にきつく握ってくるピーターの手を濡らした。ピーターが達しそうになって叫び声をあげると、ヴァレンティンはセアラをどかせ、ピーターの相手をクロエとフローラに任せた。

わずかな距離をじりじりつめて近づいてくるヴァレンティンを、セアラは唇をなめながら見つめた。すみれ色の瞳が欲望にきらめいている。そのときふいに抱き上げられ、彼女は息をのんだ。そのままベッドまで連れていかれ、彼に背を向けた状態で横たえられる。そのとたん、いきなり後ろからつらぬかれた。強烈に突き上げられて、セアラの体はヘッドボードに勢いよく打ちつけられた。ヴァレンティンがふたたび叩きつけるようについてくる。彼のものがまるで拳のように大きく感じられ、つかれるたびに体じゅうが喜びで満たされていった。

三度目につかれたとき、セアラは絶頂に達した。ヴァレンティンの大きく張りつめたものを、きつく締めつける。歓喜のうめきをあげながらも、彼は動きをとめなかった。そしてそのままセアラの体を新しい快楽のステージへと導いていった。

片手でセアラの左右の乳首を同時にまさぐり、もう片方の手で秘所をもてあそびながら、ヴァレンティンが彼女の耳もとでなにやらささやきはじめた。肌と肌がぶつかりあう音と、無意識にもれてしまう自分自身の叫び声に邪魔されながらも、セアラはそのささやきに必死に耳を傾けた。

「双子よりぼくのほうがいいだろう？　ぼくのものが恋しかっただろう？」欲望のせいで頭がかすみ、セアラは言葉を返すこともできなかった。

「ああ……」ふたたびオーガズムの波が訪れた。最初よりも激しい。だが痙攣が完全にしずまる前にヴァレンティンが体を離してしまい、彼女はせつなげな声をもらした。

彼はセアラの顔の両側でヘッドボードをつかみ、耳もとに唇をよせた。「答えるんだ」

彼女は目を閉じた。「恋しかったわ。あなたのすべてが」そう言って、ヴァレンティンの指をなめる。彼の指はセアラ自身のにおいがした。高まりの先端が秘所をつついてくる。「あの双子にはなにも感じなかった。彼らはあなたを呼び戻すための手段にすぎなかったの」

ヴァレンティンは身じろぎもせず、ヘッドボードに彼女の体を押しつけていた。ドラムのように激しい鼓動が、セアラの肌を通して伝わってくる。

「なぜぼくに帰ってきてほしいと思った？」

「あなたを信じるべきだったと気づいたの。あなたとピーターのことなんだもの。父やほかの人の話をうのみにせず、あなた自身の言葉を聞くべきだった」

「そして実際にぼくの口から、うわさが本当で、昔ぼくとピーターがつきあっていたと聞いたら？」

「信じたでしょうね」

「それからどうした？」

「どうもしないわ。あなたはわたしの夫だもの。ありのままのあなたでいいの」

ヴァレンティンが顔をのぞきこんでくる。「それはなぜだ、セアラ？」

セアラは彼をまっすぐ見つめた。「あなたはわたしにありのままでいいと言ってくれたわ。わたしも同じように言ってもいいでしょう？」

ヴァレンティンが目を閉じた。セアラの目に、彼の長いまつげがぼんやりと見えた。

「それとこれとは話が別だろう」

セアラは彼の口もとにキスをした。「わたしにとっては同じよ」

ヴァレンティンは微笑んで表情をやわらげ、また彼女のなかに入ってきた。彼のものが力強く脈打つのを感じ、セアラの顔が喜びに輝いた。三度もつかれないうちに、彼女の体はヴァレンティンの熱い液に満たされた。

「ありがとう、セアラ」彼がつぶやいた。「きみのその気持ちがうれしいよ」

＊　＊　＊

セアラはピーターとヴァレンティンのあいだで半分まどろんでいた。ふたりの男性は彼女の左右で体を起こしている。ピーターの首にかけられた鎖に、半分に割れた古い硬貨がぶらさがっていた。以前ヴァレンティンが身につけていたものの片割れだ。クロエとフローラはピーターにたっぷり満足させてもらい、金貨の入った袋を持ってすでに部屋からいなくなっていた。ヴァレンティンはセアラの右の乳首をもてあそんでいた。ピーターは彼女の秘所に手をのばし、愛撫している。探るようにもぐりこんできたピーターの指からセアラが反射的に逃げたとき、彼女のヒップがかたくなりかけたヴァレンティンの下腹部にあたった。

ピーターはセアラに笑顔を向け、それからヴァレンティンにも微笑みかけた。「セアラは奴隷がどういうものかわかっていないな。奴隷はどんなにつづけざまに抱かれても、疲れたり痛がったりしちゃだめなんだ。ひと晩じゅう、いつでも主人の欲求にこたえられる状態でないといけない」

ヴァレンティンの長い指がセアラの胸を覆った。「そのとおりだ、ピーター。ぼくたちは、求められれば相手が誰であろうと喜ばせなければならなかった」

ピーターは自分のものをさすりながら、遠い目をして言った。「ひと晩じゅう勃起していられるという点では、おまえのほうがずっと上だったな。ぼくはそこまでじゃなかった」彼はそこで顔をしかめた。「どうしてもつづかないときは、惨めだった。最低の気分だったよ」

「しかしそのうちに、ちゃんとペース配分ができるようになったじゃないか」ヴァレンティンは言った。「十六歳でも、絶頂に達するのが早すぎたり遅すぎたりするほうが普通なんだ。ぼくたちは相手の目をごまかし、なんとか精力を長持ちさせるテクニックをつかんでいった」

ピーターが身をふるわせた。「でないと、ぶちのめされたからな。もう忘れたか？」

「まさか。ぼくの背中にもおまえと同じように傷があるんだぞ」

ヴァレンティンは考えをめぐらした。セアラはこの会話をどのくらい理解しているのだろう？　だが、ピーターが記憶をたどるのを邪魔したくはなかった。ピーターには、現在の暮らしや将来の幸せを脅かす過去の重荷をおろす必要がある。

「傷ならおまえのほうがぼくよりたくさんあるだろう、ヴァル。あいつらは、おまえを怒り狂わせるためにぼくを虐待したものだ」

ヴァレンティンは笑みを浮かべようとしたが、うまくいかなかった。過去の重荷をおろす必要があるのはピーターだけではないらしい。

「ぼくは性奴隷として働くのがいやでならなかった。誰かがぼくの顔を傷つけて、客がよりつかないほど醜くしてくれるのを、ずっと願いつづけていたよ」いつの間にか強くつかんでいたセアラの乳房を放すと、彼女はほっとしたように息を吐いた。「ぼくは男からセックスを強いられるのがいやだった」そう言いながら、ヴァレンティンはセアラが聞いてくれていることを願った。今聞いてもらえれば、地獄のような体験を繰り返し語らずにすむ。

ピーターが身をのりだし、ヴァレンティンの右の乳首の下にうっすらと残っている傷跡に触れた。「おまえが男の客に抵抗しつづけたときに、マダム・テゾーリがこの焼き印をつけたんだったな」彼はそこで吹きだした。きらびやかな部屋のなかに、かすれた笑い声が響く。「ぼくは女でも男でもどっちでもよかった。殴られないことさえわかっていれば、誰にでも喜んで奉仕したよ」

ヴァレンティンは、親友のなにかにおびえているような目を見つめた。「だから、おまえは男としてぼくより劣っていると思ったのか？」

「ああ」

「ぼくは自分をばかだと思っていたよ。おまえみたいになりたいとどれほど思ったことか」

「客なら誰にでもこびへつらう、ぼくみたいな淫売に？」

「ちがう。おまえのようにむやみに人を刺激しないだけの分別がある人間になりたかった」

ピーターはうろたえた。「誰にでも限界ってものがあるんだ、ヴァレンティン。おまえだって例外じゃない」

「ぼくはついに降参したよ、ピーター。初めてユセフの相手をさせられた夜、マダム・テゾーリにお願いだからこのまま死なせてくれと懇願した」ヴァレンティンはおぞましい過去の記憶を頭から振り払い、自分の唇に触れるセアラの心地よい肌の感触にふたたび意識を向けた。目を開けてみると、ピーターがまだこちらを見つめていた。「なんだ？　なにを言わせたい？もう何年も昔のことだ。ぼくたちはもう、あのころのぼくたちとはちがうんだ」

ピーターはセアラを見つめ、考えこむような顔をした。「ああ。そしておまえの妻は、ぼくたちを受け入れようとしている。体に傷跡が残っていようと、心を病んでいようと」

ヴァレンティンはセアラを見おろした。彼女が静かにじっと見つめ返してくる。そこにはふたりの会話に対する侮蔑や嫌悪の色はみじんもなかった。ひょっとしたらセアラは、ぼくとピーターに過去の傷を癒《いや》す機会を与えてくれたのかもしれない。下腹部がうずき、ぴんと張りつめて彼女の背中にあたった。セアラのなかに入りたかった。過去のことを話すたび、ヴァレンティンは自分が汚れるような気がした。目の前に当時の常連客たちの姿が浮かび、分別を失いそうになってしまうのだ。そんなことの繰り返しはもうごめんだった。

ヴァレンティンは身をかがめてセアラの乳首にキスをした。これまでぼくは、ピーターが内なる悪魔を遠ざけるためアヘンや酒に逃避するのを非難してきた。だが自分自身は、女性と次々に関係を持つことで内なる悪魔から逃避していたのだ。女性と次々に関係を持つ――それがどうしてピーターよりましだと言える？

セアラがヴァレンティンの太ももに身をよせ、彼のものをなめた。ヴァレンティンがセアラの頬をなでると、やがて彼女が顔を上げた。彼は言った。「ぼくの上に座って」

セアラが身を起こしてヴァレンティンのひざに這い上がる。身体を後ろ向きにされ、ウエストをしっかりとつかまれて持ち上げられると、彼女は息をのんだ。蠟燭に照らされた鏡のなかのからまりあったふたりの身体がよく見えるよう、ピーターが体をどけた。

ヴァレンティンはセアラの体を自分の高まりの上にゆっくりとおろした。つらぬかれながら彼女が目を閉じると、ヴァレンティンは乳首をつねった。

「目を閉じてはだめだ。きみが絶頂に達するときの顔が見たい」

欲望に満ちた瞳で、セアラは鏡のなかのヴァレンティンをじっと見つめた。彼女の体はとても敏感になっていた。熱く張りつめた彼の高まりが脈打ちながら入ってくるのが感じられる。

「奴隷役は気に入った?」

「気に入ったところもあるわ」

ヴァレンティンはピーターのほうに顔を向けた。「セアラはいい奴隷だったか?」

ピーターが起き上がった。「協力的だったことは確かだよ……なかなか楽しかった」

ヴァレンティンはセアラの乳首のリングをもてあそんだ。「彼女も満喫したようだ」きゅっとリングを引っ張る。「マダム・ヘレーネの部屋を裸で行き来するのを楽しんでいたよ」

セアラは頬を赤らめたが、彼の言葉を否定しなかった。ヴァレンティンが脚を広げ、彼女の体をさらに深く沈める。そして彼女の耳に鼻先をつけた。「みんなの前でピーターにいかせてもらってよかっただろう?」

「ええ」

「今ここでピーターになめられるのも気持ちいいはずだ」ヴァレンティンはピーターの肩に触れた。「ぼくの代わりになめてやってくれ。だが、まだいかせるなよ」

ピーターは身をかがめ、嬉々《きき》として要望にこたえた。だんだん荒くなるセアラの息づかいに、ゆっくりなめる舌の音が重なる。彼女の秘所がヴァレンティンをきゅっと締めつけた。ヴァレンティンはピーターをそっと押しのけると、鏡に映るセアラの秘所を見つめながら、彼女の指先をそこへ導いていった。

「自分がどんなに興奮して濡れているかわかるか?」言いながらセアラの指をさらに下に持っていき、入口に触れさせる。「ほら、こんなにぐっしょり濡れているだろう?」

ヴァレンティンはセアラのてのひらを彼女の秘所にぐいと押しつけた。セアラの顔に苦悶《くもん》の表情が浮かぶ。「家族や友達が今のきみを見たらなんて言うと思う? 裸でふたりの男に抱かれて喜んでいるきみを見たら」

「とんでもない女だと思うでしょうね。家族の恥だと」

ヴァレンティンがピーターにうなずきかけると、ピーターはまたセアラの秘所に顔をよせた。すばやい舌の動きが彼女をどんどん快楽の高みへ導いていく。ヴァレンティンの合図でピーターが舌の動きをとめたとき、セアラはたまらず悲鳴をあげそうになった。

ヴァレンティンは鏡のなかの彼女を見すえた。「お父上はきみのことをどう思うだろう?」

欲望にかすむ意識のなかで、セアラはヴァレンティンの太ももに爪をくいこませた。彼につかみかかっていきたい衝動をこらえ、鏡に映ったこのうえなくみだらな自分の姿を――ヴァレンティンの大きなブロンズ色の手に右の乳房を覆われ、彼の高まりにつらぬかれた自分の姿を凝視する。ヴァレンティンの全身からふるえが伝わってきた。ピーターはセアラの内ももを愛撫するのをやめ、代わりにヴァレンティンに手をのばした。

「もし父が見たら、結局、わたしはあなたの妻にふさわしかったのだと思うでしょうね」言葉の意味を誤解されないよう、セアラはゆっくりと慎重に言った。「そしてわたしも父の言葉に納得すると思うわ。わたしたちは似合いの夫婦なのよ」

ヴァレンティンの息づかいが荒くなった。彼のものがセアラのなかでさらに大きく張りつめる。「ピーターを口に入れて、きみたちふたりを同時にいかせてもいいかい？　彼はぼくたちの横にうずくまればいい」


眠りから覚めようとしたとき、手首にかけられた手錠がかちゃりと音をたて、ヴァレンティンははっとした。ユセフが戻ったのか？　目を開けると、ヴァレンティンはまだセアラやピーターと一緒にベッドであおむけになっていた。左右の手首は手錠でヘッドボードにつながれている。恐怖にかられて足を動かそうとしたとき、両足首も鎖でつながれていることに気づいた。

「この妙なものを外せ」

「ヴァル、なにを怖がっているんだ？　ここにいるのはぼくとセアラだけじゃないか」

ヴァレンティンは拳を握りしめた。自分の意思に反してとらわれることがぼくにとってどういうことか、ピーターはわかっているはずだ。ぼくがいちばん恐れていることをよりによってこのふたりがするとは、いったいどういうことだ？　ぼくを怒らせて、どうするつもりだ？

セアラが静かな表情で隣に横たわった。「怒らないで。わたしたち、あなたを助けたいの」

彼女はガラスの瓶に指を入れた。蘭《らん》の花の強烈な香りに、ヴァレンティンの体がこわばった。ユセフが好んだ香りだ。ユセフを無理やり受け入れさせられた日々がよみがえる。この香りを体や口から洗い流すのに何日もかかった。しかし、記憶から洗い流してしまうことはついにできなかった。そのこともピーターは知っているはずだ。

セアラがオイルを塗った人さし指でヴァレンティンの乳首の上に円を描く。ささやかな愛撫に反応し、乳首がかたくなった。セアラが彼の胸全体に円を描いていく。ヴァレンティンはセアラと目を合わせようとはせず、彼女は手もとだけに集中していた。やがてセアラは彼の体にまたがり、張りつめたものを互いの腹部にはさんで押さえつけた。

蘭の香りのなかでも、ヴァレンティンはセアラのにおいをかぎとり、自分の高まりが彼女の蜜で濡れるのを感じた。セアラが指で彼の髪をすき、唇にキスをする。ああ、手足をつながれていても彼女にこたえたい。やがてセアラの口がさがっていき、あごを軽く嚙んで胸へ向かった。やさしく乳首を嚙まれ、ヴァレンティンは身をふるわせた。ひとつひとつの愛撫に下腹部がどんどん張りつめていく。

ピーターがヴァレンティンの脚と足首をさすった。セアラが上体を浮かせ、濡れた秘所をヴァレンティンに見せつける。「わたしをなめて、ヴァレンティン」

ヴァレンティンはまじまじと彼女を見上げた。「今からぼくがきみの奴隷か？」

セアラは彼の目をまっすぐ見つめながら自分の下腹部に触れ、指を一本なかに入れた。

なんともそそられるみだらな光景に、ヴァレンティンは歯をくいしばった。「手錠を外せ。ぼくのやり方で喜ばせてやる」

「そうなりたい？」

セアラは彼の胸から顔の上に移動した。「本当にわたしをなめたくないの？」

甘い蜜がヴァレンティンの唇にしたたり落ちた。まるで喉が渇ききっていたかのように、彼は夢中でそれを飲みこんだ。自由になろうとして、ふたたび手足に力をこめて鎖を引っぱる。しかし、金属のかせはびくともしなかった。しばられたままセアラと快楽に溺れることを自分自身に許せるだろうか？　過去の記憶を忘れ、彼女を信じることができるのか？

うめき声をこらえながら、ヴァレンティンは舌をセアラの花芯につけ、弱々しく円を描いた。彼女はすばらしい味がした。濃い蜜が舌を伝って喉の奥にすべり落ちていく。彼はふくらんだ花芯を口に含んだ。自分の下腹部にピーターが口をつけると、ヴァレンティンはびくっと身をふるわせた。一瞬、過去の恐怖がよみがえる。だが、セアラのにおいを深く吸いこむと、気持ちが落ち着いた。

それだけでなく、ヴァレンティンはピーターに力強く吸われる感触も楽しみはじめていた。ピーターの荒々しい愛撫は、セアラの愛し方とはまたちがう喜びをもたらしてくれる。ピーターは三本の指をヴァレンティンのアヌスに入れ、彼を灼熱《しゃくねつ》のような興奮へと導いていった。セアラがヴァレンティンの顔の上に身を沈めると、ヴァレンティンはうめき声をあげて舌を彼女の奥深くにもぐりこませた。ピーターがさらに激しくヴァレンティンのものを吸う。ヴァレンティンは自分とセアラがともに頂点に近づいていることを感じた。

セアラの体が顔の上から離れ、ピーターと場所を入れ替わった。彼女はヴァレンティンの高まりの上で身がまえた。彼を見つめるセアラの目は、激しい欲望とかすかな不安に陰っている。

「ヴァレンティン、あなたをなかに入れたいの。ピーターもわたしも決してあなたを傷つけたりしない。信じてくれる?」

セアラとピーターがヴァレンティンの返事を待って動きをとめたとき、彼は気づいた。三人がひと晩かけてしてきたことは、すべて互いを信頼することだったのだ。セアラはぼくたちに、過去の不名誉な性体験を新しい官能的な記憶に置き換える機会を与えてくれたのだ。しかも彼女はぼくに、ピーターの愛撫を怖がらなくてもいいということにまで気づかせてくれた。

ヴァレンティンは微笑んだ。「きみたちふたりともほしい」セアラがひと思いに腰を沈めた。灼熱のなかに迎え入れられ、ヴァレンティンは大きく息をのんだ。首を曲げて夢中でピーターの高まりを捜し、口に含む。ヴァレンティンはセアラの腰のリズムに合わせてピーターを吸い、ともにクライマックスへとのぼりつめていった。

ヴァレンティンとつながったふたつの体が同時に達すると、彼自身も激しく身をふるわせた。

セアラの秘所がヴァレンティンを締めつけ、ヴァレンティンがピーターを締めつける。下腹部の鈍い痛みとともにヴァレンティンの精液がセアラの体のなかにまき散らされると同時に、ピーターの熱い精液がヴァレンティンの喉を流れ落ちていった。身をふるわせながら、ヴァレンティンは目を閉じた。こんなに満たされたのは生まれて初めてだった。

セアラは手錠を外し、ヴァレンティンとピーターのあいだにふたたび身を横たえた。ヴァレンティンがセアラの髪をなで、ピーターは彼女の腰に手を添えている。セアラがふたりを結びつけていた。彼女は自分がふたりに安らぎをもたらせたことを願った。

ヴァレンティンがセアラをつついた。「セアラ、まだ眠ってはだめだ。ぼくたちのとっておきの秘技をまだきみに見せていない」

セアラは彼をけげんそうに見た。「今のよりもすばらしいことなんてあるの？」

「すぐにわかる」

ピーターが寝返りを打ってあおむけになった。彼の下腹部はすでに張りつめている。「ぼくは下でいいよ」

ヴァレンティンがセアラを抱き上げ、自分と向かいあわせになるようピーターの太ももの上にまたがらせた。セアラに手を貸しながら、ピーターの高まりを彼女の秘所にすべりこませる。

ピーターがセアラのウエストに手をまわしてやさしく引っぱり、そのまま彼女をあおむけに倒した。セアラは息をのんだ。ピーターが自分の脚にセアラの脚を重ねて大きく広げ、彼女の足を爪先で押さえつける。

セアラが身じろぎすると、ピーターの胸毛が背中をくすぐった。彼の左手がセアラの乳房を覆う。こんなにあられもない姿になるのは不思議な気分だった。

「セアラ、すてきだよ」

ヴァレンティンは彼女の秘所にキスをし、自分の高まりを握った。そしてセアラのなかにそっと二本の指を入れる。すでになかにおさまっているピーターの高まりを指でまさぐると、ピーターが身をふるわせた。ヴァレンティンが二本の指を広げたとたん、セアラは無我夢中で彼の名前を叫びはじめた。

ヴァレンティンは指を抜いてなめ、あらためて自分の高まりを握りしめた。その先端はたっぷりと潤い、ピーターの上に重なってなめらかになかに入った。奥まで入ると、ヴァレンティンは動きをとめ、両腕をのばして自分の体重を支えた。

「自分でさわってごらん、セアラ。ぼくとピーターの両方を。こんなに広がっているよ」

セアラはあえぎながら片手でふたりの高まりを握った。彼女の入口は信じられないくらい広がっていた。ヴァレンティンがセアラの手をふたりの体のあいだにとらえたまま、腰を動かしはじめた。ピーターも、ヴァレンティンとタイミングを合わせながら腰を動かした。身体が強烈に引きしぼられ、セアラは悲鳴をあげながら絶頂に達した。

彼女のふるえがおさまるまでふたりの男性は動きをとめて静かに待っていたが、やがてまた腰を動かしはじめた。だんだん激しくなる動きのなか、セアラは身をよじった。ヴァレンティンとピーターの汗で肌がつるつるすべり、あえぎ声がもれる。ヴァレンティンはピーターと同時に達し、セアラにもふたたびオーガズムの波が訪れた。セアラは歓喜の波に身を任せながら、解き放たれたヴァレンティンとピーターの精液がまじりあって子宮からあふれだし、自分の体をぐっしょり濡らすところを想像した。

ヴァレンティンがうめき声をあげながらセアラから体を離し、彼女の隣に転がった。やがてピーターも彼女から体を離す。セアラに見つめられて、ヴァレンティンは彼女の頭を自分の肩にのせ、ピーターの腰に手をまわした。セアラはヴァレンティンとピーターのにおいがまじりあった空気を深く吸いこみ、いまだかつて感じたことのない深い安らぎを感じた。

ヴァレンティンが最後の力を振りしぼってベッドわきの蠟燭の炎を吹き消した。

「ピーター」

呼びかけると、眠そうなつぶやきが返ってきた。「今夜の冒険のあと、もしもセアラが双子を産んだら、そのうちのひとりには必ずおまえの名前をつけるよ」

セアラがくすくす笑うと、ヴァレンティンは微笑んだ。彼は愛する者たちの香りを思いきり吸いこんだ。長い長い年月の果てに、ようやくヴァレンティンは夢を恐れることなく眠りに落ちた。

# 21

ヴァレンティンは椅子の背にもたれ、書斎の真上にある音楽室でセアラが弾いているピアノの音に聞き入った。昨夜の冒険のせいでまだ体が痛かったが、まったく後悔はしていなかった。長い年月の末にようやく過去と折りあいをつけ、心安らかに生きる道を見つけられた気がする。セアラがそれを可能にしてくれたのだ。

トルコ時代のトラウマを克服するため、ピーターはずっと前から力になろうとしてくれていた。だが、ぼくは親友の助言に耳を貸そうとしなかった。ピーターの抱える問題を解決しようとするばかりで、自分の問題には向きあってこなかったのだ。思えばこれまで、ずっとそうだったのではないだろうか？　自分にも助けが必要であることをぼく自身が気づくためには、最も恐れていることに向きあうしかなかったのだ。

たったひとりの女性、そしてたまにもうひとりの男性がベッドに加わってくれるだけで、自分が満足できるとは夢にも思わなかった。セアラがぼくの過去と現在を結びつけ、未来に希望を示してくれたのだ。これ以上なにを望むことがあるだろう？

執務に戻ると、ヴァレンティンの顔から笑みが消えた。彼の留守中に会社の問題が解決したわけではなかった。ピーターが踏んばってくれたおかげでさらなる損失を出すことだけはどうにか免れていたが、なんとか業績を回復させなければならないことに変わりはない。ロシアでいくつか商談をまとめることができたので、向こう数ヵ月の運転資金はなんとか確保した。しかし顧客からの信用を徐々に失い、先行きを危ぶまれている状況は、資金だけで解決できることではない。

ユセフとその共謀者はどうやらヴァレンティンの帰りを気長に待ち、戻ってきたところで最後のとどめを刺すつもりらしい。かなり個人的な怨恨《えんこん》が背景にあるのではないかという疑念がさらに深まった。吸いとり紙に走り書きした数字に目をこらす。いつ牙《きば》をむいてくるかわからない相手を待ちつづけるのも疲れた。そろそろ敵が行動を起こすよう、こちらから仕掛けるべきかもしれない。

助手のどちらがユセフの共謀者に情報をもらしているのかピーターが突きとめしだい、すぐに行動に移ろう。セアラは、まちがいなくリチャード・ペティファーが黒幕だと主張している。しかし、確かな証拠がほしかった。ヴァレンティンはあごをなでた。まったく。ぼくはこの期におよんでも、自分を破滅させる陰謀に父親が加担している証拠を探しているのか？

書斎のドアが勢いよく開いたとき、ヴァレンティンはセアラが来たのだろうと思い、笑みを浮かべながら顔を上げた。だが、ずかずかと踏みこんできたのは父だった。ヴァレンティンがゆっくりと立ち上がると、ストラザム侯爵が言った。

「アンソニーを知らないか？」

ヴァレンティンはぞんざいに頭をさげた。「おはようございます、父上。ぼくなら、とても元気にしていますよ。ぼくの親愛なる継母《ままはは》はいかがです？」

侯爵は手袋と帽子を机に叩きつけた。「くだらん挨拶などしている暇はない。アンソニーがゆうべ帰ってこなかった」

「彼ももう子どもじゃないんです。どうせ仲間と飲みに出かけて、どこかで酔いつぶれているんでしょう」ヴァレンティンは時計を見た。「まだ朝の十時ですよ」

侯爵は口もとを引きしめた。「いや、なにか妙なんだ。ゆうべ、あの子の馬だけが納屋に戻ってきた。もしかしたら犯罪に巻きこまれたのかもしれない」

ヴァレンティンはふたたび椅子に腰をおろし、礼儀正しく笑みを浮かべた。「父上は、ぼくがアンソニーを殺したとおっしゃっているのですか？」

部屋を歩きまわっていた侯爵は足をとめ、ヴァレンティンをにらみつけた。「なにを言う！」早朝の光のなか、侯爵の顔はやつれ、年老いて見えた。侯爵はすぐに気をとり直して言った。「私より兄であるおまえのほうが、あの子を見つけだせる可能性が高いのではないかと思っただけだ」

ヴァレンティンは脚を組んだ。「不思議ですね。父上はいつもぼくにアンソニーのそばによるなとおっしゃるじゃないですか。働いて生活の糧を得るというぼくの生き方をアンソニーにまねさせたくないんでしょう？」

ヴァレンティンの胸に不快なものがこみ上げた。もしも父がぼくを陥れるくわだてにかかわっているとすれば、まったくうまい作戦だ。弟を捜すという理由でおびきだし、まんまと罠にかけようというのか。

「私と口をきくたびに、そうやって昔のことを持ちださないと気がすまんのか？　もういいかげんに忘れたらどうだ」

「忘れる？　あなたが海賊の手に渡ったぼくを見捨てたばかりに、ぼくは娼館なんかに売られてしまったんだ。いったいどうやって忘れろというんです！」

侯爵は殴られたかのようにその場に凍りついた。

ヴァレンティンはゆっくりと息を吐いた。父の力になれるチャンスを台なしにしてしまったと知ったら、セアラはきっとかんかんに怒るだろう。

「すみません。ひどいことを言いました。ぼくも過去をのりこえたいとは思っています」

「ヴァレンティン、われわれはこれまでお互いにきちんと向きあうことを避けてきた。しかし……」侯爵はそこで言いよどみ、やがてヴァレンティンを見た。

「私はおまえを失い、おまえの人生に傷をつけてしまった。おまえは私に捨てられたと思いこんでいる。それだけでも私はつらくてたまらない。このうえまた同じようなことが起これば、私はもう耐えられないだろう」

ヴァレンティンは侯爵の苦悩に満ちたまなざしを受けとめた。父もまた苦しんできたのだということを、彼はこれまで認めてこなかった。未熟でごう慢で深く傷ついた若者にとっては、人生をたて直そうと必死にもがく父を理解しようとするより、父をひたすら責めつづけるほうがずっと簡単だったのだ。

「アンソニーの捜索に全力をつくします」ヴァレンティンは机をまわって父に帽子と手袋を渡した。「見つけたらすぐに屋敷に送り届けますよ。できることなら父上をこんなに心配させた罰として土下座させましょう」

侯爵は豪快に笑った。「あの子が無事に戻ってきてくれさえすれば、それでいい」そう言うと、明るい表情になり、ヴァレンティンの手を握りしめた。「ありがとう、ヴァレンティン。なんと礼を言えばいいかわからない」

侯爵が出ていくと、ヴァレンティンは二階に上がった。音楽室の戸口で足をとめ、鍵盤の上を舞うセアラの優美な手と、音楽に合わせてゆれる彼女の体に見とれる。熱のこもった激しい演奏は、彼女のセックスに似ていた。情熱的で、それを表現することを恐れない女性――ぼくは本当にそんな女性を妻にすることができたのだ。最後の音を弾き終えると、セアラは満足そうにため息をついて椅子の背にもたれた。

「さっき父が来たよ」セアラがこちらに注意を向けるまで待ってから、ヴァレンティンは部屋のなかに入っていった。「アンソニーがいなくなったらしい」

セアラは椅子のなかで体をまわしてヴァレンティンを見つめた。「アンソニーが？」

「考えすぎかもしれないが、よりによってこのタイミングでいなくなったのが気になる。ぼくがロンドンに戻った次の日に、身内の人間がいなくなるというのがね。ぼくを外におびきだそうとする父の策略だろうか？　それとも、誰かがアンソニーを人質にして駆け引きしようとしているのか？」

「お父さまになんて言ったの？」

ヴァレンティンは不安そうなセアラに微笑みかけた。「心配しないで屋敷に戻るように言ったよ。少なくとも父はひとつ正しいことを言った。アンソニーになにが起こったにせよ、彼を見つけだせる可能性は父よりぼくのほうがはるかに高い」

彼女が決心したように立ち上がった。「わたしも手伝いたいわ。なにをすればいいか言って」

彼はセアラの頬にキスをした。「残念ながら、今のところはなにもできることはない。これからピーターをつかまえて、アンソニーが行方不明だといううわさをまいてもらう。もしそれでなにも起こらないようなら、そう遠くないうちに弟をとらえている人物からなんらかの接触があるはずだ」

「このことにユセフが関係していると思っているの？」

「いかにもあの男らしい手口だと思わないか？　若くて無防備で、みんなからぼくにそっくりだと言われている若者を誘拐するとは」

セアラは青ざめてヴァレンティンのベストにすがりついた。「あんな男の手にアンソニーを渡してはおけないわ。絶対にだめ」

彼は不敵な笑みを浮かべた。「心配ない。必ずとり返す」


応接間のなかをせわしなく行き来しながら、ピーターは外で聞いてきた話をセアラに繰り返した。炉棚の上の時計が四時を告げ、窓の外では夕闇が迫りつつあった。

「アンソニーの行きつけの場所をあたってみたが、どこにも見あたらなかった。友人たちもゆうべから彼を見ていないそうだ。話によると、アンソニーは酒に酔いすぎて馬に乗れないと言い、〈ホワイツ〉からひとりで歩いて帰ることにしたらしい」

ヴァレンティンが戻ってきた。くしゃくしゃの紙きれを持っている。「アンソニーがまだ屋敷に戻っていないことは確かだ。さっき玄関の前で、浮浪児がブライソンにこれを渡して立ち去ったそうだ」彼は紙きれを広げて読みはじめた。「〝弟にふたたび会いたければ、今夜十二時に一万ポンドを持って〈悦びの館〉へ来い〟」ヴァレンティンはセアラとピーターを見上げた。

「これではっきりしたな」

「ヴァル、一万ポンドは会社にとって大きな金だぞ」ピーターが落ち着きなく歩きまわった。

「そんな大金を一度に銀行から引きだしたり、取り引き先に全額支払いを求めたりすれば大騒ぎになる」

　セアラはピーターの緊張した顔からヴァレンティンの冷静な顔に視線を移した。「どのみち銀行口座には一万ポンドもないわよ」ヴァレンティンにたずねられる前にそう答えた。「会社の帳簿はあてにならないわ。わたしの計算では、ミスター・カーターはここ数年にわたって何千ポンドも赤字を出しつづけてきたはずよ」

　ピーターが顔をしかめた。「アンソニーの行方不明騒ぎですっかり言い忘れていたが、ゆうべアレクサンダー・ロングがリチャード・ペティファーの屋敷に入るところを目撃した者がいるんだ」

「ふたりはまったく面識がないとエヴァンジェリンが言っていたのに」セアラがヴァレンティンを見上げた。「少なくともこれであなたのお父様への疑いは晴れたわね。アンソニーを助けてほしいと本気で頼みにいらしたことがはっきりしたわ」

　ヴァレンティンは黙ったままだったが、セアラには彼の緊張がかすかにやわらいだのがわかった。彼女はためらいがちに言った。「ヴァレンティン。お金のことだけど、祖母からゆずり受けた千ポンドをあなたの銀行にあずけてあるの。遠慮なく使って」

　彼は暖炉のそばに腰をおろした。「ありがとう。だが、ぼくは誰にも一セントたりとも払うつもりはない」

「もちろんよ、ヴァレンティン」セアラは言った。「トルコ大使館に働きかけて、あとのこと

「アンソニーをとらえているのがユセフなら、ぼくが行って片をつける」
「いや、大使館を巻きこむ必要はない」ヴァレンティンの瞳の奥で、冷たい怒りが燃えていた。を任せましょう」

ピーターの服を着ると、セアラはドレスのときより自分が強くなった気がした。やわらかなスエードの生地をそっと手でなでてみる。ブリーチをはくと、これまでにないくらいのびのびとした気分になった。ずいぶん危険なくわだてだというのに、ヴァレンティンもピーターもセアラの脚の線をじっとながめている。彼女はひそかに思った。すべてが無事片づいたあかつきには、ふたりのためにまたブリーチをはいてあげよう。

セアラはヴァレンティンのあとにつづいて、〈悦びの館〉の真後ろにある建物のまっ暗な地下へとおりていった。鉛色の空から細かい雨が降りだして、濡れた道が月明かりで光っている。どうやらマダム・ヘレーネは選び抜かれた数人の客にだけ秘密の入口の鍵を渡しているらしい。もちろんヴァレンティンもそのうちのひとりだった。

彼がセアラの腕に触れた。「いいか、ぼくがユセフの相手をしているあいだに、きみとピーターでアンソニーを外に連れだすんだ」

彼女はヴァレンティンの頬にキスをした。「できる限りのことをするわ。気をつけてね」

彼が微笑むのが肌で感じられた。「もちろん。ぼくだってまたユセフの手に落ちたくはない」

「ユセフの共謀者も姿を見せるかしら？」

「たぶん現れるだろう。そいつの正体がぼくの父親ではなくリチャード・ペティファーだとしたらね」ヴァレンティンはもうひとつのドアを開けて廊下に出ると、ふたりが追いつくのを待った。「リチャードがなにも知らなかった場合に備えて、今夜のことが彼の耳に届くよう手を打っておいた。ユセフは仲間を裏切る癖があるんだ」彼はセアラの手を握った。「あせらず慎重にマダム・ヘレーネの店に戻れ。そして、ユセフが仲間を何人連れていて、どこにいるかを突きとめるんだ。マダムがどうしているかも見てきてくれ。彼女としても、ここで血なまぐさい事件が起きるのはまっぴらのはずだ。きっと協力してくれるだろう」

ピーターとすばやく握手を交わし、セアラの頬にキスをすると、ヴァレンティンは闇のなかに消えていった。彼女は勇気を振りしぼってピーターのほうに向き直った。

「先にマダムを捜しに行きましょうか？　わたしたちを見たらきっと喜んでくれるはずよ」

ピーターはポケットからナイフをとりだした。「おおせのままに」

ヴァレンティンは堂々とマダムの私邸に入っていった。闇の向こうから屈強な男が現れ、ヴァレンティンが武装していないかどうか体を調べる。外套のポケットに入れてあった拳銃《けんじゅう》はとり上げられてしまったが、ナイフは一本だけしか見つからなかった。ヴァレンティンは着替え室を通りぬけ、わざとドアを開けたままにしてマダムの寝室に入っていった。その瞬間、アンソニーの姿が目に飛びこみ、ヴァレンティンはその場に立ちすくんだ。それはおぞましいほど見慣れた光景だった。アンソニーは上半身を裸にされ、頭の上で両手に手錠をかけられて、巨大なベッドの支柱に鎖でつながれている。若いころのヴァレンティンに痛々しいほどそっくりな細い体は小刻みにふるえていた。血のにじんだ鞭《むち》が、ユセフの近くにあるクリーム色のサテンの上掛けに置かれている。

ヴァレンティンの全身に冷たい怒りがあふれた。息がつまり、叫び声をあげそうになる。必死の思いでアンソニーから目を離すと、ヴァレンティンはユセフをにらみつけた。

「この子はおまえによく似ているな」ユセフが一歩進みでて、アンソニーの髪をくしゃくしゃにした。「おまえほどは喜んでくれないが」

「なにを言ってるんだ。ぼくは喜んだりしていない。おまえが来るとわかると、酒かアヘンで正気を失わされたんだ。そうでもしないと達することができなかったからな」

アンソニーの頭がヴァレンティンの声を聞いてわずかに動いた。

ヴァレンティンはゆっくりと弟に歩み寄った。アンソニーの肌のいたるところに鞭で打たれた跡が残っている。弟の体は汗と恐怖とセックスのにおいを放ち、さらにユセフが好む蘭の香りもかすかにした。

「ヴァレンティン……」アンソニーがつぶやいた。

手首をつり上げている鎖をユセフがぐいと引っぱると、アンソニーはうめいた。

「おまえは最後には喜んで私を求めた。ヴァレンティン、自分でもわかっているはずだ」

「ほかにどうしようもなかったからさ。おまえにレイプや拷問を許したのは、まだ若すぎて抵抗できなかったからだ」

ユセフが笑った。「そう思いたいなら思えばいい。しかし、われわれのあいだにあった出来事は事実だ。要求した金を払わないなら、おまえが男に抱かれて喜んでいたことがロンドンじゅうに知れ渡るぞ」

ヴァレンティンは肩をすくめた。「前にも言ったが、おまえの話など誰も信じない」彼はアンソニーをさした。「だからこそおまえは、ぼくの腹ちがいの弟を誘拐するようなまねをしたんだ」ばかにしたように笑ってみせる。「ぼくが弟のために一万ポンドをみすみすドブに捨てると本気で思ったのか?」アンソニーがヴァレンティンに殴られたかのようにがっくりとうなだれる。ヴァレンティンはさらにつづけた。「父は弟を溺愛《できあい》しているんだ。弟が昔の自分と同じ目にあったら、ぼくは喜ぶべきだと思わないか?」

ユセフは一瞬ひるんだ。「でたらめを言うな」

「アンソニーがいなくなれば、父は二度とたち直れないだろう。ぼくをトルコ人の手に渡した当然の報いだ」

「船が襲われたとき、侯爵はおまえを守ろうと勇敢に戦ったと聞いたぞ。彼が死ななかったのは奇跡だと」

それはヴァレンティンには初耳だった。ピーターと一緒に娼館にとらえられていたときのことは覚えているが、それまでの一連のおぞましい出来事は記憶の彼方《かなた》にかすんでいた。ヴァレンティンは暖炉のそばに近づいて手をあたためた。

「おまえはまだ本当の要求を言っていない」暖炉の飾り棚に寄りかかり、自分の全身をわざとユセフに見せつけた。「弟をとるならとれ。金がほしいなら交渉しよう。しかし両方はだめだ」

ユセフが一歩前に出た。「金があるのか?」

「少しは」ヴァレンティンは部屋を見まわした。「おまえがなにをやらかしたか、お仲間は知っているのか?」


セアラとピーターは廊下を這いながらマダム・ヘレーネの部屋に向かっていた。突然、陶器の割れる音が響き渡り、ふたりはドアの陰に飛びこんだ。ひとりの大男がマダムの部屋から出てきて、廊下の突きあたりの部屋へ向かった。

男がしわがれ声で静かにするようしかりつけるのが耳に届いた。セアラはピーターをつついた。「あの男を戻らせちゃだめ。それから、誰に向かってしゃべっているのか突きとめないと。きっとマダム・ヘレーネよ」

ピーターはマダムの召使いのひとりからとり返したこん棒をかまえた。「じゃあ、いっちょやるか。きみがあいつの注意をそらし、ぼくがやっつける」

セアラは召使いがつける白いかつらを外し、長い髪を背中に垂らした。廊下を静かに歩いていき、男に勢いよくぶつかる。酔ってしゃっくりをするふりをしながら男の右腕をつかみ、バランスを崩したふりをしてすがりついた。

「ごめんなさい。迷ってしまったみたいなの」セアラは唇をなめながら、男の恐ろしげな顔をじっと見つめた。「あなたもここのショーに出ている人？」相手の胸に手を這わせる。「わたしと一緒に上に行かない？」

男の向こうで、猿ぐつわの上から怒りに燃えたブルーの目をのぞかせているマダム・ヘレーネが見えた。どうやら彼女が足でテーブルを蹴り上げ、陶器の花瓶を割ったらしい。急に男の顔から表情が抜け落ちた。驚きのあまり声も出ないセアラを下敷きにしながら、男が床に崩れ落ちる。動かなくなった男の身体の下からセアラが這いだしたときには、すでにピーターがマダム・ヘレーネを自由にしていた。

男が意識をとり戻す前に、マダムとセアラはふたりで彼をしばり上げ、猿ぐつわをかませた。

「ありがとう。やっと自由になれたわ」フランスなまりの言葉に、マダムの動揺がわずかに表れていた。「トルコ人の男性がヴァレンティンを待っていると言ったの。彼はヴァレンティンの弟を連れていたわ」マダムは手首をさすった。「誰にも知らせることができなかったのよ。すべてあっという間の出来事で」

「いいんです、マダム」セアラが言った。「なにがあったか、全部わかっていますから」

「わたしになにか力になれることはない？」

「こちらの手に負えるうちは大丈夫です。流血騒ぎになる前に必ず弟を助けだすとヴァレンティンが言ってました」

「侯爵にも知らせないといけないわね」

ピーターがうなずいた。「いい考えだ」

マダムはピーターに支えられて立ち上がった。倒れた男が床の上でうめいて身じろぎする。マダムは男をにらみつけ、そのわき腹を思いきり強く蹴った。

「今のはわたしをしばるときに胸をさわったお代よ」マダム・ヘレーネはドレスの裾を整えると、廊下に向かった。

「部下たちを近くに待機させて、必要なときに出ていかせるようにするわ。なにかあったら鈴を鳴らすか、大声で叫ぶかしてちょうだい。誰かが駆けつけるから」

セアラが見送るなか、マダム・ヘレーネはなにごともなかったかのように廊下を歩いていく。マダムの姿が廊下の向こうに消えると同時に、黒いマントと仮面をつけた人影が廊下の反対側から現れ、手前の部屋にすばやく入った。セアラは椅子の陰に身を隠し、ドアを閉めた。

「きっとユセフの共謀者がやってきたのよ！　マダムの部屋に入っていったわ」

ピーターが床を這ってセアラの隣に来た。「少し待ってからあとをつけよう」そう言うと、彼女のひざを軽く叩いた。「三人がかりならきっと勝てるさ」

ヴァレンティンが息をつめて見守るなか、ユセフはアンソニーに近づくと、髪をぐいとつかんで顔を上向かせた。そしてヴァレンティンを見つめながらゆっくりと身をかがめ、アンソニーの口にキスをした。

ヴァレンティンが行動を起こす前に、ユセフの背後でドアが静かに開き、小柄で、仮面とマントに身を包んだ人物が現れた。これがリチャード・ペティファーなら、ただではおかない。

ユセフの目を引きつけながら、ヴァレンティンは片手を自分の下腹部に這わせ、股間を包んだ。「アンソニーの代わりにぼくを抱いてもいいと言ったら、どうする？ おまえと一緒にトルコに戻ると約束したら、ぼくの家族とピーターをそっとしておいてくれるか？」

ユセフの視線はヴァレンティンの股間に釘づけになっていた。「私の奴隷として来るのか？」

ヴァレンティンは眉をつり上げた。「もちろん」そう言うと、ペニスの先に親指で円を描く。

*　*　*

「最近、どうも英国が堅苦しく思えてきたんでね」ユセフは勝ち誇った顔でアンソニーから身を引いた。

ユセフがなにか言いかけたとき、別の声が割りこんだ。

「どうして今夜のことを知らせてくれなかったの、ユセフ？」エヴァンジェリン・ペティファーがマントのフードを後ろにはねのけ、乱暴に仮面を引きはがした。「わたしを裏切る気？」

「こいつは相手かまわず裏切るんだ。知らなかったのか？」ヴァレンティンは頭をさげながら言った。「こんな男の悪だくみに首をつっこむほどきみが愚かだったとは、気の毒だな」

エヴァンジェリンは拳銃を手にヴァレンティンに向き直った。「今あなたが言った〝悪だくみ〟は、彼じゃなくわたしが考えたことよ！　あなたなんか破滅すればいいのよ、ヴァル。ユセフと取り引きするなんて許さない。この男は先にわたしと取り引きしたのよ」

ユセフの額から汗が伝い落ちる。「エヴァンジェリン、私はやつをただからかっただけだ。こんなばかな要求などのむつもりはない」拳銃を気にしながら、彼はつくり笑いを浮かべた。

「それじゃ、なぜこの若者を誘拐したの？」エヴァンジェリンがアンソニーを指さした。「こんなことを許した覚えはないわ」

「エヴァンジェリン、なぜならきみとちがってユセフは、金だのぼくの事業だのにはなんの興味もないからだ。この男はただ、ぼくをもう一度自分のものにしたかっただけさ。アンソニーを誘拐すれば、ぼくが嫉妬して身代わりになりたがると考えたんだろう」

ヴァレンティンは身をかがめて暖炉に薪をくべながら、ブーツの内側に隠したナイフに手をやった。エヴァンジェリンが手袋をした両手に重い拳銃をかまえる。

「エヴァンジェリン、なぜそんなにぼくが憎いんだ？」彼女になるべく長くしゃべらせて、セアラとピーターが助けに来てくれるまで時間を稼がなければ。

エヴァンジェリンはヴァレンティンをまっすぐにらみつけた。「あなたには幸せになる資格なんてないからよ」

「ぼくがセアラと結婚したのが許せないのか?」相手の真意をはかりかね、ヴァレンティンは眉をひそめた。「だが、会社をつぶそうとする動きはそれよりずっと前からあったぞ」

「わたしがなぜあなたを憎んでいるか、本当はわかっているはずよ、ヴァル」

「ぼくがリチャードよりやり手だからか?」

エヴァンジェリンはいらだたしげに言った。「リチャードなんてただのぼんくらだわ。実際会社を切り盛りしているのはわたしだもの。あなたと同じくらい上手にね」

「自分が女で、ぼくが男だから目ざわりなのか?」ヴァレンティンは笑った。「だからといってぼくを憎むのは筋ちがいだな。女より男のほうが有能だという世の中の偏見は、なにもぼくがつくったわけじゃない」

「でも、あなたは女を利用しているわ」

「たしかにそうだ。だが、ぼく以外の男も同じことをしている。なぜだ、エヴァンジェリン？なぜぼくだけをそれほど憎む?」

エヴァンジェリンは唇をゆがめた。「ヴァレンティン、あなたは自分で事業をはじめるときにわたしを利用したじゃないの。そして、わたしをごみのように捨てた」

ヴァレンティンはもたれていた炉棚から身を起こした。「たしかにぼくは十年前、一度だけきみと寝た。そしてきみはぼくと結婚したいと言い、ぼくは断った。それだけのことだ」

「いいえ、あなたはわたしが帳簿類を全部そろえてあげたとたん、待ってましたとばかりに別れを告げたのよ」

若く未熟だった自分の過ちがヴァレンティンの胸によみがえった。体から力が抜け、苦いものがこみ上げる。ぼくの過去はいったいいつまで未来に影を落としつづけるのだろう？

「当時きみは、ぼくだけでなく何人もの男と寝ていた。本当に好きなのはぼくだと言われたところで、それをどうやって信じればよかったんだ？　聞いたところでは、きみはベッドをともにしたすべての男に同じことを言ったそうじゃないか」

拳銃を握るエヴァンジェリンの手がふるえた。「ふたりで組めばきっと成功できたわ。少なくともそれくらいは認めてちょうだい」

ヴァレンティンはため息をついた。「それはわからない。あのころのぼくたちは似すぎていた。貪欲で、無謀で、お互いどん底から這い上がろうと必死だった」彼はエヴァンジェリンの瞳を見つめた。「そろそろこの茶番を終わりにしないか？　きみへの思いやりがなかったことをこの場で心から謝り、きみがとびきり有能な女性であることを認める。だから、どうか許してもらえないだろうか？」

「だめよ。許さないわ。あなたは報いを受けるべきよ。会社がつぶれて、世間の物笑いになり、奥さんが昔のわたしみたいにたったひとりで路頭に迷う姿をこの目で見ないと気がすまない」

ヴァレンティンは一歩踏みだした。「セアラはきみになにもしていない。それどころか、ぼくの反対を押しきってでもきみと友達になろうとした。なぜ彼女の不幸を願うんだ？」

エヴァンジェリンは慣れた手つきで拳銃をまっすぐ彼に向けた。「セアラはあなたを愛しているわ。あなたがどんな男か知ったあとでさえ、いちずに愛しているのよ。わたしがいくらそそのかしてもまったく動じなかった」彼女の声はしだいに大きくなっていった。「彼女があなたの子どもを産むなんて許せない！　わたしはひとりも産めないのに！　わたしがあなたの子どもを産むはずだったのよ！」

その瞬間、拳銃が火を放ち、とっさに床に身を投げたヴァレンティンの左の肩に鋭い痛みが走った。外套からしみだしてきた血を片手で押さえる。煙が消えて耳の奥の残響がしずまったとき、部屋には人があふれていた。

セアラがまっ青な顔で駆け寄ってきた。「ヴァレンティン、大丈夫？　銃声が聞こえたわ」

彼はセアラの腕をつかんだ。「大丈夫だ。アンソニーを助けてやってくれ」

「ヴァレンティン……」

「セアラ、アンソニーを助けてやってくれ。彼は今、男に触れられたくないはずだ」

ヴァレンティンを見つめ返すセアラの瞳に、彼の言葉の意味を理解した恐怖がありありと浮かんだ。

ヴァレンティンは呼吸することに集中しながら、土気色の顔をした弟からセアラが鎖を外すのを見守った。ピーターがユセフをつかまえ、マダム・ヘレーネの部下がむせび泣いているエヴァンジェリンを抱きかかえる。

立ち上がろうとしたとき、ヴァレンティンはふたたびめまいに襲われた。立つのをあきらめて、床を這いながらエヴァンジェリンの足もとに近づく。

「きみを傷つけるつもりはなかった」

エヴァンジェリンは涙に濡れた顔で彼を見た。「でも傷つけたわ。わたしはあなたの赤ちゃんを身ごもっていたのよ、ヴァル」

ヴァレンティンは急に息ができなくなったような気がした。

「うまく堕胎したつもりだったけれど、それから二度と妊娠できなくなってしまったの。リチャードにも失望されたわ。彼は子どもがほしくてわたしと結婚したのに。だからこの先どんなに努力しても、わたしは妻として永久に認めてもらえないのよ」

ヴァレンティンは背を向けた。もはやぼくになにが言えるだろう？　失われた命がぼくの子どもだった可能性は低い。無茶なまねばかりしていたあのころでさえ、相手を妊娠させないようにいつも気をつけていた。しかしエヴァンジェリンがそうだと信じて疑わないのなら、それがぼくを破滅させたい理由ということになる。

「ヴァレンティン、あなた、けがをしているわ！　ピーターとわたしがここに飛びこんできたとき、ちょうどエヴァンジェリンがあなたに向かって撃ったの」セアラがふるえる指でヴァレンティンの顔に触れた。

彼はぬくもりを求めてセアラの手に自分の手を重ねた。「肩をかすっただけだ。大丈夫だよ」

セアラはかすかに微笑み、ふっくらした唇をふるわせた。「エヴァンジェリンがあなたを殺してしまったかと思ったわ」引ったてられていくエヴァンジェリンをぼう然と見送る。「本当に彼女がユセフの共謀者だったの？」

「そのようだ。背後に頭の切れる人物がいることはわかっていた」

「でも、なぜ？」

ヴァレンティンはセアラの手を握りしめ、自分でも意外なほど落ち着いた声で言った。「あとで説明する。アンソニーを屋敷に送り届けて、ユセフをどうするか考えよう」

ピーターがユセフを部屋のまんなかに引きずりだした。「殺してしまうのもいいけどな。ぼくはかまわないよ」

ヴァレンティンは長年の宿敵をじっと見つめた。相手はもはや脅威というより、おびえきった老人にしか見えなかった。「彼に償わせるにはもっといい方法がある」ヴァレンティンはマダム・ヘレーネを見た。「きみは今でも海軍工廠《こうしょう》につてがあるかい？」

「ええ。今もジャクソン大佐が上に来ているわ。呼んできましょうか？」

ユセフが青ざめた。「いったいどうするつもりだ？　私は大使館の人間だぞ。誰も手出しできないはずだ」

ヴァレンティンは微笑んだ。「べつにどうもしないさ。あとのことはすべてジャクソン大佐に任せる。彼は英国海軍の報道部門の長でもある。一緒に七つの海を越えてくれるような情熱とエネルギーにあふれた記者をつねに探しているのさ」

ユセフがふたたび口を開く前にピーターがすばやく猿ぐつわをかませ、マダム・ヘレーネの部下に引き渡した。ヴァレンティンはやっとの思いで椅子にたどりつき、頑丈な背もたれに身をあずけた。鋭い痛みが肩を襲い、半分目を閉じながら身をふるわせる。

「ピーター、アンソニーを屋敷に送ってやってくれないか」

「その必要はないよ、ヴァル。もうすぐストラザム侯爵が来る」ピーターは次々に人が出ていった部屋を見まわした。「セアラ、ぼくと一緒にここで起こった出来事を侯爵に説明してくれないか?」

セアラはヴァレンティンとアンソニーを見つめた。「もちろんよ」

ふたりがドアを閉めて出ていったあと、重苦しい沈黙が流れた。ゆっくりと近づいてくるアンソニーを、ヴァレンティンは黙って見つめた。誰かが彼に清潔なシャツを着せたらしい。いつもより大人びて、ほっとしたような目をしている。アンソニーはひざまずいてヴァレンティンの手をとり、痛いほど強く握りしめた。

「ありがとう、ヴァル」

「なんの礼だ? そもそもぼくさえいなければ、おまえがこんなところに連れてこられることもなかったんだ」軽口を叩いたつもりだったが、いつものように本心を隠すことがヴァレンティンにはしだいにつらく感じられてきた。

アンソニーがごくりとつばをのんだ。「兄さんが父上に聞かせたくないことは言わないよ」

ヴァレンティンは心のなかでうめいた。トルコ時代のいまわしい話を、もちろん弟は事細かく聞かされたにちがいない。ヴァレンティンは開き直ることにした。

「ユセフに犯されたのか？」

アンソニーは長いまつげを伏せて表情を隠した。「ぼくは大丈夫だよ、ヴァル。忘れることにする」

ほんの一瞬、ふたりは互いの目を見つめてすべてを理解した。弟の無邪気さは永遠に失われたのだ。

「なんてことだ……すまない」ヴァレンティンは言葉をつまらせた。「もし誰か話し相手が必要なら……」

アンソニーはぎこちなく立ち上がった。「ぼくは全寮制の学校にいたんだ。男から辱めを受けるのはこれが初めてじゃない。でも、ありがとう」

閉まったドアの向こうから話し声が聞こえてきた。アンソニーは身をかたくしてヴァレンティンのほうに向き直った。「ぼくの身に起きたことは父上に言わないでくれ」アンソニーの目はゆるぎなかった。「父上に知らせる必要はないから」

「ああ、なにも言わないよ。しかし、父上もばかじゃない。当然、きいてくるだろう」

アンソニーは肩をすくめ、顔をしかめた。「そのときは適当に嘘をつくよ。とにかく言わないでくれ」

弟を引きよせて涙を流すまで抱きしめてやりたいという衝動がヴァレンティンの胸にこみ上げた。

「約束するよ」

アンソニーはうなずいた。「ありがとう、ヴァル」

ドアが開き、ストラザム侯爵が現れた。ヴァレンティンと同じくらい青ざめてやつれた顔をしている。侯爵はアンソニーに歩み寄った。

「けがはなかったか?」

アンソニーは一歩さがり、どこか他人行儀な表情になった。「大丈夫です」

ストラザム侯爵はヴァレンティンをにらみつけた。「すべておまえのせいだぞ。おまえが原因でアンソニーに災難が降りかかったことをなぜ黙っていた?」

ヴァレンティンはしばし目を閉じた。「なんとか自分の力で解決したいと思ったからです」

「おまえはいつもそうだ。よくも私の息子を危険にさらしたな」

「父上はぼくに助けを求めたじゃないですか。それに、アンソニーはぼくの弟でもある」

アンソニーが近づいて、ヴァレンティンの負傷していない肩に手を置いた。肩にくいこむ指先はふるえていた。「ヴァルはぼくの命を助けてくれたんです。ここに連れてこられたいきさつはどうでもいい。少しは感謝したらどうなんです、父上? ヴァルも父上の息子でしょう」

「そんなことはわかっている」

侯爵は椅子に身を沈め、顔を手で覆った。彼の肩がふるえはじめた。アンソニーが困ったようにヴァレンティンを見つめ、ヴァレンティンは父を見つめた。侯爵の指のあいだに涙が光る。ヴァレンティンはなんとか立ち上がった。「心配をおかけしたことは心からおわびします、父上。では、ぼくはこれで失礼して、傷の手当をしてもらいます」兄をかばおうとアンソニーが口を開こうとするのを、ヴァレンティンは目配せしてとめた。「父上の言うとおりだ。ぼくの責任だよ。屋敷に戻って母上を抱きしめてやれ。おまえの無事な姿を見たら、さぞかし喜ぶだろう。当分のあいだは母上の目の届く範囲から一歩も出してもらえないだろうな」

アンソニーが手をさしだしたのを無視して、ヴァレンティンはマダム・ヘレーネの着替え室に入っていった。そこではセアラとピーターが、いつもどおりの落ち着いた表情で待っていてくれていた。ヴァレンティンはピーターに微笑んでみせた。

「家族を送ってやってくれないか」

ピーターはうなずいた。「馬車まで見送ろう。それから、アンソニーにどんなことでも相談にのると伝えるよ」

部屋が片づくと、セアラはソファのヴァレンティンの隣に腰をおろした。彼の顔は青ざめ、目はうつろで、口は痛みをこらえているかのようにかたく結ばれている。長椅子の背に頭をもたせかけ、脚を大きく投げだしていた。医師を呼ぶために、すでにマダム・ヘレーネがひそかに使いの者を出してくれていた。

ヴァレンティンが片目を開けた。

「まだいたのか」

セアラは彼の頰に触れた。「ええ」

ヴァレンティンはため息とともに彼女の肩に頭をのせた。「ひとりにしないでくれ」

「もちろんよ」セアラは彼の額に落ちた髪をそっと後ろにやった。「愛しているわ、ヴァレンティン。ありのままのあなたを愛している」

ヴァレンティンは目を開けて彼女を見つめた。「なぜだかわからないが、その言葉が嘘じゃないと信じられるよ」

セアラは微笑みながら彼を見おろした。自分の瞳が愛に輝き、それがヴァレンティンに見えることを願いながら。「あなたはありのままのわたしを受け入れてくれたわ。わたしも同じことをしていけないわけはないでしょう?」

ヴァレンティンの顔に魅力的な笑みが浮かんだ。「まったくきみにはいつも驚かされるよ。さあ、キスさせてくれ。恐ろしい医者がやってきてぼくを痛い目にあわせる前に」

セアラは頭をさげて彼にキスをしながら思った。ヴァレンティンから〝愛している〟と言ってもらえるのはまだ先の話だろう。だが、それでもセアラは心から満足していた。彼女はもう一度彼にキスをした。やがて、部屋の戸口で誰かの遠慮がちな咳払いが聞こえた。

マダム・ヘレーネが、黒い大きな革の鞄《かばん》を手にしたひょろ長い男性を連れて立っていた。

ヴァレンティンは体を起こした。「ああ、ドクター。ちょうど今、ぼくが妻のことをどんなに愛しているか、伝えようとしていたところだったんです」彼はセアラにウインクをした。

「でも、これから死ぬまで毎日そう言いつづければ、妻も邪魔が入ったことを許してくれるでしょう」

セアラは言葉を失ったようにヴァレンティンを見つめた。彼女の目から涙がひと筋こぼれ落ちる。

ヴァレンティンはセアラの涙をぬぐい、顔を近づけた。すみれ色の瞳はまぶしいほどのやさしさに満ちていた。「愛しているよ、セアラ・ソコルフスキー。永遠にきみを愛している」

# 訳者あとがき

アメリカで人気沸騰中の作家、ケイト・ピアースのとびきりホットなエロティック・ロマンスが日本にやってきました。原タイトルはその名もずばり『Simply Sexual』。二〇〇八年二月にアメリカで発行されて大評判となり、その後わずか三年あまりのうちに『Simply Sinful』、『Simply Shameless』、『Simply Wicked』、『Simply Insatiable』、『Simply Forbidden』と、シリーズ六作を数えるまでにヒットしました。

情熱的なロマンスを求める読者のあいだで熱烈に支持されている「マダム・ヘレーネの〈悦びの館〉」シリーズ、その記念すべき第一作となった本書の内容を、まだ本編をお読みになっていない方のために少しご紹介しましょう。

ヴァレンティン・ソコルフスキー卿は英国の裕福な侯爵家に生まれながら、不幸にも少年時代に旅先で誘拐され、トルコの娼館で七年ものあいだ性の奴隷として生きてきたという数奇な運命の持ち主。輸送業を営むジョン・ハリソンに救いだされ、十八歳で帰国しますが、以来深く傷ついた心を快楽の追求でまぎらわせずにはいられません。侯爵家から独立して海運業をおこし成功するも、貴族界の異端児として奔放に生きています。そんなとき、命の恩人であるジョンの長女セアラと出会ったヴァレンティンは、たちまち彼女の魅力に引かれます。

一方、音楽と数学に人並みはずれた才能を持ちながら、視野の狭い保守的な母親に抑えつけられて息のつまるような毎日を過ごしていたセアラ。危険な魅力を放つヴァレンティンに出会い、自分のなかに眠っていた情熱に目覚めます。事業の失敗からヴァレンティンの支援を必要としていた父のジョンは、彼の過去を知りながらセアラを嫁がせます。そんなこととは知らないセアラは、夫となったヴァレンティンから深い性愛を伝授され、果てしないエロスの世界に身を投じていくのです。

ところが、ヴァレンティンと親友ピーター・ハワードが共同で手がける海運会社が次々にトラブルに見舞われ、何者かがふたりを破滅させようとしていることがしだいに明らかになります。ピーターとヴァレンティンは、ともにトルコの奴隷時代を耐えた仲。他人のうかがい知れない深い絆で結ばれたふたりの関係や、ヴァレンティンの元愛人の存在を知るにつけ、夫を心から愛してしまったセアラは、しだいに自分の存在価値を疑い、苦しむようになるのです。

本書のいちばんの魅力はやはりなんといっても、やけどしそうに熱く、また目をみはるばかりに大胆なラブシーンの数々です。しかしそれだけでなく、登場人物ひとりひとりの際だつ魅力も見逃せません。複雑な内面を抱えた知的でミステリアスなヴァレンティンと、ローズレッドのドレスが似合う情熱的でいちずなセアラ。この華やかなカップルが繰り広げるウィットに富んだセクシーなやりとりはなんとも印象的です。また、ふたりの仲をとり持つやさしいキューピッド役のピーター・ハワードも、ヴァレンティンとはまたちがった繊細な魅力を見せてくれます。

ちなみに、すでに日本での発売が決まっているシリーズ第二作では、このピーターがヒーローとして活躍します。天使のようなブルーの瞳と、ヴァレンティンよりもさらに複雑なセクシュアリティを持つピーターに、果たしてどんな運命の相手が待っているのでしょうか。彼の繰り広げる恋の冒険に今から期待が高まります。

著者のケイト・ピアースはイギリス人で、幼いころから想像力豊かで夢見がちな性格だったとか。大学で歴史を学び、卒業後はしばらく金融関係の仕事をしていましたが、いつか作家になりたいという夢はずっと抱き続けていたようです。家族とともにアメリカに渡ったことが転機となって、本格的に執筆活動をはじめることになりました。

現在はカリフォルニア北部に暮らしながら、得意な歴史の知識と豊かな想像力を駆使し、情熱的なヒストリカル・ロマンスやパラノーマル・ロマンスを次々と世に送りだしています。著者のホームページを訪れてみると、別のペンネームでさらに大胆な愛の表現に挑んでいることもわかります。精力的な執筆をつづける彼女のとびきりホットな作品が、これからも日本に数多く紹介されることをぜひ期待しましょう。

余談ですが、本書の舞台となった時代の英国では、富裕貴族の子弟が見聞を広げるために数カ月から数年かけて主にフランスやイタリアを訪れる大旅行《グランド・ツアー》が流行していました。ヨーロッパ諸外国のすぐれた文化芸術に触れたり、学問に接したりしながら、国政の中枢に携わる教養人としての資質を磨いたのです。この物語のなかでも、ヴァレンティンの祖父がギリシアから古代寺院の遺跡を木箱につめて持ち帰ったというエピソードが出てきます。当時の富裕貴族の暮らしぶりのスケールがうかがえる興味深い話です。

そうすると気になってくるのが、本書に登場するマダム・ヘレーネの〈悦びの館〉。外観こそ高級住宅地に立つ瀟洒《しょうしゃ》な屋敷ですが、なかに一歩踏み入ればこの世のものとは思えぬほど贅をつくしたエロスの殿堂です。こんな場所が当時のロンドンに本当にあったのなら……。ああ、いけない。ケイト・ピアースのマジックで、ファンタジーがとまらなくなりそうです。

二〇一一年七月　　蒼地加奈

Lavender Books
31
# 背徳のレッスン

2011年7月25日 初版発行

著者
ケイト・ピアース
訳者
蒼地加奈
発行人
石原正康
編集人
永島賞二
発行所
株式会社 幻冬舎
〒151-0051 東京都渋谷区千駄ヶ谷4-9-7
電話 03-5411-6211(編集) 03-5411-6222(営業)
振替 00120-8-767643
幻冬舎ホームページアドレス http://www.gentosha.co.jp/

印刷・製本所
中央精版印刷株式会社
ブックデザイン
鈴木成一デザイン室
検印廃止


Printed in Japan ISBN978-4-344-41708-3 C0193 L-13-1

この本に関するご意見・ご感想をメールでお寄せいただく場合は、
lavender@gentosha.co.jpまで。